神品芳夫
Koshina, Yoshio

リルケ

Rainer
Maria
Rilke

現代の吟遊詩人

青土社

リルケ　現代の吟遊詩人　目次

I

II

III

リルケ　現代の吟遊詩人

I

折々のリルケ――日本での受容史と今

1

日本での最初のリルケ選詩集は茅野蕭々訳編の『リルケ詩抄』である。出版されたのは一九二七年であるから、詩人の死の翌年である。茅野蕭々(一八八三―一九四六)はゲーテを中心とするドイツ文学研究者であると同時に明星派の歌人としても知られていた。早くからリルケの詩に注目し、折にふれて紹介文を書きつつ、訳詩を試みていたのを『詩抄』にまとめた。たとえば有名な詩「秋」の訳を見よう。

葉が落ちる、遠くからのやうに落ちる、
大空の遠い園が枯れるやうに、
物を否定する身振で落ちる。

さうして重い地は夜々に
あらゆる星の中から寂寥へ落ちる。

我々はすべて落ちる。この手も落ちる。
他を御覧。総べてに落下がある。

しかし一人ゐる、この落下を
限なくやさしく両手で支へる者が。

（茅野蕭々訳『リルケ詩抄』、岩波文庫版）

細部に問題はあるが、詩全体の流れがよく表現されている。蕭々のリルケ理解は、巻末に置かれた長文の解説を読めば分かる。リルケの詩が「著しく感覚的なこと」、「比喩象徴」が「創意的」で、「よく物の本質を剔抉する力に富むこと」などを強調し、「リルケの詩で最も顕著なのは母音の配列法」であり、その「工夫と成功は、近代の独逸詩人中全くその比を見ない」と言っている。詩人の異才ぶりを披露しようとして、やや前のめりの気配はあるが、ここに引用した個所などは的を射ていると言えよう。訳詩は短歌調を抑えて、むしろ朴訥である。訳出されている詩の範囲は中期までであるが、十二年後に刊行された増補版『リルケ詩集』には、後期の詩集からの詩も採録されて、リルケの詩作行程のほぼ全容を概観できるようになった。
ところでリルケの名はもっと以前から日本に伝わっていた。一九〇九年に森鷗外がリルケの戯曲『家常茶飯』の翻訳を発表し、その際インタヴュー形式で新進作家リルケを紹介し、「（私が）倅にもっても好いような（若い）男です」（カッコは筆者）と、親しみをこめて話している。そのような下地もあるので、『リルケ詩抄』は第一書房という当時有力だった出版社から立派な装丁で上梓され、一般に流布した。日本におけるこの出発は、リルケ詩にとって幸先のよいものであったと言ってよい。

2

『詩抄』をきっかけにリルケに熱い関心を示したのは堀辰雄（一九〇四―一九五三）と四季派の人々だった。もっとも堀はあまり『詩抄』にたよることなく、原文によってリルケへの知見を深めた。彼が早期に翻訳したフランス語詩連作『窓』には、彼の関心の方向性が見える。その第九番を引く――

忍び泣いてゐる、ああ、忍び泣いてゐる、
あの誰も凭れてゐない窓！
慰みやうもなく、涙に咽んでゐる、
あの被覆《おほひ》をせられたもの！

遅過ぎてからか、それとも早過ぎないと、
お前の姿ははっきりと摑めない。
いまは全くその姿を包んでゐるお前の窓掛け、
おお、空虚の衣！

（高橋英夫編『立原道造・堀辰雄翻訳集』）

好んで窓辺に姿を現わす女が部屋の奥で泣き、空虚な窓が悲しんでいるらしいという。このような仕組みで女を浮かび上がらせる手法は堀を興がらせたことであろう。さらには、『風立ちぬ』で引用されたリルケの『ある女友だちのためのレクイエム』に新鮮な感動をおぼえ、ひいては女性の生き様に深く思いを致す『かげろふの日記』など一連の王朝物の創作につながっていく。

愛の女性とともに堀がリルケから汲み取ったもう一つの重要なテーマは死であった。『レクイエム』はもちろん、翻訳に手を染めた『マルテの手記』や『旗手クリストフ・リルケの愛と死』なども、死の文学といってもよい作品である。死に方次第で人間の値打ちも決まるというようなリルケの発想は、不治の病を背負っている小説家堀にとってさまざまな刺激となったことであろう。

堀は小説執筆の合間には手すさびのようにして翻訳の仕事を試みているが、高橋英夫も言うように、それもリルケから習ったことであろう（『立原道造・堀辰雄翻訳集』あとがき）。リルケはロダンの「つねに仕事をしていなければいけない」という教えを詩人としてどう実践するかを考え、詩を書いていないときは、翻訳の仕事をするか、辞書で言葉の研究をするのがよいと思っていたのだ。

ここで堀がリルケに関わっていた時代のことも考えておく必要があろう。日本ではすでに大陸での戦争が始まり、国内では治安維持法のもと、暗い時代を迎えていた。一方では戦争協力の体制づくりが進んでいた。堀は社会の動向にあえて批判の声を上げるのでなく、さりとて大政翼賛に協力するつもりはさらさらなく、世の中に背を向けて『大和路・信濃路』の作品などを書いていた（小川和佑「乱世の政治家」、『堀辰雄』参照）。典型的な国内亡命の生き方である。そのような姿勢で悪しき時代を潜り抜けようとする者にとって、リルケは頼もしい伴侶であったろう。孤独のなかで愛を貫く詩想、物のなかに神を見つける探求心、生死一如の実在空間に参入しようとする意志など、リルケが提示する世界は、忌まわしい喧騒の社会で暮らす詩人が自分を覆うのに都合のよい真綿の包みであった。安部公房も「リルケはすばらしい冬眠の巣であった」と述べているが、それと同様の感触を堀辰雄もリルケから得ていたに相違ない。

じつはドイツにおいても、ナチ時代にはリルケはよく読まれた。ナチズムの文化政策が強力に遂行されるなかでも、リルケの作品は焚書の対象にならなかった。ナチ党の推奨する新文学を快く思わない市民たちのあいだで、リルケは安心して読める好文学だったのである。こうして詩人の存在はナチ時代に内外に浸透していった。そのような事情から日本においてもリルケに関する文献が導入された。それはともかく、ドイツでの独裁体制下におけるリルケ受容のパターンが、堀辰雄のリルケ受容にも反映しているのは、注目すべきことである。

ところで、同じくリルケに関心を抱いたとはいえ、立原道造（一九一四―一九三九）の場合には少し事情が異なる。立原も明らかに『リルケ詩抄』に親しみつつ、それを参考に自らの詩の表現力を高めることに努めた。リルケの初期の連作『愛する』では、蕭々が訳出したのとは別の詩八篇を選び、「リルケの主題によるヴァリエェション」と注記して自由な訳を試み、蕭々の訳に挑んだ。本歌取りの手法を活用してリルケの感覚を摂取し、『オルフォイスへのソネット』を見習いつつ、ソネット連作『風に寄せて』などに取り組んだ。

だれが　この風景に　青い地平を
のこさないほどに　無限だろうか　しかし
なぜ　僕らが　あのはるかな空に　風よ
おまへのやうに溶けて行つてはいけないのだろうか

（角川版『立原道造全集』第一巻、二六〇頁）

ここには、風との対話を通して抽象的な思念の世界に参入しようとしている詩人の志向が見える。しかし時代は戦争ムードの趨勢にあり、立原も「戦争詩の夕」に参加したりしている。やがて彼は堀と決別して独自の道を進んでいこうとし、友人の芳賀檀から贈られた彼の著書『古典の親衛隊』を読んで感動した。芳賀は『ドゥイノの悲歌』の最初の全訳者であるから、彼らの語らいのなかでリルケが話題に上がることはあっただろう。けれども芳賀に捧げた立原のソネット「何処へ？」では、眠れない夜、幻想の中に大きな鳥が現われ、その「吼えるやうな羽博きは／私の心のへりを　縫いながら／真暗に凍った　大気に／ジグザグな罅をいらす」と歌われる。芳賀への共感を歌うつもりが、芳賀に対して感じている何か得体の知れないものを披瀝してしまっている。彼がもし生き永らえたら、芳賀とは異なる道を歩んだであろう（宇佐美斉『立原道造』、名木橋忠太『立原道造の詩学』参照）。

3

堀、立原とほぼ同世代で、リルケ受容に貢献した片山敏彦（一八九八—一九六一）は、もっと陽性の国内亡命を生きた人である。彼はドイツ文学を専攻したが、同時にフランス語も習得した。学生時代から当時の日本の軍国主義的傾向に危惧を抱き、ロマン・ロラン、ヘルマン・ヘッセ、タゴールなど世界市民的平和主義の文学者に関心を向ける。その関連でリルケにも注目し、一九三五年から数回にわたってリルケ論を発表している。片山がリルケに惹かれたきっかけは、ドイツ語の詩人でありながら、フランスの彫刻家オーギュスト・ロダンに師事した態度にある。リルケの『ロダン論』を「ゲルマン的・ゴシック的魂が、ラテンの構造的な精神に出会した第一の記念碑」と称揚している。また、彼の詩想の最後の到達点は、「深い嘆きのひびきを伴いながら然も心の奥から〈生〉を頌めること」であると総括し、その方法は「体験に即しつつ形象を用いて思索」することだと述べている。そしてピンダロス、キーツ、ヘルダーリンの伝統に連なる詩人であると高く評価している。リルケの詩業をヨーロッパ広域の精神文化が達成した成果の偉大な範例であると述べているが一九四一年、ヨーロッパが全面戦争に入った直後であることを思うとき、胸打たれるものがある（清水茂編『片山敏彦 詩と散文』参照）。片山は太平洋戦争末期に、教授をしていた旧制一高を退職し、北軽井沢に疎開、そこで終戦を迎えた。

片山には編訳『リルケ詩集』(一九四二)もある。けっして大部のものではないが、茅野蕭々訳の初版によるものと比べると、詩の選択のバランスが格段によく、また、訳文は乾いた抒情性を帯びて、蕭々の訳よりもリルケの文体に近い感じのものになっている(筆者も片山の『リルケ詩集』によって詩人リルケの存在を初めて意識した者である)。

ついでながら、日本のリルケ受容に格別大きい役割を演じた大山定一訳『マルテの手記』も一九三九年に出ている。しかしその前史がある。堀辰雄がこの作品を訳し始めたが、途中で挫折し、つづく富士川英郎(一九〇九―二〇〇三)も全体の三分の二まで訳しながら、完成できなかったという。『マルテ』を翻訳する日本語の文体がなかなか見つからなかったのである(富士川『書物と詩の世界』、一五七頁)。「ぼくは見ることを学んでいる」のところを、堀は「私は見る稽古をしている」と訳しているが、たしかにこの調子では『マルテ』を訳すのは難しい。大山は二十八歳というマルテの年齢にこだわらず、若い内向的な学生の言葉遣いを想定しながら訳して、読者の心を摑むことに成功した。しかし甘味の効きすぎたその文体は硬質な原文とはずいぶん違うということで、その後筆者もふくめて七人の訳者が挑戦したが、今でも大山訳の牙城は揺らいでいない模様である(なお、このほど久々に松永美穂による新訳が出たことを付記しておく)。

4

第二次大戦が終わり、ともに敗戦国となった日本とドイツのあいだの文化交流はしばらく途絶えがちであった。その間にあってリルケに対する関心は、戦争とはあまり関係なしに国際的にも拡がっていた。第二章で触れたように、ナチ時代のドイツでは、リルケはナチズムと無関係ながら、排除されなかったので、一般読者のあいだで隠然たる人気を保っていた。それにあやかって、リルケの知遇を得た人たちが思い出の記を競うように発表した。その多くは、古い時代に民衆に慕われた聖者の言動を伝える文書の調子に類似していたので、そのような一連のリルケ追想記は「リルケ聖人伝」と呼ばれた。一方文学研究界でも次第にリルケは取り上げられ、『ドゥイノの悲歌』の注釈書が何本も出た。

戦後の日本でも、『マルテの手記』『リルケ詩集』および『リルケ書簡集』（全五巻）などによりリルケの知名度が急上昇するなか、『若き詩人への手紙』『神様の話』の翻訳が話題を盛り上げ、「リルケ聖人伝」系の書も順次翻訳された。こうして一九五〇年代前半にはリルケブームともいうべき様相が見られた。渋谷の井の頭線ガードわきには「リルケ」という喫茶店もあった。地の利がよいので、はやっていた。詩人がつどうような店ではなかったが、お店の真四角のマッチ箱には赤い薔薇がトレードマークとなっていた。

三島由紀夫、安部公房といった第一線の作家がリルケの影響を口にしたのも、この時期のことであった。パリで活躍する森有正は『バビロンの流れのほとりにて』（一九五七）などの書簡エッセーで、しきりにリルケに触れている。ドイツ文学者によるリルケ紹介の書も競うように出始めた。大山定一『リルケ雑記』（一九四七）が純粋な詩人像を際立たせ、星野慎一の浩瀚な三部作『若きリルケ』（一九五二）『リルケとロダン』（一九五三）『晩年のリルケ』（一九六二）が早くも詳細な伝記に取り組み、富士川英郎『リルケ』(一九五〇)は、その「時代と文学史的背景」の章のなかで、リルケをゲオルゲ、ホフマンスタールとともにドイツ詩の新しい道を拓いた存在と明確に位置づけた。巻末の「リルケ研究文献」とともに、その後のリルケ研究に長く指標となった。

「リルケ聖人伝」のなかではルー・アンドレアス＝ザロメ『ライナー・マリア・リルケ』(土井虎賀寿訳、一九四三／富士川英郎・吉村博次訳、一九五九)、トゥルン・ウント・タクシス侯爵夫人『リルケの思い出』(富士川英郎訳、一九五〇)そしてカタリーナ・キッペンベルク『リルケ』(芳賀檀訳、一九五一)は、ご三家ともいうべく、聖人伝の域を超えた重要な研究資料である。しかし詩人であり異色のドイツ文学者である田木繁はその著書『リルケへの対決』(一九七二)において、詩人の近くに居た者が必ずしも詩人の意思を正確に伝えているとはかぎらないと、醒めた見解を唱えた。その一方で、リルケがかつてロシアの野でルーとともに見た白馬をうたった『オルフォイスへのソネット』第一部二十番を読むと、『新詩集』の有名な詩でうたわれている豹など「剥製の豹」にすぎぬと批評して(同書、四八頁)、読者を驚かせた。

5

リルケ愛好者の層が厚く拡がってブームを形成すると、それに応じてリルケを嫌悪する声も大きくなった。社会問題について無関心という点が非難の核心であった。「なぜなら貧しさは内部から射す大いなる輝きである」という詩句がしばしば引合いに出されて、貧富の懸隔を是認する時代遅れの詩人だと批判された。七か月児として誕生、五歳まで女の子として育てられ、富裕な婦人たちの庇護を求めて生き、薔薇の棘を指に刺したのがもとで死ぬ、などとエピソードを束ねられ、いわば発育不全のまま大人になった異種の詩人というイメージが世間に流布した。純喫茶「リルケ」もいつのまにか消えていた。

戦後ドイツ文学受容の観点から言えば、ギュンター・アイヒ、エンツェンスベルガー、インゲボルク・バッハマン、パウル・ツェランなど、ナチズム、第二次大戦、原爆、ホロコーストなどの歴史的事件に刺激されて斬新な表現スタイルで書く詩人たちの作品がドイツ新時代の詩の傾向として翻訳紹介されるようになると、リルケの姿はみるみる霞んでいった。一般読者が遠のくなかで、研究面におけるリルケ考察は徐々に、しかし確実に進んだ。

まず注目したいのは、批判的な視点からリルケの詩世界の実質を、詩作の全行程にわたって論じた手塚富雄『ゲオルゲとリルケの研究』(一九六〇)である。この書では、ヨーロッパの精神世界が物質文明の優位のため危機的状況に陥った十九世紀末に、芸術の重要性を再確認して、そこに詩による自我の砦を築こうとした詩人としてこの両詩人が取り上げられる。手塚富雄(一九〇三―一九八三)は両詩人の詩業を十分に評価した上で、彼らの詩人としてのあり方は、自らの領域を守ろうとしてあまりに閉鎖的すぎると批判する。その批判はリルケのほうによりきびしく向けられる。とくにリルケ独特の愛の考えでは、恋人に去られてもなおも愛し続けた女性たちを賛仰しているが、手塚によれば、これも自我の世界を守ろうとする姿勢の表われである。リルケが孤独をとりわけ重視するのもそのためであると見る。彼の人生における家族や知人たちとの関係の立て方にしても、きわめて自己中心的で、他者への配慮が見られないという。物たちとの関わりは親密のように見えるが、物たちを、彼らの「委託」に応じて、「不可視の世界」へ送り込む詩人の行為を誇りとしている彼の態度（「第九悲歌」等）を見ていると、「ただ孤在して讃えることに自足している」といわれても仕方がないだろうという。結局リルケは「芸術を現実の生から分離して遂行する方向をとった詩人」（同書、五六七頁）と見なされる。

手塚は、世の雑音を極力避けつつ、孤独を盾として一世一代のポエジーの城を築いた詩人リルケのマイナス面を完膚なきまでに抉り出している。しかしそれは市民社会の生活感覚から切り込まれたものであって、そのマイナス面を裏返せば、世の因習に刃向かうというプラス面も見えてくるのではないか。相手を乗り越えてゆく愛は、因習による男女の結びつきの対極をなすものでもある。世を避ける盾としての孤独の裏側には、詩人のたゆまぬ精進の姿があるだろう。物たちを「変容」させようという詩人の意志には、物づくりの伝統を今に活かしたいという願いがひそんでいるのであろう。

塚越敏『リルケの文学世界』（一九六九）は手塚の著書に並ぶ大著であるが、『マルテの手記』と『新詩集』『ロダン論』を中心に、リルケの詩句や発言を丹念に拾いながら、孤独、事物、芸術、愛、神などについての詩人の考えを克明に考究している。塚越敏（一九一七―二〇〇八）は本書の「序」においてリルケの晩年の手紙の一節「これらの（自分の――筆者註）詩が必然的に伴っている難解さは、それが曖昧だからではなく、その出発点がしばしば木の根の総体のように、隠されているからです」を引用して、その「木の根の総体」を解明したいとしている（同書、五頁）。それは具体的には、個々の詩の底流となっているリルケ独特の思想、すなわち相手を乗り越える愛や、芸術事物という捉え方、生死一如の空間等々を、詩人の意向を汲みつつ究明するという仕事になる。たしかにこの労作により、読者はリルケの作品に近づき易くなったはずである。しかし塚越の書を読み進むと、愛であれ物であれ死であれ、リルケ詩の基幹理念は、結局のところいずれも無常性を克服して「実在界」を指向するという一点に収斂していて、著者の批評性が乏しい。塚越が充実したものと見ているリルケの思想構造が、手塚の目には空疎に見えるという事情が明らかになる。

ここでまた翻訳業績の進展を見ておこう。リルケの主著『ドゥイノの悲歌』については、芳賀檀訳（一九四〇）浅井真男訳（一九五四）を経て、手塚富雄訳（一九五七）と富士川英郎訳（一九六一）が出た。とくに後二者が詳細な注釈付きで刊行された。なお富士川は『悲歌』および『ソネット』訳を含む『リルケ全集』初版全十四巻、改版全七巻（弥生書房、初版一九六〇—六一、改版一九七三）を編集刊行した。そのあとに訳者陣の世代・系列交代が行なわれ、一九七〇年以降は、塚越敏がリルケ訳業の主役となった。従来注目されていなかった連作『C・W伯の遺稿より』（一九七三）や『マリアの生涯』（一九八六）の訳のほか、五〇年代に出た五巻本に追加される『リルケ書簡集』全四巻（共訳一九七七—八八）『リルケ／ホフマンスタール往復書簡』（一九八三）等々を出し、ついには監修・訳『リルケ全集』全九巻別冊一巻（河出書房新社、一九九〇）の大業を成し遂げた。この全集は、『悲歌』や『ソネット』はもちろん、『時禱書』『新詩集』などに詳細な注釈が付されたのは大きな功績だったし、最初期の詩集や初期の三つの日記も完全な形で訳出され、献呈詩や断片もできるかぎり取り上げてある。また、インゲボルク・シュナックの『リルケ・クロニクル』に基づいて作成された詳細な年譜は、別冊の伝記とともにリルケの読者には格別貴重である。しかし他方では、リルケは詩でも散文でもきわめて多作な詩人であり、贈呈のために書いている作品や手紙も混じっているので、このように網羅的に集成してみると、リルケ文学全体のイメージが薄まってしまうという反面も見えてくる。

6

堀、立原以降、日本の詩人たちの間では、リルケは無視しては通れない存在となった。もちろんボードレールやランボーに比べれば、リルケの影響力は薄い。しかし、詩人たる者、リルケに対しては何らかの態度を取る必要があった。中原中也のように嫌悪を感じて目をそむける人もいれば、丸山薫のように深い親しみを抱きつづける人もいる。富士川英郎によれば、萩原朔太郎は、リルケの熱心な読者ではなかったが、詩人としての生き方、考え方、境遇などを勘案すると、リルケに似通ったタイプの詩人だったという。父親と反目して、職業につかず、母親も含めて女性との関係に手を焼き、近代社会に生きる人間の心の孤独から詩を書いた、などの点を富士川は挙げている(『萩原朔太郎雑志』、一九七九)。

しかし朔太郎につづく昭和後期の詩人たちのあいだから、真剣にリルケを読み込み、彼の詩精神を自らの詩作の中核に置こうとする一連の詩人たちが出現した。なかでも影響力の強かったのが村野四郎(一九〇一—一九七五)である。村野はハイデガーの「ことばは存在の住居」という考えに深く触発され、言葉は存在を写すのではなく、言葉に問われることにより存在は「無からおどり出て」開示されるのだ、という認識に至った。彼はその認識のもとに、従来の日本の詩人が察知し得なかった表現領域に到達した。

ひとことで言えば、言葉が存在を生み出すような詩である。村野によれば、朔太郎はすでにそのような詩の世界に入りかかっているが、リルケこそ本格的に存在の詩を実践した詩人であると見る（「詩にとってことばとは何か」）。『実在の岸辺』（一九五二）、『抽象の城』（一九五四）、『亡羊記』（一九五九）などの詩集で村野は、リルケの事物詩の手法と『悲歌』『ソネット』の存在論をベースにした実存探求の詩を展開した。しかし、「不可視の世界への変容」というリルケ独自の実在観を鵜呑みにはせず、「徹底的なニヒリズムの底から湧きあがってくる一つの積極性」だけを、唯一信頼できるものとして追求したのである。有名な「さんたんたる鮟鱇」からもその思いが読み取れるが、ここでは、後期のリルケの息づかいを思わせる「花を持った人」を挙げたい。

くらい鉄の塀が
何処までもつづいていたが
ひとところ狭い空隙があいていた
そこから　誰か
出て行ったやつがあるらしい

そのあたりに
たくさん花がこぼれている

自然のふとした亀裂のようなところから実在の空間が透けて見える気配が、リルケを思わせる。

村野の影響を受けてリルケを読み、とりわけ『悲歌』と『ソネット』の根底をなす「変容」のモティーフを活用しつつ連作『無実の歌』を書いたのが金井直（一九二六―一九九七）である。金井はそこで、幼少時の不幸な体験を起点として、それを冬空に上がる凧や水辺の真菰や沈黙する水に置き換えながら、やがて新たな子供の命へ転生することを祈念する畢生の歌を書いたが、その発語の裏ではリルケの『第四悲歌』や『ソネット』のなかの凧や空の鳥や幼少時の友をテーマにした詩が刺激を与えていたのである（坂本正博『帰郷の瞬間――金井直『昆虫詩集』まで』参照）。

さらにまた、村野の影響のもとに詩人として成長した前原正治は、リルケの語法を丹念に日本語に取り込んで、神なき世界の只中に重厚な自然詩を創った。

山頂のかたわらで
岩が光っていた
もう何ものへでもない
ぎりぎりの憧れの顔のように
内部から黒く
水がにじみでていた

岩の窪みにしがみついて
竜胆《りんどう》の花が
星ひとつ落ちない部厚い闇へと
かすかに開いていた

これは詩集『光る岩』(一九八〇)の表題詩だが、誰が見ても、この短詩のなかにリルケの因子がひそんでいるのに気づくだろう。前原の詩業は、いわばリルケ品種の詩の苗を東北地方の苛烈な自然と生活の土壌に植え付けて、多様な棚田を繰り広げているように思える。
村野四郎から前原正治に至る一連の詩人たちは、リルケの全体像をどこまで把握しているかは別にして、リルケの芯を芯でとらえていると言いたい。

7

一九七〇年代以降、リルケ研究全般にも方向転換が見られた。それは、詩人の比類ない伝記にもとづいて作品を読むのではなく、作品そのものを作者から離れて見ていこうという方向である。受容美学、構造主義論などが日本の外国文学研究に大きな波紋を投じた時期のことである。従来リルケを論じる際の定番になっていた詩や散文および書簡の枠から離脱して、読む側の立場から注目すべき作品を新たに取り上げることで、リルケの世界を見る角度も変わってきた。リルケ選詩集のなかでもユニークな生野幸吉編訳『リルケ詩集』(一九六七)では「告知(天使のことば)」「音楽、彫像の息づかい」「エロス」などの詩が扱われ、詩人の別の顔が見えてくるようだったし、筆者は『リルケ研究』(一九七二)で重層的メタファーの詩「ゴング」を初めて紹介した。

ハイデガーのリルケ論は手塚富雄・高橋英夫訳『乏しき時代の詩人』(一九五八)によってすでに知られていた。ここで「乏しき時代」とは、神なき時代のことである。ハイデガーは後期のある贈呈詩を取り上げて、人間存在の庇護なき状態をリルケはどう受け止めようとしているのかを、ヘルダーリンと対比しつつ考察している。問題の詩は、人間存在がいかに外部に曝されているものであるかをテーマにしている。動物や植物よりも人間はとりわけ庇護されていないとされ、その際リルケは「冒険」という言葉を使っている。人間は冒険的に生きていることによって「開かれた世界の中に転入」するほかない。その「開かれた世界」は、内部空間から実在へと通じ合うのである。ハイデガーは、乏しき時代を生きる詩人としてリルケにもその資格を十分に認めながらも、ヘルダーリンと比べるなら格下であると見ている。リルケの思想は究極的に内面世界に頼りすぎる嫌いがあるとの見方である。

ハイデガーの影響を受けてドイツ文学研究に新たな礎石を築いたベーダ・アレマンの名著『リルケ——時間と形象』が山本定祐訳により出版されたことは(国文社、一九七七)、リルケの形象表現の詩学的特質を究めるのに重要な指針をもたらした。

哲学者・加藤泰義(一九二七—二〇〇二)はハイデガーのドイツ詩との関わりを一貫して研究し、『ハイデガーとヘルダーリン』『ハイデガーとトラークル』などの著作を発表したが、その皮切りは『リルケとハイデガー』（一九八〇）であった。ここで加藤はまず、ドイツ観念論からディルタイ、ニーチェの生の哲学、さらにフッサールの現象学への展開を受けてハイデガーの存在論哲学が出現した経緯を解説し、ハイデガーが人間存在をテーマにしたリルケの後期の詩作に関心をもったことの必然性を指摘する。リルケに対するハイデガーの批判も紹介しながら、むしろリルケを弁護する立場から、リルケ詩がときに開示する地上の生の「さきわい」の感覚について語る。

加藤の生前最後の著書は『このように読めるリルケ——響きつづけるグラスであるがいい』（二〇〇〇）である。リルケは『ドゥイノの悲歌』と『オルフォイスへのソネット』の制作に平行して、一九一二年から一九一五年、および一九二二年から一九二六年の間、数多くの詩を書き残している。そこには両詩集への準備のような作品、その余滴のような作品、あるいは両詩集の枠から飛び出してしまったような作品などもあって、多様でまとめにくいのだが、加藤はこれらの詩を渉猟して、そこにいくつかの傾向を見いだした。女性への求愛と詩作の追求が十字路のように交差している心境をうたうもの、死の領域をふくんで生きる女性の大きさを称賛し、「永続のいのち」をうたうもの、羊飼いのように立ち尽くす姿勢を保って宇宙の全体を内面に感じ取るもの、たびたび出てくる「風と陽光」、「開かれた空間」のイメージを「さきわい」のモティーフとしてうたうものなどが挙げられる。それらがいずれも『悲歌』および『ソネット』にある詩句との関連を確かめながら論じられている。また「銅鑼（ゴング）」や「全権」のようなとびぬけた仕様の詩を扱っていると思えば、初期の連作『愛する』の立原道造訳を名訳と称えたりする。いずれにせよ、『悲歌』と『ソネット』を仕上げた一九二二年以後、死去するまでの足掛け五年のあいだの詩作は、大仕事を終えたあとの余韻を自ら愉しむ類のものと思われていたが、事実は違っていて、女性をうたうにしても、実際に付き合っている人を対象にして、激しい思いを寄せたり、迫りくる死の予感のなかで、生死一如の晴朗のひろがりをひたすら呼び求めたりするように、詩人の心は最後まで安らぐことはなかった実情が明らかにされた。

加藤は自らも三冊のソネット集『春の歌——小さな詩論47のソネット』（一九八九）『秋の歌——55のソネット』（一九九〇）『飛花落葉——20のソネット』（一九九八）を発表している。それは親鳥の歌に習って光と風の問いかけに応える健気な雛鳥の声のようである。加藤は身をもってリルケの詩世界にこれまで最も接近した日本人であると思われる。

辻邦生の『薔薇の沈黙——リルケ論の試み』（二〇〇〇）は、著者の死により最終章が書かれずに終わったが、リルケの「眼の仕事」から「心の仕事」へという言説を軸に彼の詩世界の意義を入念に解明している。しかし「リルケはもはや戦争という苛酷な現実に対していささかもたじろぐことなく、天使たちの舞う世界空間を、フィクションの世界ではなく、人間にとっての深い実存の開示として描くことができるようになる」と言われると、ひとごとながらさすがに面映い気持ちになる。

一方、リルケの最後期の詩作品にはフランス語による詩集のあることも、すでに堀辰雄以来さまざまな翻訳によって知られているが、前記の河出書房新社版『リルケ全集』に収められているフランス語詩集の訳者の一人である詩人・吉田加南子が、その解説において、彼のフランス語の詩には生の危機感がなく、知覚や感情を言葉であとからなぞっているだけだと、その弛緩ぶりをきびしく指摘しているのは、辻邦生のリルケ評価とは対照的であり、この両極の存在をわれわれは記憶に留めておくべきである。

塚越敏『リルケとヴァレリー』(一九九四、芸術選奨文部大臣賞受賞)は、リルケが最も影響を受けたヴァレリーを中心に、フランス文学との交流を緻密にまとめた重要な比較文学研究である。

無名の少女との詩のやりとりの記録である『エリカ・ミッテラーとの詩による往復書簡』も詩人の鈴木俊により翻訳紹介された(一九八〇)。リルケはおよそ他人との共作などは思いもよらぬタイプと見られていただけに、この異色作品の存在は注目されている。鈴木はのちに作家として成功したミッテラー女史をウィーンに訪ねている。

同じく最後期のリルケがフランス語を通じて俳諧に熱い関心を寄せたということも明らかになり、日本の読者を驚かせた。彼の最後期における短詩への志向には俳諧の影響があることは間違いなかろう。

8

茅野蕭々の『リルケ詩抄』から八十年、二十一世紀初頭の時点で日本におけるリルケ受容の現段階を飾っているのが、三種類の『オルフォイスへのソネット』の詳解付き全訳である。すなわち、加藤泰義訳著『オルペウスに捧げるソネット』(一九八三)、田口義弘著『リルケ——オルフォイスへのソネット』(一九九一/新版二〇〇一)、そして助広剛『リルケ「オルフォイスへのソネット」訳と鑑賞』(二〇〇二)の三著である。哲学者の加藤はこの訳業にあたっては、ハイデガーやニーチェなどをあえて引き合いに出さず、ギリシャ神話との関係を吟味しつつリルケの詩句を解読する態度を取っている。ドイツ文学者であると同時に日本詩人クラブのクラブ賞受賞詩人の田口義弘（一九三三―二〇〇二）は、訳詩をあくまで詩として創り、一方で読者の理解のために綿密な注釈を施した。ドイツ文学者で比較文学者の助広剛（一九三四―二〇〇八）は、田口とは対照的に読者の理解を主眼とした訳詩をめざし、「鑑賞欄」で訳者の自由な解釈を展開した。

上記三著のほかにも、富岡近雄『新訳リルケ詩集』訳・解説・注（二〇〇三）のなかにも『オルフォイスへのソネット』の全訳と注が収められている。かつて杉浦博の全訳（一九六五）につづき、一九七三年に富士川英郎の『オルフォイスへのソネット』訳と注釈が刊行されたときには、まだこの作品に対する一般の関心は薄く、ほとんど反響がなく、書評も出なかったという（富士川『書物と詩の世界』、一六四頁）。しかし一九八〇年以降、リルケ研究はその重点を『ソネット』およびその周辺の詩に移した。それはヘルマン・メールヒェンの浩瀚な注釈書がようやく日本で咀嚼されたことにもよるであろうが、それより重要なのは、その時期から現代世界が新たに深刻な危機の時代に入ったことと無関係ではないと思われる点である。ドイツ文学者で歌人の小松原千里は、エッセイ集『沈黙のことば――リルケ「オルフォイスへのソネット」について』（二〇〇〇）で『ソネット』をめぐって、現代における詩の役割について語っている。その序論で小松原は、一九二二年二月一日、すなわちリルケが『悲歌』と『ソネット』を書き上げるあの「名状し難い嵐」に突入する直前に書いた一篇の詩を挙げている。それは現代のわれわれに呼びかけてくる言葉のようにも受け取れるので、その第三連と第四連を引用する。

嵐よりも大きな声で、海よりも大きな声で
人間たちは叫んできた……。だがなんと巨大な静寂が、宇宙空間のなかに
棲みついていることか。そこでは蟋蟀の声も聞こえていたではないか、
私たち、叫んでいる人間にも。沈黙している星々がいまも私たちに
輝いているではないか、呼び声のこだます天空のただなかに！

はるか遠くの、昔の、太古の父たちが私たちに語りかけていたのだ！
そして私たちは、ついに聴く者！　さいしょの聴くにんげんなのだ。

（小松原訳）

聴くといっても、世論や識者の声を聴けというのではない。世の喧騒の向こう側に響いているはずの自然の声に、歴史の声に、静かに耳を傾けようというのである。そこから未来への歌が生まれてくるようにと、リルケは自分の『ソネット』一巻を差し出しながら、私たちにも呼びかけているのではないだろうか。時代によって詩の内容は変化する。詩人はそれぞれの短い生を生きながら、世界の長い生に脈々と関わってきたが、今はじめて地球や宇宙の言うことに耳を傾けることになったということを指し示しているのかもしれない。

『ドゥイノの悲歌』に関しては、作家古井由吉が私的なコメントを挟みつつ全篇を散文に砕きながら翻訳した「ドゥイノ・エレギー訳文」（『詩への小路』、二〇〇五）がある。「いずれ何処にも、世界は存在しな

くなるだろう、内側においてのほかには」という詩句を「内面性の称揚と安直に取るべきではない。これも歎きである」と断定するなど、詩人の建前にこだわらず、詩のテキストに深く耳を傾けた貴重な読みの成果である。

内外の近代芸術に幅広い視野をもつ評論家・瀬木慎一の『リルケと孤独の逆説』(二〇一〇)も独特のリルケ論である。『マルテの手記』の解読を中核に置き、孤独に徹することにより独自に過去および同時代の文化と触れ合った詩人の足跡を辿っている。また他方、同時代人から見たリルケ像が描かれている。ドイツ史の研究者で元一橋大学学長の阿部謹也はリルケに親しんでいた。リルケの詩「寂寥」(筆者の訳では「孤独」)に「宇宙の現象として個人の寂寥を位置づけてゆく視線に私はヨーロッパを見た」と書いている(『阿部謹也自伝』、二〇〇五)。

そして、リルケの死後すぐに始まった前述の「リルケ聖人伝」の系譜が今でも日本でしっかり受け継がれていることも特筆すべきであろう。熊本で出ている詩誌『アンブロシア』では、その主宰者の藤坂信子がリルケや妻クララのことを書き続けているし、染織家の人間国宝志村ふくみが刊行した『晩禱——リルケを読む』(二〇一二)と『薔薇のことぶれ——リルケ書簡』(二〇一二)もその系列に当たるリルケ論である。死後八十年以上を経ているのに、リルケの霊はなおいきいきと女性の著者たちと歩みつづけているらしい。

全体を改めて通覧すると、人々がリルケに批判的な時期と、リルケに親しもうとする時期とがあるようだ。現在は、現象的にはどうやら後者の時期に入っているようである。不安定で暗い時代にはリルケが求められるとの見方もある。リルケには人の嗅覚を刺激する独特の香りがある。読者としてはただ詩人によって読まされないよう、主体的に読むことを心がけるのがよいと思う。

付記　本稿完結後に筆者が知り得た事項一件を付け加えたい。

田村隆一が三好豊一郎に宛てて書き、平林敏彦の詩誌『新詩派』に掲載した「手紙」（一九四六）は、三好の詩「囚人」を評価し、それに関連して『マルテの手記』の詩論について述べ、リルケのいう「見ること」の意味を強調している。おそらく戦後最初のリルケ論である（「手紙」は詩誌『午前』第七号に復刻）。

マルテとクリストフ——追憶の賦

1

昭和二十年八月十五日のあと、当時大阪で中学生だった私は、自分の頭の中を占めていた神国思想、不敗神話が脆くも崩れていくのを体験した。そしてそのあとには長く精神的空白が居座りつづけた。大人たちの多くは戦争中、日本は戦争に負けると分かっていながら、子供たちにウソをつきつづけていたことがはっきりしてからというもの、親にしろ、教師にしろ、大人たちへの不信は抜き難いものとなっていた。しかしそのあと次第に、大人たちにもいろいろ事情のあることが分かってくると、改めて意気消沈した。これこそが真実という振れこみで直輸入される外来思想にも関心をもったが、思想の真偽を仕分ける能力も身に付いていなかった。

そんな中途半端な時間が長くつづいたのちに、リルケの『マルテの手記』に行き当たった。誰に勧められたわけでもなく、本屋の店頭で見て、何気なく引かれて買い求めた。大山定一訳の単行本、たしか白水社版だった。しかしその作品の世界には不思議な魅力があった。その書物は、思想世界の路頭に迷う若者に、明確な道しるべを示してくれるようなものではなかったが、たとえばパリの街を歩いていて見かけるという、取り壊されかかっている建物の様子を丹念に描写している個所などが心に沁みた。

［…］あちこちの階で部屋の仕切りの壁が見える。そこにはまだ壁紙が貼り付いていたし、ところどころには床や天井のなごりもみられた。仕切り壁と並んで、壁全体に沿って汚れた白い空間が残存していた。この空間を貫いて、言いようもなくいまわしい、みみずのようにぐにゃぐにゃとした、いわば腸のような動きをするトイレの下水管が、随所に錆を見せながら這いまわっていた。［…］

(RKA, III, 485)（1）

このようにして、むき出しになった住宅のなごりとそこでの生活の痕跡が如実に記述されていることが、私をおどろかせた。はじめは無意味な記述のように思えたが、壁の記述は外部世界の観察記録であるばかりでなく、読者である私の内部の荒涼としたありさまを写したものという気がしてきた。マルテ自身そのくだりの最後に、「その壁の実体を知ったとたんに、ぼくはそこから立ち去ったのだ。その実体を知るのは怖ろしいことだからだ。ここにあることのすべてをぼくは見分ける。それで、そのすべてが容赦なくぼくの内部へ入り込んでくる。そしてぼくの内部に居据わっている」と告白している。そしてその壁は自分の内部にも居据わっていると私は感じた。

都市特有の騒音を表現するのに、夜、部屋の窓を破って乗り物が人の寝ているところへ入り込んでくるというイメージを使ったり、人格を喪失している都市生活者を表現するのに、街路にしゃがんで顔を両手に伏せている女がふいに顔を上げると、顔面が剥がれて手のほうに残ってしまい、女はのっぺらぼうだったという描き方をしてみたり、都市をさまよう敗残者たちが詩人を自分たちの同類だと思って接触しようとする気配を表現したりするのも、当時の私にはめざましく鋭敏なものに感じられた。後になって、これら『マルテの手記』の発端のパリを描く個所はドイツ文学界でも高い評価を受け、カフカの初期散文とともにドイツ現代文学の起点を画する作品と見なされていることを知った。

マルテはパリの街での重苦しい観察の果てに次の言葉を記す。

どんないまわしいものであっても、現実のためなら、未来についての希望をことごとくかなぐり捨てる覚悟が自分にできているということに、ときどきわれながらおどろいているくらいだ。

(RKA, III, 505)

こんな言葉を心に留めながら、戦後をたどたどしく生きる私は、どんなに生き甲斐を見いだせなくても、目の前の日々を生きてゆくしかないのだと、自分に言い聞かせていた。リルケも、『マルテの手記』は「流れに逆らって」読むようにしてほしいと言っていることを、のちに知った。

しかし小説『マルテの手記』は、やがて徐々にパリから離れて、追憶と思索の森に迷い込んでいく。

2

マルテ・ラウリス・ブリッゲはデンマーク出身で、その手記を書いている時点で二十八歳という設定である。執筆当時のリルケとほぼ同年である。マルテは地方貴族の末裔で、祖父の君臨する本家と母親の実家を往き来しながら育ち、重厚な少年時代を過ごす。祖父や両親を看取ったあと、首府のコペンハーゲンに滞在して財産整理に当たった。それから単身パリに出て、詩人になろうとしている。リルケ自身はプラハの出身で、先祖の貴族性にこだわったが、確証は得られなかった。軍人学校での学業に挫折し、紆余曲折を経て大学入学を果たしたが、一年後に故郷を離れ、ミュンヘン、ベルリン、ロシア、ヴォルプスヴェーデなどの経験を重ね、結婚して家族を作りながら単身でパリに出てくる。

マルテがリルケの分身であるとは、よくいわれることであるが、その背景には、十九世紀末のヨーロッパにおける産業構造の変化と、大都市の急激な発達がある。各地方の若い世代の多くは、先代の仕事と財産を受け継ぐすべがなくなり、大都市に出てきて詩人か芸術家になることをめざした。マルテは世紀末の典型的な若者とみるべきであろう。

さて、このようなマルテの精神生活は二つの領域に分かれている。そのうちの一つは、大都市に展開する時代の先端的文化が早くも見せ始めたひずみや亀裂を、若い詩人の感性が把握してゆく面。もう一つは、郷里での少年時代の体験の追憶と、それに平行しての種々な読書体験である。その際の大きなテーマは死と愛である。マルテは、パリで直面した実存的不安を克服しようと焦るのではなく、いわば遠回りをしながら人生の本質的な問題に思考を深め、それを通して人間存在の意味を根本から把握し直そうというのである。

3

まず死が、『手記』の第一部から第二部にかけてつねに問題にされている。なによりも、大都市で死が、生と同様、粗末に扱われていることが痛感される。そのような死をめぐる現在の事情を、百年前に書かれたこの作品は、すでに工場の大量生産になぞらえて、的確に表現している。

もうしばらくすると、固有の死は固有の生と同じようにめったに存在しなくなる。やれやれ、なにもかも揃っているのか。生まれてくると、そこに出来合いの人生がある。それで片がつく。あとはその人生を着用さえすればよいのだ。勇んでにしろ、いやいやにしろ、それを着て出歩く。そのうちに労せずして死に行き当たる。「はい、あなたの死はこちらでございます」——あてがいぶちの死を死んでゆく。たまたま病気になると、その病気に付属する死をいただくことになる。

（RKA, III, 459）

このような現代の大都市で経験される死に対して、農村部にはまだ残っている昔ながらの死が提示される。どんな人間もほんらい、その人だけの死をもっていると、マルテ＝リルケは考えていた。そのような死の例として、マルテの父方の祖父の死のプロセスが描かれる。死は祖父の内部に住みつくと、二か月のあいだ叫び声を上げ、傍若無人の乱暴を働いた。右の引用と対比して、死がまだ本領を発揮していたときの状態が次のように記述される。

みんな自分自身の死をもっていた。男たちは武具のなかに深く、まるで捕虜を扱ってでもいるように死を包みこんでいた。女たちは年老いて身体が縮まり、途方もなく大きなベッドに横たわり、まるで舞台にでも立っているようなつもりで、家族全体、使用人たち、犬たちに見守られて、つつましくも毅然とした態度で往生をとげた。子供たちにしても、ごく小さな子供たちでさえ、いいかげんな死に方はしなかった。

(RKA, III, 464)

死はリルケ文学の中心テーマであるが、『手記』がその骨格を形成している。その基本には、自分の死を人は子供のときから自分の内で育て、ついには成熟した死によって地上の生を全うするのだという考えがある。

一方、死者は地上での習慣から急には抜けきれず、決まった時間と場所に親族のところに姿を現わすシーンをマルテは二度も体験している。どちらも母方の実家を訪れているときのこととなっているが、数奇な運命をたどって死者となった女性が何度も夕食の席に現われて、食事の席を混乱させる。もう一つの例は、マルテが母から聞いた話であるが、やはり早世した女性が夕食の席に現われる。しかしこの場合は、人々にはその姿は見えず、犬だけには明らかに彼女の姿が見えていた、というのである。このほうが不気味である。これらは死者たちの地上への未練の表われであり、死が現世に染み出している現象ということができる。

『マルテの手記』も第二部に入ると、偽の皇帝ドミトリーの正体がばれて直ちに殺害された話や、ブルゴーニュのシャルル剛勇公が戦場で死んでから凄惨な死体発見までの話など歴史上の人物の悲劇的な死が、マルテの追憶のなかから語られる。二つの話は陽と陰、正反対の性格のものであるが、どちらも十分に衝撃的なものである。

死はリルケにとって最も早い時期からの重要なテーマであった。イタリアの小さな町をペストが襲い、墓堀人と少女が町民の襲撃を受けて陰惨な光景を展開する短篇「墓堀人」、またヴォルプスヴェーデで書いた日記のなかには、北ドイツ特有の沼地に詩人は死の匂いを嗅いでいる。『マルテの手記』起稿のすぐ前に完成された『時禱詩集』第三部「貧困と死の巻」では、「自分自身の死」がうたわれた。『新詩集』のなかの代表的な詩の一つである「オルフォイス、オイリュディーケ、ヘルメス」は、オイリュディーケがすっかり死の国になじんでいることを思わせる結末が衝撃的であった。さらにパウラ・モーダーゾーン＝ベッカーの思いもよらぬ死に際して書かれた長篇詩「レクイエム――ある女友だちのために」も挙げられるだろう。そのなかにあってリルケは『マルテの手記』において、死のテーマの基本的なヴァリエイションを試みた、というべきであろう。

大空襲のなかで死を間近に感じた体験を胸に収めて戦後の年月を過ごしていた若い私にとって、死の話はいずれも胸に迫るものがあった。しかし遠い国の物語の切実さは、パリの街路でのマルテの体験がよびおこす切実さとは違っていた。「自分自身の死」という重い考えには、正直なところ、なかなかついて行けなかった。戦後も当分の間病弱だった私は、いつも即製の死に連れて行かれる恐怖に迫られていたからだ、自分自身の死を構想するより、死からの逃走が先決だった。

4

『マルテの手記』を構築するもう一つのテーマは愛である。愛のテーマは第一部にはほとんどみられず、第二部に入って次第に大きく展開する。愛といっても、マルテが恋に落ちるのではなく、愛に生きた女たちのことをマルテが語るという形態をとる。というのは、真の愛とは、リルケによれば、失恋した女性がその悲しみを乗り越えて愛を貫くという場合においてのみ実現するからである。男性は愛されることばかり考えているから、このような愛に到ることがないという。マルテは、男性も今やそのような愛に生きなければならないと言っており、事実『手記』終盤に語られる『放蕩息子の帰郷』の伝説は、愛されることを拒む男の物語となっている。しかし愛の本流は女性の側にあるとリルケは考えている。

女たちが真の愛に到る筋道はこう書かれている。

一人の男に去られて嘆き悲しむ。しかしそのとき、自然の全体が彼女たちと声を合わせる。するとそれは永遠の男を失ったことを嘆くことになる。彼女たちは去っていった男を必死で追いかけようとする。ところが数歩ばかり足を進めるともう男を追い越してしまっているのだ。すると、突き進む彼女たちの前方にあるのは神ばかりだ。（RKA, III, 618）

そしてビュブリスとカウノス兄妹の伝説が語られる。ビュブリスは太陽神アポロンの孫娘で、兄カウノスを愛し、しきりに手紙を書いて、兄に想いを伝える。しかし兄は妹の愛を拒んで、国を離れて遠い旅に出る。ビュブリスは兄のあとを追うのだけれども、追いつけず、その間涙を流しすぎて、ついに泉に変身してしまったと伝えられる。これは近親相姦をベースにした変身物語であり、オヴィディウスの『変身物語』にも収録されているが、自分の想いをたくさんの手紙に綴ったということから、ビュブリスの名は文献という語の語源ともなっている。マルテはこのビュブリスを、捨てられつつも愛を諦めない女性像の一人として崇めているのである。そのほかにも、「ポルトガル尼僧の手紙」のマリアナ・アルコフォラドや、イタリア・ルネッサンス期の詩人ガスパラ・スタンパなどは、『手記』においてばかりでなく、リルケがしばしば引き合いに出す、失恋を克服して愛を貫いた女たちである。

以上愛の女性としてリルケが称賛する具体的な人物例は、伝説上ないし歴史上の人物ばかりであり、いわば人類の追憶から詩人が選び出し、新たな観点から語り直しているのである。ただ、マルテの母親の一番下の妹であるアベローネという、マルテと年の近い叔母が、登場人物としては唯一、そのような愛の素質をもつ人物として、親愛の情をこめて描かれている。ある個所ではっきり、「アベローネが自分の愛には相手は要らないと真剣に思っていたことは知っている」と書かれている。彼女は愛に生きる女性たちのなかで、マルテに最も身近な例ということになる。

さらに言えば、『手記』第一部の最後に語られるゴブラン織りの連作《貴婦人と一角獣》も、第二部の主題となる愛のテーマの前奏のような位置に置かれている。一角獣とつかず離れずの態度を示す貴婦人の姿を詳しく描いていきながら、画面には現れない男性への愛に確固たる心をもつ女性であることを匂わせているのである。

ところで、第二部において愛を語るマルテ＝リルケの筆が、失恋をもろともせず相手を愛し続ける女性たちのことを称えつづけるのを読んでいると、それがほんとうの女性の心情を把握したものだろうかという疑いが浮かび上がってくる。女性の底知れない苦悩にはあえて目を向けないのかという不満も抑えきれない。女性のたくましい愛を称えながら、男性は女性の脇を巧みにすり抜けられるというからくりも隠されているのではないか。けれどもさらに読み返していくと、この記述は女性たちの実態を書いているというよりも、女性にはかくあってほしいという、マルテの切なる憧れを書いているのだということが分かってくる。

『手記』におけるマルテの愛の思想は、究極のところ次の文章に集約されるのではないか。

愛されるとはめらめら燃えることだ。愛するとは、尽きることのない油によって焔を上げつづける

ことだ。愛されるとは消滅すること、愛するとは持続することだ。（RKA, III, 629）

愛において大切なのは主体性をもつことだということになる。愛されようと、愛されまいと、自分の想いを貫くのが愛だと主張されている。このような考えによっては相思相愛の愛の成就は困難であろう。むしろ実らない愛を意志の力で成熟させようとする思想である。

死のテーマの場合と違って、「所有なき愛」のテーマは『マルテの手記』で初めて登場している。それだけに、女性たちの心情に沿って大いなる愛を語ろうと、マルテの筆には力がこもる。それとは裏腹に、女性の内部にひそむ複雑な気持ちは抜け落ちているのではないかという疑惑が湧いてくるのを、読者は抑えることができない。

しかし、さきほども少し触れたが、マルテの女性観は、むしろマルテ自身の憧れを表現している面が強いのではないか。さらにいえば、マルテ＝リルケは愛について書きながら、じつは芸術のことを考えているのではないか、と私は考えるようになった。事実、マルテが称賛する愛に生きる女性たちは、異例の愛の体験によって詩集や書簡集など何らかの「作品」を生んでいるのである。愛を語るには、そこから生まれる「作品」が前提になっている。芸術に関してなら、主体性を貫くことにためらいを感ずる必要はないであろう。マルテはまだ芸術について真正面から語る用意はできていなかった。リルケ自身も、もともと芸術論は得意ではなかった。ひたむきな愛に生きる女性たちのことを書くうちに、それが自分自身の芸術の達成への願いに重なっていったのではないか。

愛のテーマは、『マルテの手記』完成のあとの谷間のようなスランプの後に生まれた「第一悲歌」でも、死のテーマとともに二本の柱となっている。失恋しながら愛情をさらに強める女性たちを称え、例としてまたもガスパラ・スタンパを挙げている。一方、夭折によって自分自身の死を遂げた死者の例として、ギリシャ神話が伝えるリノスのことを「第一悲歌」の終盤で力をこめてうたっている。この若者のとつぜんの死によって生じた大きな空虚を埋めるために世に音楽が誕生したというのである。愛も死も、主体的な意志を通じて実在の空間へ、芸術の世界につながろうとしている。「第一悲歌」は『ドゥイノの悲歌』の序曲と見なされているが、『マルテの手記』の終曲と見ることもできるのである。

『マルテの手記』に初めて取り組んだ頃の私は、愛のテーマになかなかなじめなかった。愛の思いを、当面の相手に消費せず、内に貯めて強いエネルギーに変換していくという愛の形而上学には共鳴できなかったし、私の親しい女性たちもみな、リルケの愛の思想に反発していた。マルテの筆がひたむきになればなるほど、読者の私の気持ちは離れた。しかし、所有なき愛の思想構成が、生の幸福を放棄して美のために献身する芸術家のあるべき姿になぞらえたものであることが分かってきたとき、マルテのひたむきな筆致がようやく分かるようになってきた。のちに辻邦生が、この作品の愛について「〈愛する女〉とは芸術家の原型」(2)と述べているのを知った。

しかしリルケをテーマにドイツ文学研究者となった私は、日本とドイツの戦争責任という焦眉の問題に引かれ、戦後文学に目を向けるようになっていった。さらには、ドイツの学界で多角的に進められているドイツ文学史の再検討の問題に強い関心をもち、新しいドイツ文学史の構想を描き始めた。必然的にリルケの愛のテーマからは遠ざかってしまった。

5

マルテとは別に、じつはリルケの作品のなかにもう一人リルケの分身がいる。『旗手クリストフ・リルケの愛と死の唄』の主人公クリストフである。この作品は詩劇風バラードともいうべき特異なジャンルのもので、十七世紀の東ヨーロッパ、ハンガリー付近での軍隊の行軍とつかの間の戦闘を語り伝えるものである。当時のヨーロッパは東方からの屈強なトルコ軍の脅威にさらされていた。そこでたえずヨーロッパ各地からの義勇兵によって部隊が編成され、東方へと送り出される。そんな部隊の一つに初陣の貴族の青年、ランゲナウ領地のクリストフ・リルケが所属していた。作品はその部隊の行動を追跡する。部隊はハンガリーあたりの荒野を行くようである。

［…］山はなく、木もほとんどない、なにひとつ立ち上がってこない。よそよそしい茅屋が、水浸しの泉のほとりで乾ききってうずくまっている。塔もみられず、行けども行けども同じ風景。目も二つは余計である。［…］国を出たのは夏だった。女たちの衣装が長く、緑に映えていた。ずいぶん長く行軍している。だからもう秋だろう、女たちがぼくたちのことを思って悲しがっているだろう、少なくともあの故郷では。

（RKA, III, 141）

このような行軍がいつまでも進む。ドイツからもフランスからも、若い貴族が従軍している。各国語が入り混じる寄せ集めの軍隊である。だれかが母親のことを話題にすると、めいめいが自分のママの話をする。あるいはランゲナウのクリストフが、夜警の篝火に誘われて、故郷の女たちが収穫のときに野良でうたう歌をうたう。クリストフは、フランスの侯爵と身の上を語り合う。年上の侯爵は、故郷に金髪の妻を残してきたことを打ち明け、クリストフは、それなのになぜこんな殺伐とした行軍に参加したのかとなじる。こうして二人のあいだには友情が芽生える。だが、その後まもなく侯爵は他の部隊に転出することになり、あっけなく別れがくる。去って行くフランスの侯爵をクリストフはいつまでも見送り、形見の薔薇の花を軍服の下にしまいこむ。ここまでが第一段である。

第二段では、部隊が町に到着。兵士たちは欲望をあらわにして、乱痴気騒ぎを引き起こす。そこに白馬に跨った将軍が到着する。将軍は命令を布告する。そこでクリストフが旗手に抜擢された。彼はさっそく母親に宛てて手紙を書き、名誉ある指名を受けたことを報告する。部隊は土地の領主の城館らしきところに招かれ、歓待を受ける。兵士たちは軍服も脱いで、くつろぎ、苦しい行軍の憂さを晴らす。宴会は盛り上がり、強い酒に酔っ払い、歌と踊りが果てしなくつづく。旗手クリストフも白絹の衣をまとって、ひとり庭園に佇む。伯爵夫人が寄り添い、甘美な時間が流れる。やがて城館のなかは次第に明かりが消え、疲れと酔いでみんな深い眠りに落ちる。旗手クリストフと伯爵夫人は離れの塔の間に移動したらしい。控えの間の椅子の上には、旗手クリストフの軍服と肩帯とマントがかかり、手袋は床の上に落ち、旗は窓桟にほとんど垂直に立てかけられている。

そして第三段では一気に急激な動きが起こり、悲劇の結末がくる。敵の襲来である。夜が明けて、鳥が騒いでいるのかと思ったら、じつは城館は炎上し、敵軍が喊声を上げていたのだ。各員あわてて身繕いをして、武器を取ろうとうろうろしている。目をこすりながら、やっと部隊は中庭に集合し、敵軍に立ち向かう。そこでみんなが気づく、「旗がない」。荒れ狂う馬たち、祈りの言葉、叫び声、「旗手はどうした」「旗手はどうした」——しかし旗手は現れない。

> 彼は燃えさかる廊下を抜け、炎の迫る扉を抜け、彼を焼かんとする階段を跳び越えて、荒れ狂う建物から転げ出る。彼の腕には旗が、気絶した白衣の女のように抱かれている。そして彼は馬を見つける。そのあとは一気呵成、すべてを跳び越え、すべてを駆け抜け、味方の軍さえ抜いて行く。そこで旗もやっと目が覚め、かつてないほどの王者ぶり。いまこそ全員旗を見る、はるか前方に、そして明るい、兜をつけていない男の姿が認められる、そしてあの旗が……
> しかしそのとき旗は輝き始め、倒れ掛かり、大きくなって燃える。
> (RKA, III, 151)

ランゲナウのクリストフは、燃える旗を支えて敵陣深く入り込み、群がる異国の軍勢の刃のもとで命果てる。

この作品の最後のくだりは、その翌年、ランゲナウの領地に、涙を流す老女の姿があったという簡潔な記述で終わっている。

6

この作品の原形は一八九九年に成立したが、そのときは公刊の機会はなかった。しかし一九〇四年から〇六年にかけて改稿され、アクセル・ユンカー社から刊行された。そのときも格別の注目は得られなかったが、その後インゼル社が版権を引き取り、一九一二年に新企画の「インゼル文庫」の第一号として刊行して以来みるみる発行部数を増やした。戦時中にも平和時にも、ナチ時代も非ナチの時代も、コンスタントに売れつづけ、一九六二年には累計百万部に達し、近年も売れなくなったという話は聞かない。日本の読者にはまったく馴染みのない作品であるが、ドイツでは一般常識的には、リルケといえばまず『旗手』の作者なのである。一直線に栄誉から滅びへの道を突っ走るという生き方が、ドイツでは男の美学に適うのであろうか。

私は『旗手クリストフ・リルケの愛と死の唄』が、先程触れたように、一九〇四年から〇六年に仕上げられたという点に注目したい。これはまさに『マルテの手記』執筆の時期と重なっているのである。『手記』も、上述したように、中心テーマは愛と死である。『手記』のなかで語られる歴史ないし伝説上の出来事の一つとして、『旗手』の話もそこに組み入れてもよさそうにも見える。しかしそれはあり得ないことである。まず『旗手』はエピソードではなくポエジーである。前章で解説したように、全体は序破急の三段から成り、朗読のテキストとして熟達した俳優には語りの表現力を思う存分に発揮できる作品になっている。

マルテがリルケの分身なら、クリストフもやはりリルケの分身ではないか。クリストフ・リルケは十七世紀に旗手だった実在の人物でもあったそうだが、あえなく戦死をとげたこと以上のことは知られておらず、作品の細部についてはほとんど作者のファンタジーによるものであろう。しかしリルケとしては、虚構ながら、祖先にいた人物の記憶を呼び起こして記述しているつもりになっていたにちがいない。

そこで注意したいのは、マルテとクリストフとの違いである。マルテは自分自身の死を死ぬことにこだわって、大病院での流れ作業での死の処理を拒もうとする。クリストフの死は敢然と運命に身を任せる死であって、自分自身の死とはほど遠い。しかも『旗手』の舞台は強国トルコからの圧力を受けてヨーロッパが危機にさらされている時代であり、部隊が一夜の遊興に正体をなくしているなか、旗手クリストフは伯爵夫人とひそかに甘美な時を過ごした果てに、死へとダイビングする。これはまさにデカダンスの極みの表現である。

マルテは死を語り愛を語ることによって、孤独のなかで芸術活動を貫徹するエネルギーを自分の内部に蓄積しようとしているのであろう。すなわち着実に自己形成を試みている。ところがクリストフは、自分自身の死を選択しようともしなければ、大きな夢を実現するために生のエネルギーを貯めようともしない。運命の定めるところに従って名誉ある旗手の役を受け、一夜の愛に溺れ、そして旗とともに敵軍の渦中に躍りこむ。マルテとクリストフはまさに正反対の人生を演じているが、リルケのなかにはこの二つの分身はほとんど同じ重みをもって存在していたのであろう。『旗手』はたしかに小作品ではあるが、着手から最終的な形の完成まで約六年を要し、『手記』の執筆期間とほぼ同じである。

私がこの作品をまともに読んだのは一九七五年、リルケ生誕百年のときである。カール・ベームの息子で俳優のカールハインツ・ベームが来日して、この作品を朗読した。ヴェトナム戦争の最中であった。彼は『旗手』を反戦的な作品だと言っていた。ちょうど来日していたボン大学のアレマン教授にその話をしたら、受容美学が浸透して勝手な作品解釈がはびこると、首を横に振っていた。しかし、この作品を支える滅びの美学は詩人リルケの本質にひそむ一方の要素であるように感じた。ベームの話ではその頃ドイツの学生たちのあいだでは次の短詩が親しまれているとのことだった。

死はおおきい。
われわれは死のものだ、
口で笑ってはいても。
生のただなかにいると思っているとき、
死はわれわれのただなかで
泣いているのだ。

(RKA, I, S. 347)

生きるとは、そもそも死に抱き込まれていることであると覚悟しなければならないということが分かってきた。リルケへの関心が徐々に戻ってきた。その矢先に依頼があり、『マルテの手記』の翻訳に取り組むことになった。

註

（1） RKA は Rainer Maria Rilke : Kommentierte Ausgabe in vier Bänden, Frankfurt/M. (Insel Verlag) 1996. の略、ローマ数字は巻数、アラビア数字はページ数を示す。以下同様。『マルテの手記』の訳は神品芳夫訳（学研版『世界文学全集』第二五巻所収）による。

（2） 辻邦生『薔薇の沈黙――リルケ論の試み』、筑摩書房、二〇〇〇年、五四頁。

詩人リルケ渾身のセザンヌ接近

1

ライナー・マリア・リルケのパリにおける活動時期は断続的に一九〇二年から八年ほどだが、これは彼の生涯のなかでも造型美術と最も深く関わった時期であると言ってよい。その間にとくに彼の関心の対象となったのは、よく知られているように、オーギュスト・ロダンとポール・セザンヌである。どちらも詩人リルケにとって崇敬と学習の対象であったのだが、両者へのアプローチの経緯はまったく異なっていた。

ロダンについては、そもそもパリに移住した直接の目的がロダンと知り合い、彼の仕事ぶりをつぶさに見学したうえで、依頼されていた「ロダン論」を書き上げることであった。したがって事前に、一時期ロダンの教えを受けたこともある彫刻家の妻クララからロダンの生活情報などを聞き取り、いわば用意万端整えてロダンの仕事空間に乗り込んで、ほとんど弟子のように出入りを許されるなかで、エッセイ一本、講演原稿一本を仕上げたのであった。

それに比べると、セザンヌの芸術との出会いはほとんど思いがけない出会いであった。本格的学習の場所は一九〇七年十月のサロン・ドートンヌで開催された「セザンヌ回顧展」であったが、そこに至る準備としては、その前年の画家の死をきっかけに、知り合いの女性画家たちからその存在を教えられて、水彩画展を見に行き、発表されたばかりのエミール・ベルナールの『回想のセザンヌ』に目を通したぐらいのものであった。

サロン・ドートンヌでは、リルケは訪問初日からセザンヌの絵画の圧倒的な魅惑に引きつけられ、それからほとんど毎日のように「セザンヌ回顧展」(以下「回顧展」と略す)に入り浸ることになる。そして日々の印象や知見を妻クララに宛てて書き送る。詩人としてはその一連の手紙をもとにしていずれセザンヌ論を書く心積もりであった。結局それは実現しなかったので、第二次大戦後クララが、「回顧展」期間中の手紙に関係の手紙を加えて、リルケの『セザンヌ書簡』(1)として編集刊行したのである。リルケのセザンヌ体験なるものの意義を人々が意識するようになったのは、それからのことである。

セザンヌという画家が聞きしに勝る途方もない存在であるというリルケの確信は、「回顧展」通いの最初の数日の間に形成される。最初のきっかけは、セザンヌの描くものが、リンゴにしろ、ぶどう酒の壜にしろ、「貧相な」ありふれたものばかりであることに気づいた点である(十月七日付(2))。そのあと、ベルナールの『回想』により、偏屈なまでに仕事に打ち込むセザンヌの生活ぶりを知ったうえで(十月九日付）、数点の作品を集中的に鑑賞することにより、リルケはセザンヌという画家の本質に開眼したのである。その作品のうちの一点が《草の上の朝食》であった。広葉樹林の緑の照り返しのなかで座す裸婦を描くこの絵は、「どの個所もマネそっくりだが、筆舌に尽くし難い表現力によって構成されている。それは、何度も試み、何度も失敗したのちにとつぜん現れ、存在し、成就したものだ。あらゆる絵画上の工夫は成就した作品の中で溶解して消えている。絵画上の工夫なんかまったくしていないと、人は思うだろう。昨日は長時間この絵の前に立ち尽くしていた。しかし奇跡はいつもある人にしか起こらない。すなわち、起こるべき人にしか起こらない。それでもセザンヌは才能に頼らず、最初の一歩からこつこつ始めるのであった」（十月十日付）。

右の個所は、セザンヌに対するリルケの信条告白と言ってよいだろう。その内容を平たく言い直せば、美しい風景や有名な人物など、題材に頼るのではなく、たゆみない観察とあらゆる絵画表現の技術を駆使して、何の変哲もない自然の一部を再創造するセザンヌの絵画の深さへの驚きであり、別の向きから言えば、絵画という芸術がセザンヌという画家を通してパラダイムの転換を実現していることにリルケは感動しているのである。なお付随してリルケが強調していることは、絵画の世界におけるこのセザンヌの革命的な開拓の意義を見抜くのはなかなか難しいということである。展覧会でもセザンヌ展示室を素通りしてしまう見学者がいる。「しかし」とリルケは同じ手紙で書く。「すべてのことに長い、長い時間が要る。新たに聞く名前とともに初めて観る作品群の前に立ったときには、どれもなじみのない、あやしげなものに見えたものだ。その後も長くセザンヌは何事でもなかった。そしてとつぜん本当のことが分かるのだ」。リルケは、自分もセザンヌの絵の価値はなかなか理解できなかったが、「回顧展」でやっと閃いたのだと言っている。ただ、そう言いながらも、自分のセザンヌ「発見」が、早い時期から造型美術に親しんできた実績とロダン体験に支えられて可能になったのだという、ひそかな自負も匂わせている。

それではリルケはどこに重点を置いてセザンヌの絵画世界に入っていったのか。リルケは頃よく十月十二日に「回顧展」会場で知り合いの画家マティルデ・フォルメラーと会い、突っ込んだ話し合いをしている。話の中心はやはりセザンヌの色彩の扱い方だった。二人はまず、若い頃と晩年になってからの色彩の使い方を比べてみる。すると、若い頃の作品には色彩は色彩自体として存在していたが、晩年になると、ほかのだれもやったことがないような個性的な色彩の使い方をする。つまり、「もっぱら色で物を作ろうとしている」ことを確認する。この女性画家は一般人にも分かりやすい解説をする術を心得ている人のようで、彼女はさらに次のような説明をしたそうである。

たとえば天秤のこちらに物、あちらに色を載せたようなもので、両方は厳密に均衡をとっています。そのうえで、どちらかが多かったり、少なかったりすることもあります。それは対象物の要求にぴったり合わせて定められていくのです。（十月十二日付）

異なる色同士のコントラストや類似の色同士の呼応など、さまざまな色の展開によって物のかたちが調和をとりながら構成されていくというセザンヌの画法を、その画家は天秤の比喩を使って図式化しており、この説明は正確で分かりやすいと、リルケは感心している。

そして後日リルケはセザンヌの色彩の作用について、自分の見解をまじえて表現しようと試みている。

さまざまな色のあいだで絵の制作がどのように進行するかといえば、色同士が互いに掛け合いをするように、色の動きは色にまかせておくべきものなのだが、そのことはこれまではっきり指摘されたことがない。色同士の自由な交わり、それが絵画のすべてなのだ。そこに言葉を挟んだり、指示をしたり、画家の思惑や洒落や思想的誘導を加えるのは、色たちの自由な動きを妨げ、濁らせることになる。（十月二十一日付）

ここでリルケが新たに提起している問題は、画家の主観の介入は、絵画の基本的要素である色彩の自由な働きを邪魔することになる、という点である。リルケから見れば、セザンヌの絵画は徹底して客観性を重んじるものと思われたにちがいない(3)。しかし主観的な要素を夾雑物のように見なすのは、慎重さを欠いている。たしかに、たとえば作品の細部を構成する単位であるモチーフは、セザンヌの場合、一般に考えられているような、心の中に生じる動機などではなくて、もっぱら外部へ、自然のなかへ「探しに行く」ものなのである。そう考えるかぎりでは、画家の主観的な心情や思索はモチーフの純粋な探求を歪めることになりかねない。主観はなるべく排除したほうが、真実の自然にたどり着きやすいということになるかもしれない。しかしセザンヌが画面上で構成しようとする自然は、外光によって映し出されたものでなく、人の目が見たままの自然でもない。厳密に観察されたものが、色彩の積み重ねによって再創造されるのだ。その際、色彩の構築を進めるのは主として主観の仕事だろう。一つの調和ある色彩の世界を構成する単位は、セザンヌに言わせれば、色の面（プラン）であり、プランの組み立ては、とくに主観の受け持つ役割と言えるのではないか。その点リルケ自身も、「事物」を造ろうとする詩作において、客観的な視覚を重視しながらも、同時に想像力の発揮による大胆なメタファーを用いていることにも似ている。

『セザンヌ書簡』は断片的に知見や感想が述べられているもので、『ロダン論』の場合と違って、個々の作品についての指摘はほとんどない。ところが「回顧展」終了日の手紙では、もっぱら一つの作品《赤いひじ掛け椅子のセザンヌ夫人》について詳しい分析を試みている。この間の学習の成果を注ぎ込んだ集中の作である。長文だが、一部割愛して次に訳出してみたい。すでに諸氏の訳があるが、あえて訳を試みる。

今日でサロンは終わりだ。帰るに当たってもう一度、紫色や緑色や、いくつかの青の色調などを見直しておきたい。そうすれば、これらの色は私の記憶の中にさらに確実に忘れ難く刻み込まれるにちがいない。たしかにもう何度となくこの赤いひじ掛け椅子の婦人の絵の前に、入念に、執念深く立ち尽くしたのだけれど、それでもこの絵における色彩の構成全体は、桁の多い数字みたいに、とうてい頭の中で再現することはできない。しかも私は一つ一つの数字をすでに覚え込んでいる。私の心の内では、これらの色が存在しているという意識が、一つの高揚した感情をつくり出していて、私は眠っている間でもそれを感じている。私の血が私の体内にこれらの色を書きつけているのだ。口で言うコトバはどこか外を通るだけで、内に呼び込まれはしない。だから念のため言えばその絵はこうだ。——土色っぽい緑色の壁紙に、コバルトブルーの模様（中央に空白の四角がある十字形）をあしらっている壁を背景にして、全体がクッションになっている、丈の低い、赤いひじ掛け椅子が据えられている。膨らみのある背凭れが弧を描いて、前の左右のひじ掛けのほうへ下りている（ひじ掛けだけ見ると、腕を失った男の上着の袖先みたいだ）。左のひじ掛けと、そこにぶら下がっているたっぷりした赤いふさ飾りのうしろは、もうあの壁本体ではなくて、緑がかった青色の幅広い裾部分になっているので、二つの色の対照がきわだっている。赤いひじ掛け椅子はそれ自体一つの人格を成しているが、その椅子に一人の婦人が座っていて、広い縦縞の服のひざの上で手を組み合わせている。そのドレスはごく軽快に、緑がかった黄色と黄がかった緑色の互い違いによる縞が、青みがかったグレイの上着の縁まで届いている。上着は胸元に、緑の光を受けた青色の絹のリボンを蝶結びでつけている。顔が明るいので、その周囲のこれらの色が効果的に、すっきりした人物造型を実現させている。頭のてっぺんに円く束ねられた髪の毛の褐色も両眼の褐色も、周囲の明るい色調と対照を成す。まるでどの個所も、ほかのすべての個所のことを知り尽くしているかのようだ［強調は原文］。

［…］

一つの色が他の色に対して自重したり、張り合ったり、われに帰ったりする。たとえば犬の口の中では、さまざまな物が接近するのに応じて、さまざまな液が分泌し、用意される。好ましい物が入ってくれば、同意の液が分泌して消化の働きを助け、怪しい物が近づけば、修正の液が分泌して害を取り除く作用をする。それと同じように、色彩の内部では濃厚化や希薄化が生じ、それに助けられて他の色との接触が巧みに処理されるのだ。色彩の濃淡における内分泌作用とならんで、色や光の反射も特に大きな働きをする（自然の中に見る反射現象は、いつも私を驚かす。睡蓮の花の葉っぱの粗い緑に、水面の夕映えがたえずトーンを変えながら反映するのを見るときなど）。睡蓮の葉の固定色は弱々しいので、自己主張を諦めて、そのときどきの一番強い色を反映することで満足する。このようなさまざまな相互作用を繰り返しながら、絵の内部は揺らぎ、高まり、元のさやに戻りなどして、一向に静止することがないのだ。きょうはここまで、……ありのままの事実に迫ろうとすると、どんなに難しいことになるか、分かるだろう。（十月二十二日付）(4)

画家は、深く観察された対象を、独特の色彩操作によって画面に再創造する。詩人は、多彩な散文表現によってその絵画作品の三度目の創造を試みているのである。

2

リルケは文学の師に付くことを望まなかった。駆け出しのころ、若手エリートを集めて一門を形成していた詩人シュテファン・ゲオルゲに遭遇して、言葉をかけてもらったことがあった。ウィーンに行けば、ホフマンスタールが暖かく迎えてくれるはずだった。しかしどちらも鮮烈な個性をもつ詩人だったために、リルケはその直接の影響下に入ることを避けていたようだ。ハインリヒ・フォーゲラーの誘いに応じて、若手美術家がコロニーを形成する北辺の地ヴォルプスヴェーデに出かけて行ったのも、一つにはドイツの詩壇から距離を取りたいという動機がひそんでいたはずだ。この間に彼は造型美術から教えられるものが大きいことを知った。そしてパリではロダンに「私の師」として相接することとなった。リルケはロダンの彫刻を研究するかたわら、ロダンから学んだことを自らの詩作に生かすことを考え、またそれを実行した。どのような題材も一つの「物」として観察し、それを一篇の詩に作り上げたものがまた一つの「物」と受け取られるような、彫塑性のつよい詩作である。「ピエタ」「子午線の天使」「豹」「青いあじさい」など、後世人が「事物詩」と呼び習わしている作品群である。これらの詩業の全体は『新詩集』上下二巻として一九〇七、一九〇八年に刊行された。ロダンから受けた影響が最も深遠であるが、ほかにもパリで接したさまざまな美術作品がその時期の詩作品に影を落としていることを見逃してはならない。ルーヴルで鑑賞する各時代の名画、この折リルケの目を引いたのはティントレット、レオナルド・ダ・ヴィンチ、マネなどだった。さらには「セザンヌ回顧展」の直前にゴッホの画集を鑑賞し、「弟への手紙」をよみ、また葛飾北斎についての著述をよみ、その木版画の表現力に感嘆している。

ところが「セザンヌ回顧展」の時期には、『新詩集』に収められるべき作品の四分の三ほどのもの、とくに代表的なものはすでに仕上がっていた。詳しく言えば、すでに『新詩集』上巻の校正中だった。

「物」をつくることに徹するセザンヌの「異常な天才性」に圧倒されながらも、自分の詩集のことに触れて、「私の詩には同じような、物に徹する本能的志向への芽生えが存在する」と書いている。セザンヌを知ることによって、自分の詩作の方向も確認しているのだ。そして詩集に載せるかどうか、最後まで迷っていた「カモシカ」という詩も載せることにしようと付け加えている（十月十三日付）。

『セザンヌ書簡』のなかでリルケが『新詩集』における自らの詩作について触れているのは、右の個所だけである。しかし『新詩集』とほぼ同時期に取り組んでいた散文作品『マルテの手記』のことを考えると、そのなかの記述と関連しそうな個所が数多く見つかるように思われる。この作品は一九〇四年に書き始められるが、先行する前者が順調に進んでいたのに反し、後者は始めのうちは停滞気味だった。ところが一九〇七年以降やっと執筆に弾みがついたように見えるのであるが、それはまさにセザンヌ体験の時期に合致している。そこで『マルテの手記』との関連という視点から『セザンヌ書簡』をもう一度見直してみたいと思う。

本稿の第一章では、セザンヌの色彩の技法を中心にリルケの考えをたどったが、ここ第二章では、芸術家の生き方の問題が中心となるであろう。このテーマについてリルケが自分の頭にまっさきに植え付けたのは、ロダンの有名な「つねに仕事をしていなければいけない」という言葉である。芸術の仕事のために他の生活のすべてを犠牲にする覚悟を身につけること、そのつきつめた考え方を彼はゴッホにもセザンヌにも発見した。ゴッホの自画像を観ながら、この貧しい、そして苦しんだ顔を見つめていると、「ゴッホという人間が昼も夜も不幸であったことが分かる」と書いている（十月三日付）。ロダンは病気のときでも仕事から離れなかったが、ゴッホは「正気を失っても、正気の向こう側で仕事をした」（十月四日付）という言い方をしている。セザンヌについては、人づきあいが悪く、子どもたちに石を投げつけられたり、仕事を理由に母親の葬儀にも出なかった等々、ベルナールの伝えるエピソードを挙げて、孤独で壮烈な人生を描き出している。

右のような芸術家たちの捨て身の生き方が『マルテの手記』の下地になっているように思う。たとえば次のような個所がある。

ぼくがこのパリで幻滅を味わっているなどと思わないでくれたまえ。その反対だ。どんなに忌まわしいものであっても、現実のためになら、未来についての希望をことごとくかなぐり捨てる覚悟が自分にできていることに、ときどきわれながらおどろいているくらいだ。(5)

作品の主人公マルテは、デンマークの地方貴族出身の二十八歳の青年であり、詩人になる志を抱いてパリに出てきた。明らかに作者の分身であり、作者が書簡に書き記しているパリでの体験や決意も、そのままマルテの背景になっている。十月四日付の手紙の一節は『マルテの手記』のなかにそのまま移し入れられている。パリのセーヌ街に立ち並ぶ古物商など小さな店で日がな一日のんびりと番をしている人たちの様子を観察している個所である。また、『手記』に取り上げられているボードレールの詩「腐肉」は、セザンヌも暗誦できるほどに気に入っていた。フローベールの書いた聖ジュリアン(6)の伝説も、「腐肉」と並んで『手記』の重要なポイントであるが、セザンヌもこの伝説を題材にした絵を描いていることを知って、リルケはおどろいている。どんなに忌まわしいことにも目をそむけないのは芸術家の基本的精神だというのは、セザンヌの信念であり、マルテの心構えでもあった。

ところが、セザンヌとマルテの道が離れていきそうなテーマがある。愛に関することである。『セザンヌ書簡』では、しばしば愛について語られているが、それは芸術家が自然に対して、事物に対して抱く愛のことである。リルケによれば、ゴッホの愛は特定のものに向けられず、じっと秘められている。「そしてすばやく自分の中から取り出して、仕事の奥の奥に忍び込ませる」(十月三日付)という。セザンヌの場合には、仕事に没入するとき、対象への真実の愛は仕事の外側に立っている、とリルケは見る。愛を見せるような仕事はほんものではない、というのだ。人々はいつも「私はこれを愛します」という絵を描きたがる。しかしセザンヌは自然に向かってそっと「私はこれを愛します」と告白するが、仕事にかかると「ここにこれがあります」という絵しか描かない。愛はいつのまにか仕事のなかに溶け込んで、消えてしまっていると、リルケはそんな説明の仕方をしている。芸術家はたくさんの愛をもたなくてはならないが、またその愛を処理しなければ仕事はできない、と考える。

他方『マルテの手記』において愛が語られるときには、女性の愛が主題となる。男に裏切られても、それを乗り越えて愛の力を強めていくような女の生き方が称揚される。『手記』の女主人公ともいうべきアベローネがそういう女性として描かれているし、それを後押しするように、かのポルトガルの尼僧やエロイーズなど、揺るぎない愛の女たちのことが語られる。「愛されるとはめらめら燃えることだ。愛するとは、尽きることのない油によって炎を上げつづけることだ」と高い調子で宣言される。

『書簡』には女たちの愛のことは書かれていない。『手記』には芸術家たちの愛のことは出てこない。しかし両者は無関係ではないだろう。別々のように見えるが、屏風の表と裏のような関係かもしれない。つまり、女たちは失恋の痛みを乗り越えて真実の愛の女性に成長する。『書簡』で称賛される芸術家たちは、現実世界への愛を克服するという試練に耐えたのちに、仕事に徹する孤独の生にたどり着くのである。どちらも克己の存在ということに共通点がある。

『手記』のほうでは、女性の名前として、上述のほかに、サフォー、ガスパラ・スタンパ、ルイーズ・ラベなどがあげられている。『書簡』のほうでは、芸術家として、北斎、レオナルド、李白、ヴィヨン、ヴェルハーレン、ロダン、セザンヌがあげられている。彼が「ほんもの」と確信している人たちのリストであるが、彼の個人的好みも見えて、興味深い。ドイツ人と音楽家が一人も入っていないのが特徴的である。

右の一連の芸術家名をあげたのちにリルケはさらに書く。「とつぜんに、（いま初めて）マルテの運命が分かった。克己の試練にマルテは負ける。彼はこの試練に取り組まなければならないことは頭で理解していながら、現実には対処できないのだ。彼は長い間本能的に試練を求め、試練のほうでも彼にくっ付いて、離れなかったのではないだろうか。マルテについての本が書かれるとすれば、これは試練の挫折を認識する書ということになるほかあるまい。それは試練の克服がとうてい無理だった一人の男を例にして明らかにされるのだ」（十月十九日付）。

愛に生きる女たちの運命は、芸術家の生き方の比喩ともなっているのである。セザンヌ体験を鋳型に用いながら、『マルテの手記』は書き進められた。この作品は、セザンヌに学びながら、なかなかセザンヌになりきれない若き詩人の物語と解釈することもできるだろう。

註

（1）邦訳＝リルケ『セザンヌ――書簡による近代画論』大山定一訳、人文書院、一九五四年。なお、弥生書房版『リルケ全集』第六巻に部分再録。リルケ「妻への手紙」生野幸吉訳、『三つの愛の手紙』生野幸吉・杉浦博訳、社会思想社、一九六六年。塚越敏編訳『リルケ美術書簡』、みすず書房、一九九七年。

（2）以下、日付はすべて『セザンヌ書簡』の手紙、年号は一九〇七年。

（3）ヘルマン・マイヤーは、リルケがセザンヌの客観性を強調するのは、自分の望むものだけを相手に見ようとするからだと、批判的に見ている。Herman Meyer: Rilkes Cezanne- Erlebnis.1954. 邦訳＝『リルケと造型芸術』山崎義彦訳、昭森社、一九六〇年、三五頁。

（4）この手紙については、小林秀雄（『近代絵画』新潮社、一九五八年、六五頁）と、高橋英夫（『芸文遊記』、新潮社、二〇〇三年、一九五頁以下）に注目すべき指摘がある。

（5）以下、『マルテの手記』の訳は、神品芳夫訳（学研版『世界文学全集』第二五巻所収）による。

（6）らい病患者の世話をし、添い寝をした、といわれている。

バルテュスとリルケ

少年バルテュスによる四十枚の絵『ミツ』を見た詩人リルケはすっかり気に入り、出版社を見つけてきたうえ、序文(1)まで書いてあげたので、バルテュスとその母親は大喜びだった。

ここであらためてこの文のない絵物語の筋書きを辿ってみよう。話は少年バルテュスがレマン湖畔の景勝地ニヨン城で、野良猫だったミツに出会うところから始まる。少年はミツをジュネーヴの自宅に連れ帰って飼うことを決心する。最初の八枚の絵は、少年がミツを抱いてニヨンから船に乗ってジュネーヴに戻り、市電へ乗り継いで帰宅するまでを描いている。乗り物の中で少年がミツをかばう様子がよく描かれている。

その次の画帖中心部二十枚は、飼い猫となったミツの生態が描かれていく。少年は散歩に連れて出たり、よく世話をするし、ママもかわいがってくれるが、室内を汚すので家政婦さんには苦情を言われる。家族の食事中に、ミツが食卓に跳び乗ってワインのビンを倒したりという騒ぎを起こす。でもそのうちだんだんに人間の環境に順応し、粗相もしなくなる。お客様を交えてのホームパーティーのときも、テーブルから離れたところで少年と一緒に見守っている。少年が夜読書をしていると、わきでおとなしく控えている。パパが絵を描くとき、モデルになることさえある。

すっかり居着いたと安心していたら、とつぜん姿が見えなくなる。そこからが終盤の十二枚になる。家政婦さんに言われて驚いて、少年がおもてに出てみると、ミツは芝生のまんなかに座っていた。少年はミツを叱らず、すぐ暖かい家のなかへ入れてやる。しかしおとなしいミツの姿には硬直したけはいが感じ取れる。今の環境を窮屈に感じ始めていたらしい。ほどなくクリスマスがやってくる。いっぱいに飾りをつけたクリスマスツリーを囲んで、家族は愉しい時間を過ごす。少年は疲れてベッドに入る。そのときミツはそばにいたが、ミツには声もかけずに眠り込んでしまった。どれほどの時間が経ったのか、家政婦さんの声に起こされる。ミツがいなくなったという。少年は飛び起きて、ベッドの下から探し始める。地下室の物置まで探しても見つからないので、明りを掲げて屋外に出る。人出の絶えた三日月の夜である。ついにミツには出会えず、そのまま行方不明になってしまった。少年は涙を抑えきれない。

以上、『ミツ』の絵物語を、リルケが序文で記した梗概に従いながら、少し詳しく再現してみた。ミツの出現から失踪までの緊迫した軌跡に、少年バルテュスの感情が縫い合わされていて、今ならさしずめアニメの短篇映画になりそうな作品だ。

リルケが『ミツ』にとりわけ感心したのは、まずはそこに猫族の生態が如実に表現されているからだろう。リルケは序文で、犬と比較しながら、人間との関係において猫がどんな動物であるかを解説している。すなわち犬たちは、人間に近づいてくるとき、自分たちの「仕来りを放棄して」人間に心を許し、彼らの本性の境界を「自分たちの人間化された眼差しと、ノスタルジアをこめた鼻面とでもって、乗り越える」というのだ。それとは違って猫たちはあくまで猫の世界を生きている。猫たちの網膜の底にわれわれ人間のイメージがしっかり刻まれているのかどうかも疑わしい。猫と心情を通わせることのできる恵まれた人もたしかにいるが、そういう「特権者」たちも「いくたびとなく否認され見捨てられた」経験がある。そしてリルケは猫が生きる姿を次の美しい文章で表現する。「そしてあなたに請け合ってもいいが、時おり、黄昏どきに、隣人の猫が、私を無視して、あるいは、呆然としている事物たちに、私はまったく存在しないことを証明しようとするために、私の身体を突きぬけて跳ぶようなこともあるのだ」――

じつはリルケは犬好きである。『新詩集』には犬の詩(2)と、黒猫の詩(3)があるが、両詩を比べると、明らかに犬は身近な存在として、黒猫は遠くから観察する生き物として扱われている。『旗手クリストフ・リルケの愛と死の唄』では、進軍する部隊が休息をとるためある村に入っていくとき、犬が吠えると、それは村が歓迎しているという合図になる(4)。『形象詩集』の詩「子供のとき」では、学校から帰宅した子が、家の中から表通りを眺めると、大人の男女や子供たちの行き交うなか、ふと犬が通りかかると気分がなごむ。また、「第十悲歌」では、若い死者が俗世の「悩みの都市」から死の前庭の「嘆きの国」に入ると、風景が整い、犬も自然の姿を取る(5)。以上のように、犬が出てくると、場面にポジティブな気運が流れる。『ミツ』序文でもリルケは、まず犬のあり方を披露した上で、その対極にある存在として猫の性分を解明している。一言でまとめれば、猫は野生の要素をけっして放棄することがない、というのである。リルケはバルテュスの絵物語がそんな猫と人間との宿命的な関係をみごとに作品化していることに驚くとともに、それでも猫をかわいがらずにはいられないバルテュスに同情の想いを禁じ得なかったのだろう。

リルケの序文はさらに踏み込んで言う。「喪失は所有を終わらせると言いたければ言ってもいい。喪失は所有を確固たるものにする。突きつめればそれは第二の獲得にほかならない」――ここで詩人リルケのセオリーが顔を出す。ミツはいなくなったのだから、バルテュスはもうミツを所有していないと見えるかもしれない。しかし彼は、ミツを失うことによって、より強く自分の内にミツの実体を取り込み育てているのだ、という主張である。これはリルケの詩論の柱の一つにもつながる考えであり、ある事物を手元に置いて見たり聞いたりしているのではなく、それから離れ、意識のなかで育成させてこそ、それは詩の素材として蘇生することが可能になる。美術についても同じことが言えると考えたのであろう。リルケは序文を通してバルテュスに、たといミツに再会できなくても、ミツの存在を自分の内面で育てつづけて、いずれ違った形のミツを描き出すことになれば、それも望ましいことではないかと、落ち込んでいるバルテュスを慰め、励ましているのだ。実際にバルテュスは、画家になってからも、猫を好んで題材とし、《地中海の猫》や《猫と鏡》などを制作している。

この序文はリルケにとって最初に公刊されたフランス語によるエッセイである。しかも、すべてフランス語で発想し、つまりドイツ語からの迂回を経ずに書けたと、少し得意げに人に告げている(6)。もちろんリルケは十分に慎重であり、印刷に入れる前には、原稿をシャルル・ヴィルドラックに送って手を入れてもらっている。本の出来栄えはとても気に入り、ルー・アンドレアス＝ザロメをはじめ、主な知人みんなに贈呈している。

リルケがパリでバルテュスの両親と知り合ったのは一九〇六年のことである。母親バラディーヌ・クロソフスカ（7）は画家、父親のエーリヒ・クロソフスキーは画家で美術史家、のちには舞台美術も手がけた。長男ピエールは生まれたばかりであったが、二男バルテュスはまだ生まれていなかった。彼らの住居にはピエール・ボナールなど画家たちが出入りし、またエーリヒが美術収集家なので、諸国の名品が見られた。ちょうどリルケが私設秘書として住み込んでいたロダン家から仕事上の誤解がもとで出て行かざるを得なくなったころに知り合ったのだが、その後まもなくリルケはパリを離れがちになったので、やがて疎遠になった。

再会したのは一九一九年のジュネーヴだった。リルケは第一次大戦中、オーストリア軍の召集を受けたり、戦争終結時にはミュンヘンで生起した革命活動に協力したために官憲のきびしい捜索を受け、逃げるようにして国境を越えてスイスに入ったのだった。他方クロソフスキー一家は、ドイツ系だったために戦争になるとフランスを出国せざるを得なくなり、とりあえずベルリンに移住したが、一九一七年に夫婦は別れ、バラディーヌは二人の息子を連れてやっとフランス語圏のジュネーヴに落ち着いた。リルケはかねてスイスにある有名な文学愛好会から講演旅行の招待を受けていたのを頼りにスイスにやってきたが、講演旅行の実施までには五か月の間があったので、その間に各地を訪問し、たまたまジュネーヴを訪れてバラディーヌと再会した。二人ともパリで最初に会ったときとは境遇が一変していた。どちらも戦争の辛い時期をやっと克服したところで、パリの街をなつかしむ共通の想いが二人の心を結びつけた。二人はフランス語で会話し文通することを申し合わせた。彼女のそばには利発な男の子が二人いて、とくにバルテュスがリルケになついた。

リルケの朗読・講演の会は一九一九年秋にドイツ語地域のスイス各地で行なわれ、好評であった。リルケもまた各地での歓待に感動し、この国に定住して懸案の『ドゥイノの悲歌』を完成させたいと思うようになった。そうなると長い期間暮らすことのできる住宅が必要になる。一九二〇年、バラディーヌはジュネーヴで自分の家の近くにリルケのために住居を見つける。他方、リルケの世話役を引き受けているナニー・ヴンダーリ＝フォルカルト夫人が、チューリヒ近郊イルヘルにあるベルクという城館の城主が冬の期間住んでくれる人を探しているという話をもってきて、家政婦も付けるということであり、リルケはこちらを選択する。リルケはどんなに愛の生活に浸っていても、仕事のための孤独の時間は確保しようとした。これが彼の生活基準であった。妻クララをはじめ彼とつきあった女性はその生き方を納得させられていて、彼の孤独の城は邪魔しなかった。ところがバラディーヌは違っていて、リルケの孤独を容認しようとしなかった。彼のほうでも強く引かれていたから、彼女への愛を中断するのは容易なことではなかった。彼女は大柄で黒髪、タイプとしては彼の妻クララに似ていたが、クララより表情豊かであり、情熱的だった。迷いはあったが、リルケにとってライフワークともいうべき『ドゥイノの悲歌』の仕事を進められるかどうかの瀬戸際だった。心を鬼にして、ジュネーヴから遠いベルクの館に入居した。『ミツ』序文の末尾には「イルヘル近在ベルクの館にて、一九二〇年十一月」とある。これが入居して手始めの仕事だった。ところがリルケがこの館で孤独を確保するとまもなくバラディーヌが体調を崩し、リウマチの痛みに苦しみ、バルテュスも熱を出した。やむなくリルケはジュネーヴへ出かけて行って様子を見、結局息子二人を彼女の姉のところに預けて、彼女をベルクの館に連れてきた。彼女は療養のため一か月間そこでリルケと一緒に暮らして、快癒した。しかしリルケの仕事のほうは進まなかった。

ベルクの館の居住は半年の期限付きだったので、一九二一年六月にはリルケはまたホテル住まいとなり、次の住居を探す。リルケは前年に旅の途中で立ち寄ったヴァレー州が気に入り、バラディーヌと一緒に最後はこの地域に絞って丹念に探しまわる。そしてついに、シエール市の郊外にミュゾットの館を発見した。十三世紀に建てられたという家屋は、相当傷んでいて、電気も入っておらず、水道は屋外までしか来ていなかった。それでもバラディーヌはここを勧め、リルケもここなら仕事ができそうな気になった。ナニー・ヴンダーリ＝フォルカルト夫人は別の物件を薦めていたが、今回はバラディーヌが勝ったことになる。メセナのヴェルナー・ラインハルトも見に来て、リルケの意思を確かめた上で、土地建物を借り切ることを決め、家政婦を雇い、リルケが無償で住むことを認めた。そのあと家屋の整備にはバラディーヌが奮闘して、同年九月末にはリルケが入居し、翌年二月には念願の『ドゥイノの悲歌』を完成し、予期していなかった『オルフォイスへのソネット』まで出来上がったのである。それこそ世話になった人々への恩返しができたのである。

その夏、リルケは当時ベルリンに移住していたバラディーヌをミュゾットに呼び寄せる。長男ピエールをベルリンに残し、バルテュスをトゥーン湖畔の保養地ベアーテンベルクで知り合いの彫刻家に預け、彼女は独りでやってきた。しかし彼女は精神不安定になっていたので、リルケは彼女を連れて休養のためバルテュスのいるベアーテンベルクへ行った。そこで彼女の体調も戻ったので、また一緒にミュゾットに帰った。その後バルテュスがミュゾットにやってきて、冬になるまで滞在した。次の年の夏もまた、バラディーヌはミュゾットにやってきた。リルケと小旅行をしたり、ミュゾットの館に滞在し、家の整備のために働いた。

しかし当時の険悪な独仏関係のなかで、フランス語しか話さずにベルリンに住んでいる母子三人の将来のことに心を痛めていたリルケは、まず長男のピエールがパリで進学できるようにアンドレ・ジッドに頼み込んでいた。他方では、親しい知人グーディ・ネルケ夫人に事情を説明し、パリ行きの計画が不調に終わった場合には、彼女が好んで利用しているメランの別荘にバラディーヌ母子を居候させてほしいと懇願し、了解を得ていた。結局一九二四年になってピエールのパリ行きが認められ、その機会にバルテュスもパリで画家となるための本格的な修業に入ることになり、それに応じてバラディーヌも憧れのパリに戻ることになる。ここでリルケとバラディーヌの関係は終わるのである。ただ、もしこの時点でパリ帰還が実現していなければ、母子三人はベルリンに留まったまま、やがてリルケは世を去り、ドイツはナチ支配の時代に入ることを考えると、リルケの真剣な斡旋の意味の大きさが分かってくる。

以上の通り、バルテュスがリルケと接触する可能性があったのは一九一九年から二四年までの約五年間で、バルテュス十一歳から十六歳、最も吸収力が強い年頃だった。とくに一九二二年と二三年に、ミュゾットとベアーテンベルクで三人が一緒に過ごす時期があった。そんなとき、リルケはバルテュスの父親のように見えたことだろう。バルテュスはインタヴューで(8)、ミュゾットにはしばしば行ったと言い、日曜日に地域の教会の鐘が一斉に鳴るときはすばらしかったと語っている。ミュゾットにはよい思い出ばかりが残っているらしい。あるいはリルケの不在のとき、母親がミュゾットの家屋の整備や庭の手入れに赴くとき、ついて行ったということも大いにあり得たと思う。リルケがいても、いなくても、バルテュスは詩人の存在感を芸術家の養分として身体に染み込ませたのではないだろうか。

相手は中学生ぐらいの少年だが、共同でみごとな画帖を出した仲でもあるので、リルケはバルテュスをほとんど一人前の芸術家として扱っていた。ミュゾットで数か月を共に過ごして、バルテュスが母親とベルリンに帰る日の前日、リルケはグーディ・ネルケ夫人宛てに、「この少年バルテュスと一緒に過ごすのは、私にはたいへんな充実感があった」(9)と書いている。『ドゥイノの悲歌』を完成したばかりで鼻息の荒い詩人すらも唸らせるような言動があったにちがいない。リルケのほうでも美術のことなら、伝えることはたくさんあった。ロダン、セザンヌ、ゴッホのこと、あるいは比較的近い経験からすればパウル・クレーの話など。リルケはスイスへ移る直前まで、ミュンヘン・シュヴァービング地区で、クレーと同じマンションに住んでいて、カイルーアンの印象を含む画帖などをゆっくり見せてもらったり、彼がときおりヴァイオリンを弾くのを耳にしたりしていた。

そしてもう一つ、話題になったのは東洋ないし日本のことだっただろう。バルテュスは子供のころ身体がやや虚弱だったため、しばしば上述の保養地ベアーテンベルクで過ごした。冬の嵐の日、窓外に吹雪が荒れるのを見て息を呑んだが、あとで東洋画の画集を見たら、それとそっくりの吹雪の景色がみごとに描かれているのを見て感動し、それから中国や日本の美術に関心をもったと、同じインタヴューで語っている。リルケがベアーテンベルクを訪れたときには、バルテュスは中国風スタイルに忠実なランタンをいくつも制作していた(10)。この子はどうしてこんなに東洋のことに詳しいのだろうと、リルケは不思議に思った。独訳が刊行された岡倉天心の『茶の本』を読んで感銘を受けていたので、彼の提案でその本を二人で読み合わせした。リルケも日本には縁があった。世紀初めにパリでジャポニズムの洗礼を受け、北斎の《富嶽三十六景》を題材に「山」(11)と題する詩を書いて『新詩集』に入れている。また、前述のグーディ・ネルケ夫人のところには子供養育係として雇われていた日本人女性(12)がいたが、この女性から、書道のことや、古典芸能のことを教わっていた。『茶の本』については前述の通りであるが、さらに一九二〇年にフランスの文芸雑誌『N・R・F』が「ハイカイ特集」を組んだのをリルケは熱心に読んだばかりか、自分も試してみようと、フランス語で一句作って、バラディーヌに送っている。

花咲くより実を結ぶのが／難しいものよと／樹木ではなく、愛が言う(13)

というものである。ヨーロッパではほんらい短詩といえば、箴言風のものが一般的である。この句にもそういうニュアンスがある。一九二五年にはさらに詳しい紹介の書を読んで、俳諧についての見方を深めるのであるが、そのころバルテュスはもうルーヴル美術館でプッサンの《ナルシス》の模写に没頭していた。
少年のころに詩人リルケと交わしたたまさかの日本談義が、のちのバルテュスの広汎な日本理解に切り口を開いたと、考えたいところである。

註

（1） Rilke, Sämtliche Werke, Bd. 6. S. 1099ff. Frankfurt/M. 1966.
バルテュスによる四十枚の絵『ミツ』R・M・リルケ序、阿部良雄訳、新装版、泰流社、一九九四年。本稿では、リルケ序文からの引用はすべて阿部良雄訳を感謝をもって利用させていただく。
（2） Der Hund. Rilke, Kommentierte Ausgabe（RKA と略す）, Frankfurt/M. u. Leipzig. Bd.1, S. 585.
（3） Schwarze Katze. RKA, Bd. 1, S. 545.
（4） Die Weise von Liebe und Tod des Cornets Christoph Rilke. RKA, Bd. 1, S. 147.
（5） Die zehnte Elegie. RKA, Bd. 2, S. 231.
（6） Brief an Nanny Wunderly-Volkart vom 27. 11. 1920.

（7） Baladine Klossowska 1886-1969. リルケは彼女をMerline（メルリーヌ）という愛称で呼んでいた。

（8） Recontre avec Balthus. Aries Film Production, France 1994.（ドイツ語字幕付の版）

（9） R. M. Rilke, Brief an Gudi Nölke vom 1. 12. 1922.

（10） Brief an Gudi Nölke vom 31. 10. 1922.

（11） Der Berg. RKA, Bd. 1, S. 583.

（12） Rainer Maria Rilke: Die Briefe an Frau Gudi Nölke. Wiesbaden 1953. 参照。

（13） Rilke, Sämtliche Werke, Bd. 2, 1956. S. 638.

旧東ドイツにおけるリルケ観の諸相

1　一九四五年まで

旧東ドイツの文学研究において見られたリルケ観の諸相をたどるのが本稿の主眼であるが、その前段階として東ドイツ誕生以前のマルクス主義陣営においてリルケがどう見られ、また見方がどう変化したかを考察しておかなければならないだろう。

リルケが一九二六年末にスイスで死去した際、年明けて一月にはベルリンでローベルト・ムージルが、二月にはミュンヘンでシュテファン・ツヴァイクが格調高い追悼講演を行なって、人々は比類なき詩人を亡くしたことを心に銘じたが、それが過ぎるとほどなく六巻本のリルケ全集の刊行が実現し、国際的な広がりをもつリルケ受容が始まった。そのなかでまず湧いてきたのは、リルケ教ともいうべき崇拝者たちの声であり、他方ではそれとはまったく反対のマルクス主義陣営からの批判的な対応だった。陣営を代表してアレクサンダー・アーブシュはリルケを「人民と無縁の審美家」「人民に敵対的な詩人」ときめつけている。リルケ追悼の文のなかでは、彼は少し詳しく故人を紹介し、「シュテファン・ゲオルゲほど硬くはなく、柔軟で活力があり、ホフマンスタールよりは詩的な強さをもっている」などと記しながらも、最後には「リルケは貧しさの本当の意味、その猛烈な恐怖を経験したことがあるだろうか。それがないからこそ、「貧しさは内部から射す大きな輝き」などと書けるのである」と、突っぱねる調子で結んでいる。

一九三〇年代後半になるとマルクス主義陣営の文学研究でも、ブルジョア陣営であっても反ファシズム的・人間主義的な傾向の文学者たちは評価する必要があるという考え方になってきた。しかしその議論のなかで、前衛芸術は革命的かどうかをめぐって表現主義論争がもち上がったのは周知の通りである。その過程でリルケについても彼の作品に見られる人間主義的傾向が徐々に指摘されるようになったが、しかしルカーチはリルケの基本姿勢の一つとして、「資本主義社会の魂なき残酷さを見て見ないふりをする」態度を挙げており、その点はブレヒトも同意見であった。表現主義論争のライバル同士も、リルケ批判では同調していた。そんなわけで、リルケ評価の兆しはなかなか膨らんでいかなかった。

2 東ドイツ国家誕生後

さて、一九四九年に誕生したドイツ民主共和国（通称＝東ドイツ）はベッヒャーのような実績のある詩人が文化大臣に就任したせいもあって、ベルリンに文学史中央研究所を、ライプツィヒにヨハネス・ベッヒャー文学研究所を創設して、とくにドイツ文学史の再検討という大きな綜合研究に着手した。その流れの眼目は、従来の文学史で不当な扱いを受けていた各時代の反体制的志向の詩人たちを再評価するというところにあり、それは意義ある作業であった。それに合わせて同時代の詩人たちについても、有望な人材の育成が進められた。

しかしリルケに関しては、一九五〇年代には目立った動きはなかった。一九五七年の東ドイツ『ヴェルトビューネ』誌上では匿名で、リルケをトラークルと並べて、ワイルドな「感情主観主義」を発揮せんがために、いかなる芸術言語にも内在すべき響きと意味の結びつきを壊した詩人であると見なしている。またある批評では、リルケは「リルケ教区」の司祭であったとか、彼の「メナード（註＝ディオニュソスに仕える、詩と酒に酔う女たち）」を相手にいつも人生指導をしていたなどの言い方で、一部の崇拝者のためのみに存在する詩人であったと見ている。

クリスタ・ヴォルフの夫で評論家のゲアハルト・ヴォルフ Gerhard Wolf は一九五九年発表の「リルケ小論」のなかで、リルケを非人間主義的な詩人と断定した。もっぱら彼個人の孤独な世界をうたうことを使命とする詩人として、リルケに「独在論者」のレッテルを付与した。

このように東ドイツの文学研究においてリルケについてさまざまな見方が出てきたが、リルケを積極的に評価する論調はなかなか出てこなかった。その意味でルーイ・フュルンベルク Louis Fürnberg の次の発言は画期的であった。リルケに関するある会合で、「リルケは人間主義者だ。通った学校がどうこうというのではなく、彼の世界像がそうだということである。彼は風景から、自らが育った環境から人間主義を学んだ」と述べたそうである。もっともフュルンベルクはボヘミヤ出身で、東ドイツ初代のチェコスロヴァキア大使を務めた。同郷の先輩詩人を称揚したい気持ちがあったかもしれない。後年にはリルケから気持ちが離れたと告白している。個人的意見としてはベッヒャーも早い時期に、リルケを「比類ない作品を残した不滅の詩人の一人である」と称えながら、同時に「『ドゥイノの悲歌』はいただけない、あの抽象的世界には反発を感じる」と記している。

その間に個々の研究者のなかからも、リルケに関する新しい見方が生まれるようになった。詩人で評論家のゲオルク・マウラー Georg Maurer はリルケを矛盾した二つの傾向をもつ詩人と分析している。すなわち一方で、内面化によって人間主義を貫こうとしながら、同時に他方においては社会問題から自ら「孤立化」して、折角の人間主義を空虚なものにしてしまっている、というのである。

マウラーの示す矛盾した詩人像というリルケ解釈は、一九六〇年代から一九七〇年代に向けて進展するリルケ研究の基調となっており、リルケを積極的に評価する見解も目につくようになる。ハンス・コッホ Hans Koch はリルケの詩的自然観の大きな意義は、彼の文学が自然をつねに人間と結びつけているところにあると見ている。その点からコッホは『時禱詩集』第二部に見られる私有権放棄を主張するような詩句に注目して、従来リルケへの非難の的だった「貧しさは内部から射す大きな輝き」の一句にポジティブな解釈を与えている。ホルスト・ハーゼ Horst Haase は、リルケの作品全体は彼自身と彼の同胞と物たちが合体することへの憧れに貫かれており、晩年の二大詩集を構成する神話は、そのような調和的な理想郷の形成をめざしているとの見解を示している。

日本のドイツ文学者とも親しかったハンス・カウフマン Hans Kaufmann は、リルケのいわゆる事物詩の非人間的傾向を指摘しながら、他方、リルケの民衆への、とくに貧しい民への共感は、紛れもなく帝国主義イデオロギーからかけ離れたものであると述べている。

東ドイツ教育省傘下の研究チームによって編纂された『ドイツ文学史全一巻』（ベルリン一九六八年刊）におけるリルケの項を見ると、『時禱詩集』の汎神論的宗教性から『新詩集』の造形志向を指摘したうえで、後期の二大詩集については、「これは全体として象牙の塔のなかでの芸術のための芸術であり、近寄り難い、象徴をいっぱい貯めこんだ、少数の者のための芸術である。その芸術は、後期ブルジョア社会のインテリたちに、彼らは自分たちの領域のどこにおいても〈安泰に住む〉ことはあり得ないことを、地震計の震度を見せて実感させている。もはや見通しの利かない世界に生きる人間の疎外状況のさまざまな兆候をリルケほど鋭敏に表現した人はいない。あらゆる美が脅かされていることを彼の詩ほど明確にしたものはない」（同書488頁）と記されている。

（註＝ここまでの記述は、すぐ後述の論文集所収の Manfred Starke: Stationen der marxistischen Rilke-Konzeption. In: Rilke-Studien. Zu Werk und Wirkungsgeschichte. Berlin u. Weimar 1976. に多くを依拠している）

3　一九七五年以降

詩人リルケ評価の機運が生じたのは、一九七五年、詩人の生誕百年がきっかけとなる。刊行は一年ずれたが、アウフバウ社から出版された論文集『リルケ研究——作品と受容史』（Rilke-Studien. Zu Werk und

Wirkungsgeschichte. Berlin u. Weimar 1976.）は、事実上リルケ生誕百年記念論文集である。編者のエッダ・バウアーは、序文の冒頭でリルケ生誕百年のことに触れてはいるが、「記念」の趣旨には言及せず、リルケの諸作品の性格分析とその作品が社会のなかでどのように受容されてきたかを多角的に論究するものであると、論文集の問題意識を指摘するに留めている。

収録されている論文は、作品論と受容史的なものから成っていて、いずれも入念な調査研究の成果である。取り上げられている作品は、初期の戯曲『家常茶飯』に、『新詩集』、『マルテの手記』、『オルフォイスへのソネット』、そして受容史関連では、リルケの虚像成立の過程や、マルクス主義陣営におけるリルケ像の変遷などが扱われる。

ウルズラ・ミュンホフ Ursula Münchow「『家常茶飯』――初期リルケの戯曲の実験」は、この小戯曲作品のなかにリルケ自身がやがて直面する芸術と生活の問題が扱われていることを論じるばかりでなく、その後に戯曲の制作を断念したのはチェホフの『カモメ』とG・ハウプトマンの『ミヒャエル・クラーマー』を観たせいであると指摘している。にもかかわらずリルケはパリ時代にも戯曲を試みたことがあり、晩年には初期の戯曲作品の価値をもう一度見直していた。彼に寿命がもっとあったら、最後にまた戯曲を手がけていたかもしれないと締めくくっている。

ベルリン科学アカデミー会員として活躍していたジルヴィア・シュレンシュテット Silvia Schlenstedt は「死ぬのでなく、生きるための労働」と題して、リルケのいわゆる「事物詩」について論じている。とくに「レース」という詩を中心に、古くからの手仕事のもつ貴重な労働の意味をリルケが深く捉えていることに共感し、それを資本主義体制下の機械産業に対する批判と受けとめている。

ミヒャエル・フランツ Michael Franz の「噴水──リルケの抒情詩における一つのモチーフの生成」においては、C・F・マイヤーの「ローマの噴水」とリルケの「ローマの噴水」の比較検討から始めて、リルケが水の動きと静止の全体像に着目していることに重点を置き、『オルフォイスへのソネット』内の一篇である「泉の口」のソネットや「重力」という詩にまで考察を進めて、リルケの作品のなかで宇宙を支配する諸力の調和が歌われていると見ており、さらに資本主義体制の生産関係がその調和を歪めているという批判を加えている。

さらにラインハルト・ヴァイスバッハ Reinhard Weisbach の「私は流れる……私は在る」は、『オルフォイスへのソネット』の最後の句を題名としたもので、この詩集全般を扱っている。『ドゥイノの悲歌』がリルケの詩想の発展していく筋道を跡づけている作品であるのに対して、『ソネット』はいわばリルケ詩の「総決算」であるとして、「帝国主義的な支配構造や、戦争とその結果や、大都市文明」などに関しての詩人自身の経験が盛りこまれている、とまとめている。言葉の上では地上のユートピアを展開しながら、同時にそこから疎外されている人間の事情が読みとれるとしている。

東ドイツ時代、精力的な文学研究者として知られたディーター・シラー Dieter Schiller は、「リルケ『マルテの手記』──孤独者とその世界」という論文を寄せ、この作品を克明に分析した上で、「リルケが扱っているのは、帝国主義の全般的な危機とブルジョア社会のイデオロギーが成熟してきた時代の問題である」として、マルテの孤独は社会崩壊への深刻な兆しを示すものであると見なしている。

受容史関係では、マンフレート・ミュラー Manfred Müller が「リルケ伝説はいつ始まるか？——一つの文学史的評価の固定化」という論文を寄せている。ミュラーは、リルケに傾倒する人たちの多くが、リルケを神話によりかかった神がかりの詩人にしてしまった経緯を明らかにしている。これは、現在のリルケ読者のあまり知らないリルケ受容の隠れた路線として注目に値する。リルケの死後シュテファン・ツヴァイクとムージルの追悼講演があったことは知られているが、死の直前にエーファ・ヴェァニク Eva Wernick という人が「宗教的人間リルケ」という講演をしていたという、私たちにはまったく未知の事実が明らかにされている。

論文集の末尾に置かれたマンフレート・シュタルケの「マルクス主義陣営のリルケ受容の変遷」は、国際的なマルクス主義文学論の流れを受けて東ドイツで独自の展開を見せたリルケ評価の軌跡を辿ったものである。本稿の最初の二章の記述はこの論文に負うところが多いことは、すでにお断りした通りである。

なおこの論文集にはそのほかにもソ連の有名なドイツ研究者コンスタンチン・アザドフスキーが「ロシアからの手紙」として、ロシア美術界を探求するリルケの様子を紹介している。この論文集は、マルクス主義の統一の目があるにせよ、リルケ研究史上無視できない出版物と言えるだろう。

4　ヘーネルの『リルケ』

論文集から八年後にクラウス＝ディーター・ヘーネル Klaus-Dieter Hähnel の『ライナー・マリア・リ

ルケ――作品・文学史・芸術観』(Rainer Maria Rilke. Werk-Literaturgeschichte-Kunstanschauung. Berlin u. Weimar 1984.)が、アウフバウ社から刊行された。リルケに関する個別テーマの研究が盛んに出てくれば、それを踏まえてリルケという存在全体を通観する書物が出てくるのは自然の勢いだろう。

ヘーネルは東ドイツのリルケ研究者として知られていた。彼は序文のなかで、「もちろん本書もマルクス主義のリルケ研究の立場にもとづくものであるが、それが全体的な枠組みとしてのみ置かれるものであることを隠すつもりはない」と述べている。すなわち、マルクス主義史観の大枠を無視はしないが、実際はさまざまなリルケ論を採り入れながらリルケ像を構築していくとの考えである。事実本書では、ベーダ・アレマンやカール・クローロウなど西側の主要なリルケ論も引合いに出しているところが目を引く。

ヘーネルはリルケの主要な詩集である『時禱詩集』『新詩集』『悲歌』『ソネット』の分析に重点を置き、しかも四つの詩集を一つの発展経路と見るのでなく、個々の詩集の独自の価値を見出す方向で考察している。それに比してリルケの人間関係や各地での行動や体験はあまり詳細に記述していない。たとえばヴォルプスヴェーデ滞在中のことなどはほとんど書かれていない。たしかに上記四大詩集と直接関係がないからだろう。

さてまず『時禱詩集』であるが、マルクス主義陣営では当初からこの詩集への関心が高い。ヘーネルも、ロシアの画僧が孤独のなかで生み出すヴィジョンは、近代文明が人々に押しつけるさまざまな矛盾を炙り出していると、作品の意義を強調している。かねてから評価の分かれる詩句「貧しさは内部から射す大きな輝きである」についても、「内部への逃避によって社会的矛盾を飛び越えよう」(40/数字は同書の頁数）との意志の表れと見ている。芸術史的には『時禱詩集』は「自然主義と表現主義との緊張関係のなかにある」（48）という見方をしている。

『新詩集』におけるいわゆる事物詩については、その後フランシス・ポンジュにまで至る、物にこだわる一連の詩の系譜を拓いたものとして高く評価し、不安にさらされた人間の主体を物という客体へと救済する芸術だとするゲオルク・マウラーの見解を中心に据えている。リルケの事物詩の時期をヘーネルは、「帝国主義体制が確立し、同時に社会的矛盾が激化した時期に当たっており、世界がだんだん見えなくなってくることへのリルケの嘆きが、その現象に反映している」（57）と分析している。

ヘーネルは詩「豹」の詩句を詳細に検討し、動物の動きを写しながら、見る者の主観を巧みに組み入れていく手法を明らかにしている。「桟がつぎつぎ通りすぎていくことで眼差しが疲労し、意志が麻痺してしまっているのに、一つの像が肢体の張りつめた静かさのなかをめぐる。この転回は、リルケの動物的注意深さと彼がセザンヌの自画像を観て感動したあの純粋観照の高まりとのバランスの上で成立していると思われる」（64）と考察している。加えてブレヒトがリルケの創作した豹のことを「抑圧され、自由を奪われた者、貴族すなわち美しき野獣の謂いである」（65）と言っていることも紹介している。

さらに詩「アルカイック期のアポロのトルソ」をめぐっては、とくに末尾の「きみはきみの生き方を変えねばならぬ」の句について、カタルシス論の見地からのルカーチの評価、ケーテ・ハンブルガーによる現象学との関連などが紹介されている。『ドゥイノの悲歌』については、まず事物詩から神話的空間を開いて長詩を創るに至る道を、ヴァルター・ヘレラーの説を援用して解説する。「第一悲歌」「第二悲歌」では天使と人間の対比。「第三悲歌」は精神分析を援用しつつ性の奥地への探検。大戦勃発の機に書かれた「五つの歌」は『悲歌』に準ずる作品で、そこに出てくる戦いの神は天使の代役と見ている。へーネルはリルケが戦争勃発に世界の大きな改変を期待したと考える。「第四悲歌」はそれまでの人生総括の歌であり、そこに人形芝居を導入することにより死者、愛する者、子供の存在を通して人生超克の道を探ろうとする。

ここでリルケの「所有なき愛」についての議論が挿入される。相手の愛が得られなくても愛を貫くのが尊いとするリルケの愛の思想をハンス・カウフマンは禁欲の思想であると解しているが、へーネルは「第二悲歌」「第三悲歌」およびそれらと同じ時期に書かれた詩「真珠玉が散る」を例に挙げて、リルケがいかに愛欲を追求していたかを明らかにしている。

一九一八年の革命運動に直面したあとのリルケの立場をどう取るかについては、革命の現場に居合わせることによって未来を楽天的に考える志向が生まれて、後半の『悲歌』を仕上げることができたとするカウフマンの見解と、革命をきっかけに政治的保守主義に徹するようになり、ミュゾットの館に隠棲して生を神話化する詩を構築するに至るとするジルヴィア・シュレンシュテットの見方を紹介している。

ミュゾットで書かれた『悲歌』後半と『ソネット』については、社会的意識から離脱し、神話に支えられた内面世界で実現したものであるとして、マルクス主義の立場からは積極的に評価できないようである。ここではボルノウなど西側の実存主義的な解釈と、ヘルマン・メイヤーの後期リルケ論を入念に紹介している。リルケのいわゆる不可視のイメージを現実／非現実の二つのタイプに分類を試みている。

ヘーネルは『悲歌』『ソネット』後もリルケの思想に大きな変化がないことを確認し、マリーナ・ツヴェタエヴァ宛ての手紙を引用して、「リルケが第二次大戦後まで生きていたとしても、彼の思想に変わりはなかったであろう」(213)と述べている。

リルケの影響をつよく受けた詩人としては、いずれも東ドイツのルーイ・フュルンベルクとゲオルク・マウラーを挙げている。

ヘーネルは最後にリルケの最晩年の詩として「ゴング」を取り上げ、ベーダ・アレマンがそれをラディカルなメタファーの詩として「近代詩の極致」(214)と評価していることを紹介している。

ヘーネルの『リルケ論』はマルクス主義陣営はもちろん、西側の主要なリルケ研究にも周到に目を配りながら、情報量の豊かなリルケ論になっている。

ヘーネルは当時ベルリン・フンボルト大学の教授で、定年退職まで長く、東ドイツのドイツ文学研究の機関誌“Zeitschrift für Germanistik”の編集長を務めていた。日本独文学会とも交流があったが、統一後の彼の活動状況は不明である。

5　ナレフスキーの『リルケ』

ヘーネルの『リルケ』が出た翌年、ホルスト・ナレフスキー著『リルケとその時代』(Horst Nalewski: Rainer Maria Rilke in seiner Zeit. Leipzig 1985.)が、東ドイツのインゼル社から刊行された。大判で多数の図版入りであるが、しかし単なる案内書ではなく、世紀転換期から一九二〇年代にかけての時代と文学を記述しながら、そのなかで生きて活動した詩人リルケの存在意義を探求しようと意図する、一般読者向けでもある浩瀚なリルケ論である。東ドイツでリルケが重要な文学遺産になったことが窺える出版物である。ヘーネルの『リルケ』が詩集の解説に重点を置いていたのに比べると、ナレフスキーは各詩集ばかりでなく、各地滞在の事情や女性関係などにも言及して、リルケの人生と詩人活動を時代背景と平行させながら描き出す総括的方法を取っている。

その上でさらに目立つ違いは、ナレフスキーの書にはもはやマルクス主義やブルジョア社会という言葉が出てこないことである。さらに、ヘーネルの場合には東西の別なく、さまざまなリルケ研究者の見解が随時引用・紹介されていたが、ナレフスキーには他の研究者の業績の紹介はあまり見られず、引用はほとんどリルケの作品と書簡からのものである。

ナレフスキーは本書の冒頭で、「リルケの作品は、世界の人間が痛切に感じている深刻な不安を洞察し、その不安を受けとめたうえで生きていこうとする試みなのである」（7／数字は同書の頁数）と述べている。ヘーネルなら「ブルジョア社会の人間が」と言うであろうところをナレフスキーは「世界の人間が」と言っている。これは大きな差であるが、その点を別とすれば、リルケに対する基本的見方には両者間にほとんど差はない。

ただ同書のナレフスキーには独自の方法がある。彼はまず、リルケの生き方が同時代の文学者たちと類似しているところを際立たせる。彼は詩人の詳しい伝記的記述に入る前に、「詩人についてのパラフレーズ」という章を置いて、リルケの生涯の各段階の特性を素描している。

その際ごく初期のリルケについては、一方で孤高の姿勢を保ちながら、他方では八方コネを頼って各種ジャンルの原稿を量産・発表していたが、これは文運隆盛の世紀末に多くの詩人志望の若者たちが競って演じていたことでもあった。

次の段階ではリルケは「生」の概念を創作の中心に据えるが、同時代にはデーメルやヴェーデキントなどさまざまな生の探求者が活動していたし、ジンメルの生の哲学にリルケも関心を抱いていた。「生」もまた時代に順応するテーマだったのである。

やがて原稿料稼ぎをやめ、一般の職業にも就かず、友人やメセナに頼って自らの文学活動に集中するが、この生き方もオスカー・ワイルドはじめ当時エリート意識の文学者が好んで求めていた生活スタイルだったという。

そしてリルケは詩作を「仕事」として再認識する。すなわち彫刻家や石工が作品を造り上げるように詩を制作するのである。言うまでもなく、ロダンをはじめセザンヌなど尊敬する画家たちの影響によるものであるが、その点でもゲオルゲやカロッサなど同時代の詩人たちにも造形的傾向が顕著で、必ずしもリルケ単独の志向ではなかった。ナレフスキーは『時禱詩集』から『新詩集』にかけて広く造形的彫塑的傾向を見て取っており、十七世紀以来詩人の感情や思想を吐露するものであった抒情詩が事物を造形するものとなったことを「一種のコペルニクス的転回」(26)であると評価している。ヘーネル同様、ナレフスキーもリルケの詩業のなかで事物詩の詩作を最も高く買っているようである。

その後戦争に巻き込まれ、革命に遭遇するのも、ほかの多くの詩人たちと同じ運命を背負ったものである。ただスイスに移住したあとの晩年のリルケは、ミュゾットの館という「象牙の塔」(28)にこもって時代から離脱したという説明をしている。

一般に流布していたリルケ像では、時代から目を背けてひたすら孤独を守るところに詩人として生きる価値があると見られていたのに、ナレフスキーの見方によれば、リルケはむしろ時代の流れに沿いながら自分の生き方を築いていった詩人だということになる。それゆえスイス隠棲後のリルケは孤塁に閉じこもったということになり、『悲歌』を完成し『ソネット』全篇を産み出したリルケのいわゆる「創造の嵐」を含む最後期のリルケをことさら重視しないことになる。その点へーネルも大筋で同じであったから、これが東ドイツのリルケ観が到達したラインだったのだろう。

さてナレフスキーの書の本論では、変動するヨーロッパの社会と文化の様相を記述しながら、そこに詩人リルケの生涯と文学の足取りを書き込んでいく。

ある詩人の足跡をたどるのに、その時代背景を書き添えるのは珍しいことではないが、ナレフスキーの時代記述は通常以上に克明なものである。たとえば一九一九年のミュンヘンにおける革命運動とその挫折に関しても、その全体の動静が詳しく描かれ、さらにリルケがゾフィー・リープクネヒトと交友があったことなどにも言及されると、リルケの革命への関心がけっして偶然ではなかったことが見えてくる。

一方、一九〇七年にカプリでマクシム・ゴーリキーに会ったときにはリルケは「芸術家というものは服従する者、耐える者、ゆっくり進歩する者で、どんなことでも激変を求める者ではないと思います」(195)と言ったという。一九〇七年と一九一九年を対比することにより、変動の時代を生きる詩人内部の振幅の大きさを際立たせている。

ナレフスキーの記述はリルケの旅の細部にもわたる。「ふるさとロシア」の章では、ロシア旅行での体験が『時禱詩集』はじめその後のさまざまな詩に生かされていることが指摘され、そして最後は、「私がロシアから受けたこと、それが私をこの私にしてくれました。私の内部のすべてはロシアから発したものです。私の本能的感覚のふるさとは、私の内なるみなもとは、ことごとくあそこにあるのです」（強調原文）という一九二〇年一月二十日付の手紙の文で結んでいる。

リルケのエジプト旅行についても詳しく述べられているが、その見聞がすぐには詩にならず、のちのスイス隠棲時代になって、『C・W伯の遺稿から』や『悲歌』『ソネット』その他において実を結んでいる点に注目している。それは『マルテの手記』に出てくる有名な詩論が実地で演じられた例として説明されているのである。

一般にリルケ論といえば、詩人一人をひたすら見つめていくものが多いのに、ナレフスキーの書は、時代のなかで詩人の動きを見据えることによって詩人の作品の意味を見つけていこうとしており、その方法には注目すべきところがある。ただ、リルケ晩年のスイス時代の詩作が相対的に軽視されているのは、にわかには賛成し難い。ミュゾットの塔を「象牙の塔」と呼ぶこと自体、実状との間に相当のずれがあるのではないだろうか。

ホルスト・ナレフスキーは一九三一年生まれ、ライプツィヒ大学文学研究所育ちの俊秀で、ハンス・マイヤーのもとで博士号を取得した。内外の大学で教歴を重ね、最後はライプツィヒ大学教授となり、一九九四年まで勤めた。現在流布している、そして本書でも引用に使っている一九九六年刊行のインゼル本社版注釈付『リルケ全集』全四巻の編集スタッフに加わり、その第四巻の編集注釈を担当している。

II

詩「秋」と「秋の日」——朗読する詩として

本稿ではリルケのよく知られた秋の詩二篇を改めて取り上げたいと思う。その際に、詩のテキストを音声として再現し、そして鑑賞する場合の注意点にも触れたい。とかく近代詩以降の作品は、目で読み、その奥にひそむものを汲み取ればよいと考えられがちである。とくに日本の詩人たちは朗読にあまり重きを置いてこなかった。しかし近年、朗読の催しが盛んに行われるようになったのは喜ばしいことである。もちろん今日の詩においては、テキスト全体を視野に入れ、特定の語句や形象の布置をたよりに解読を進めることが必要である。しかしそれでもなお、テキストは音となって享受してもらうことを望んでいるはずである。活字はいわば冷凍食品であり、解凍されて音になり、初めて言葉は生きた姿になる。

リルケの詩をよむと、彼も自分の言葉を音として聴きながら詩を書いていた気配があり、それゆえ読者にも、音声に戻しながら読んでほしいという気持ちがあるにちがいない。リルケは朗読の名手だったと伝えられる。しかしリルケの声は、時期的には可能だったにもかかわらず、残念ながら録音が遺されていない。

＊

リルケは一九〇二年の八月二十八日にパリに出てきた。憧れていたパリではあったが、そのときの彼の境遇からすれば、この世界都市に放り出されたというような感覚も受けていた。彼はその前年の四月に結婚し、ヴォルプスヴェーデに近いヴェスターヴェーデの村にささやかな新居を構え、その年末には娘ルートも生まれたが、そのあと父親からずっと継続していた仕送りが急に途絶えて、定収入がまったくなくなってしまった。原稿収入など、なにがしかの収入は見込まれたが、家族を養うだけの目算は立たなかった。そこで彼は一家を解散し、娘ルートをブレーメンの妻の実家に預かってもらい、彼と彫刻家の妻クララは今後めいめい仕事で生計を立てていくことを決めたのである。パリに出てきたのも、比較的好条件の仕事であるオーギュスト・ロダンについての評論を書くに当たって、ロダンの仕事ぶりを見たり、彼から話を聞いたりしたうえで、できるだけ良いものを書いて、評判を得たいという思いからであった。

リルケはソルボンヌの裏につつましい部屋を借り、クララへの第一報は、「誰も信じられないだろうが、いま私はパリにいる」とフランス語で書かれた。心は逸るけれども、なにも用のない空白の時間がある。そこで彼はまずルーヴル、ノートルダム、リュクサンブールと散策して、パリの感触を確かめた。そして九月一日には市内のアトリエにロダンを初訪問。二日からは連日ムードンに行った。ロダンの聞き取りにくいフランス語を懸命に追いかけながら、偉大な彫刻家の考えを把握しようとする。「物」という語が強調される。有名な「つねに仕事をしなければならない」もすぐに覚えた。食事は、ロダン夫妻と、そのとき仕事できている人たちも一緒に会食となった。そこで夫妻が分裂状態であることも知った。しかし毎日のようにロダン邸に出かけて、あまたのロダンの作品を観察した。

そして九月十一日、フランス語漬けの最初の二週間から我に帰り、この詩を書いた。

秋

木々の葉が落ちる、遠くから落ちてくるように、
空のかなたで庭の木立が枯れているのか、
木々の葉は、拒む身ぶりで落ちてくる。

そして夜には重い大地も
ほかの星たちから離れて、孤独のなかへ落ちてゆく。

わたしたち、みんな落ちる。この手も落ちる。
ほかの人たちを見てごらん。落下はすべての人にある。

けれども、この落下を限りなくやさしく
両の手で支えてくれる存在がある。

HERBST

Die Blätter fallen, fallen wie von weit,
als welkten in den Himmeln ferne Gärten;
sie fallen mit verneinender Gebärde.

Und in den Nächten fällt die schwere Erde
aus allen Sternen in die Einsamkeit.

Wir alle fallen. Diese Hand da fällt.
Und sieh dir andre an: es ist in allen.

Und doch ist Einer, welcher dieses Fallen

unendlich sanft in seinen Händen hält.

(RKA, I, 282)

パリではまだ木の葉は散り始めていないだろう。北ドイツの秋の風景を思い出しているのかもしれない。いや、この際どこの木でもよい。ただ、詩人は烈しい散り方をイメージしている。空のかなたの遠くからという表現から、散り方に勢いをつけようとしている感じがある。それを確認するように、「空のかなたで庭の木立ちが枯れているのか」という詩句がくる。語法としては「あたかも…のごとく」が使われているので、天国の庭園の木々をイメージするのが分かりやすいと思われるであろう。それも結構だが、しかし楽園に花が咲き乱れ、天使が神を賛える歌をうたっているという光景はふさわしくない。空に庭があるだけのそっけない景色がよいと思う。ただ、空が複数であるのが気になるが、しかしここは深く考える必要はない。およそ複数形は名詞に具体的な感覚を付与する。空に庭園があるとは考えられないので、両方とも複数形にすると、せめて表現として具体感が強まる。これが詩的複数である。三行目「木々の葉は、拒む身ぶりで落ちてくる」では、「拒む」という言葉が人の注意を引くであろう。verneinen という動詞は「否定する」という意味をもつ。木の葉は落ちることを否定することになる。いくら否定しても、木の葉が落ちることをやめるわけにはいかない。空高い気圏のあたりでは木の葉は勢いよく落ちるが、地上に近くなると、空気の抵抗で落ち方は鈍くなるのを、落ちるのを嫌がっているように、詩人はイメージしている。

第二連に入ると、木の葉は文面から消える。代わって登場するのは大地（地球）である。夜は宇宙空間の広がる時間である。そのなかで地球は孤独であることを感じる。そして詩人は地球と重なり合っているのを感じる。「孤独のなかへ」という表現により、いよいよ大地は詩人と合体しているようだ。詩人が大地を道連れにして、「孤独のなかへ」落ちてゆく。これは詩人としての覚悟を述べたものだろう。孤独のなかへ落ちてゆくのは、詩人の願いであると同時に、人間の宿命でもある。第一連が散り急ぐ林の中の葉のざわめきをリズムにしているとすれば、第二連は無重力の宇宙で地球がゆったりと動く感覚でうたわれている。

第三連は打って変わって、四つの細切れの文から成る。「私たち、みんな落ちる」——ここで「落ちる」というのがこの詩の実のテーマであることが知れる。表題の「秋」は第一連を代表し、第二連でもわずかに秋の気配は漂っているが、第三連になるとすっかり消える。本題を明かして、詩人は居合わせる人たちに微笑みかける。第二連では詩人は孤独な宇宙への旅人だったが、第三連では、居合わせた人々のなかの一人になっている。そして「この手も落ちる」と、片方の手をちょっとかざして見せている。原詩のdaは「ほら」という仕草を朗読者に促している。二行目「ほかの人たちを見てごらん。落下はすべての人にある」というのは、格別詩的な表現ではないが、こういう詩行は、詩人を人々に近づけ、さらに最終連への飛躍を準備する。

そして最終連に進む。第三連までは「落ちる」という、もっぱら下方向への運動の提示だったが、最終連はその動きに反する方向がうたわれる。その方向は原詩でいえば、最終のhält すなわちhalten、英語のholdに当たる語が受け持っている。この語は落ちてくるものを受け止めるとも解することができるが、受け止めるのなら fangen / catch という別の語もある。ここでの hält / halten は支えるという動作であり、支えても落ちるという動きは終わらないようである。それでも支える力が、落ちる一方の人間にとってどんなに助けになるであろうか。その支える力を行使してくれるのが Einer である。昔の詩人なら、ためらわずに神というところだが、近代の詩人は神に頼ろうとしない。リルケは、始めから神を意識していたが、同時にその存在に疑問を感じていた。パリに出てきたころから神をあまり口にしなくなった。しかし世界と宇宙を秩序づけている存在があることは否定できないと考えている。そこで Einer である。それは途方もない大きな存在である。それは行の中央で Einer, welcher（関係代名詞）という思い入れを込めた言い方にも現われているが、さらに Und doch という切り出し方にも示されている。Und doch はそれまで述べてきたことに対して、それと相反することを切り出すときに使う最も強い接続的副詞句である(1)。第一連から第三連までに畳みかけてきた fallen の滝のような勢いをここで支えられているという気持ちが und doch に込められており、ここにも朗読者への「力をこめよ」との指示がひそんでいる。

ここでは脚韻も重要な役割を演じている。各連を個別に見ると、この詩には脚韻はないように見えるが、二連を一組にして見渡すと、第一連二行目を別にすれば、a b b a / c d d c の抱擁韻になっている。なかでも注目すべきは、第三連一行目の fällt と第四連二行目の hält が韻を踏んでいることである。fallen（落ちる）と halten（支える）が韻を踏んでいるということは、何者かに支えられながらも落ちる現象はつづいているという前述の見方は脚韻の上でも示されていることになる。「落ちる」のは生の、「支える」のは死のなせる業であると、後期のリルケは考えるようにもなるであろうが、この詩を書いたころのリルケはまだその考えを明確にはしていなかったであろう。
秋という表題は、読者を呼び込むためのものである。詩の本体は、二つの基本動詞を使って、宇宙を動かしている二つの力がバランスを取っているさまを表現している。リルケは晩年に進むにつれて、動詞を主役にする詩が増えてくるが、この詩でもすでに動詞の詩人としての片鱗が見えている。

「秋の日」は一九〇二年の九月二十一日のパリで制作された。「秋」は季節感によって読者を誘い込んでいるものの、実際のテーマは「落ちる」であり、小詩ながら、宇宙的な感覚を含んだ思想詩であった。それから十日を経過して、街のなかにもいくらか秋の気配が漂ってきたであろうか。今度こそ季節の秋をうたう詩が書かれた。

秋の日

主よ、時が来ました。さしもの夏も終わりです。
あなたの影を日時計の上に置いてください。
草原に風を解き放ってください。

最後の果実にたっぷり実るよう命じてください。
あと二日の温和な日をあたえ、
熟しきるようにあくまでうながし、
実るぶどうに最後の甘味を注ぎ込んでください。

今家を持たない者は、もう建てることはない。
いま独りでいる者は、これからも独りのままで、
夜ふかしをして、本を読み、長い手紙を書き、
落ち葉の散り舞うときには並木の道を
不安にかられてさまよい歩くだろう。

HERBSTTAG

Herr: es ist Zeit. Der Sommer war sehr groß.
Leg deinen Schatten auf die Sonnenuhren.
Und auf den Fluren laß die Winde los.

Befehl den letzten Früchten voll zu sein;
gieb ihnen noch zwei südlichere Tage,
dränge sie zur Vollendung hin und jage
die letzte Süße in den schweren Wein.

Wer jetzt kein Haus hat, baut sich keines mehr.
Wer jetzt allein ist, wird es lange bleiben,
wird wachen, lesen, lange Briefe schreiben
und wird in den Alleen hin und her
unruhig wandern, wenn die Blätter treiben.

(RKA, I, 281)

「主よ」と聖書のなかの文言のように詩は始まる。「時」は変わり目を指す。ここではもちろん季節の変わり目である。次のDer Sommer war sehr groß. は、ほとんどの訳者が「夏は偉大でした」と訳すのだが、この文では、動詞が過去形であるということが、表現実質の多くを占める。したがって、夏が終わったという意味を明確に出すことが肝心である。「あなたの影を日時計の上に置いてください」「草原に風を解き放ってください」はいずれも不思議な詩句である。別に神さまにお願いしなくても、日時計にはつねに影があり、草原には風が吹いているはずである。ところがことさら神さまへの願い事として表現することによって、前の季節には日時計の上に影がなく、草原には風も吹いていなかったかのような錯覚を一瞬もたらし、夏が終わっていよいよ秋だという、季節の転換が鮮明に見えてくる。

第二連は実りの秋をテーマにしている。「最後の果実」は、この連の四行目にぶどう酒が出てくるので、それを見越して、ぶどうと考えればよい。ヨーロッパでは、秋の実りの代表はぶどうである。ぶどうの熟し具合を見て、収穫の日程を決める。それがいちばん重要な判断である。あと二日夏の名残りのような日があってほしい。そうすれば、完璧に成熟して、ぶどう豊作のワインの年となることが期待できると、ワイン醸造業者の気持ちを真似て言う。四行目原文では in den schweren Wein すなわち「ぶどう酒」となっているが、ここではもちろんぶどうのことを指しており、やがて芳醇なぶどう酒になるものであることを思いつつ Wein と表現した。sein—Wein と脚韻を踏む必要もあった。

第一連の二行目以降第二連の終わりまで、命令文の畳み掛けになっている。命令文の畳み掛けは「主の祈り」に代表されるように、祈りの文体である。希望や悔い改めのための祈りではなく、自然の恵みを祈願しているところが、自然に執着する近代詩人らしい歌い方である。「あと二日の温和な日」——じつはそれがなかなか期待通りにはやってこないのである。

第一連と第二連では天気や自然のことがうたわれている。人間の力ではどうにもならないことなので、祈るしかないのである。しかし第三連では人間自身の話になり、文体が一変する。「今家を持たない者は、もう建てることはない」——家は生活の基盤である。その家を今も未来も持つことはないとは、市民的な生活の安定を求めないということになる。「いま独りでいる者は、これからも独りのままで」——孤独に徹している人間は、おいそれとその生き方を変えることはないだろう。そしてつづく一行は、これが詩人の生き方だとばかり、いささか矜持をのぞかせるところも感じられるが、最終行では、「不安にかられてさまよい歩く」と、秋風におののく人間の無常感を表現している。

いずれにせよ第三連では、歯切れの良い祈りの調子の第一連第二連から転調して、くぐもった調子のモノローグが進行する。この声調は「行の跨ぎ」（Enjambement）によって作られている。朗読の際には、第一、第二連との対比を際立たせるためにも、第三連では、文の切れ目も行の切れ目もあまりはっきり切れてしまわないほうがいい。低い調子で進行するなかで、二行目の allein（独りで）と四行目の unruhig（不安にかられて）の二語が突出するように読むのがいい。

このモノローグは人生の秋に達した人間が、もはやマイホームを建てる気力も、新たな人間関係を築く意欲も果て、孤独な読み書きや悔恨で夜長を過ごし、木枯らしに吹かれて街をさまよう、というように、荒涼の人生をきびしく自覚するものと読むか、あるいは孤独の生き方を貫くことを秋の夜長に改めて確認し、貧しさのなかで詩人の道を探求しようという、積極的な思いを吐露したものなのか、あえて分ければ二つの読み方がある。往年の評論家ローベルト・フェージは一九一九年に刊行した『リルケ論』のなかで、この詩の第三連はニーチェの詩「孤独となりて」の最終連に触発されて書いたものだろうと指摘している（RKA,I,814）。その詩連は次の通りである。

カラスたちは鳴き

ツバサの音をたてて町へ飛んでゆく
まもなく雪も降るだろう
故郷をもたない者は痛ましい

この詩を連想するというフェージは、「秋の詩」第三連の二つの読み方のうち前者、すなわち荒涼の人生をさびしく自覚するという見方を取っているのであろう。おそらく一行目二行目そして最終行が、そういう思いに読む者を誘う。

しかしニーチェは深淵をのぞき込むニヒリズムを経験しながら、それを克服する意志を養っていた。リルケもそれを受け継ぎ、近代社会が強める拘束力の下に個人が苦しんでいることは痛感しながらも、つねにマイナスをプラスに変えて強化しようと考えている詩人である。秋という季節もまた、寂寥の雰囲気を自らの創造力を鍛える時期であると受けとめているのである。一九〇四年八月十二日付のクララ宛の手紙で、リルケは次のように書いている。

私には秋が望ましい。秋はほんらい創造的なのではないだろうか。いつも同じである春よりも創造的であるし、秋が変容の意志をもってやってきて、どっぷりと満足している市民たちの安楽な夏のすがたを叩き壊すというのなら、秋は創造的なのではないだろうか。大きな華々しい風が、空の上に空を建ててゆく。この風の国のなかへ私は入って行きたい…

(RKA,I,814)

ノーベル平和賞を受賞した中国の詩人劉暁波は、リルケの「秋の日」について一篇の詩を書いている。獄中から愛する妻霞に宛てたものだ。

リルケの「秋の日」は
僕が君に読んであげた最初の詩
読み終わったとき一本の針が
永遠に僕の血管に残った
それは時々鋭い痛みを感じさせる

もし時間が経って
針先が鈍くなったら
僕はこの詩を探し出し
ふたたび針先を尖らせねばならない
そうすれば再び鋭い痛みがもどってきて
石は永遠に血を流させる
[…](2)

註

（1）岩崎英二郎『ドイツ語の副詞・心態詞研究』、同学社、二〇一二年、一六三三頁以下。

（2）劉暁波『牢屋の鼠』田島安江・馬麗訳編、書肆侃侃房、二〇一四年、九九—一〇〇頁。

詩「メリーゴーラウンド」――グリュンバイン講演を参考に

ドゥアス・グリュンバインという詩人は、一九六二年ドレースデンに生まれ、一九九五年には異例の若さでドイツ最高の文学賞であるビューヒナー賞を受賞した俊秀であり、今も現代ドイツを代表する詩人と見なされている。彼は自国の過去の文学に目を向けることはこれまでめったになかったが、一度リルケの詩「メリーゴーラウンド」について語ったことがある。それは二〇〇七年にヴェストファーレン東部のリルケゆかりの地でもあるベッケル荘園で開催された文化記念祭のオープニングでの講演であった(*)。グリュンバインはリルケの、とりわけ『新詩集』の彫塑的な詩における表現技法を高く評価しており、そのことを詩「メリーゴーラウンド」によって解明している。本稿では、グリュンバインの見解を紹介しながらこの詩の魅力をさぐってゆきたいのであるが、その前に彼が前置きとして素描しているドイツにおけるリルケ像、そして彼自身のリルケ観について、その概要を紹介しておきたい。

グリュンバインによれば、ドイツでは、とくに文学者のあいだではリルケに対する評価は芳しくない。

その元凶はゴットフリート・ベンであるという。たった一度だけのことであるが、ベンはわりにはっきりとリルケのことを「全体的にきざっぽく、性的不能者のイメージのある詩人で、ねっとりとして扱いにくい韻律粘土をこね回して製品を制作していた」ときめつけた。あまり健康でない、言葉による彫刻家、というところであろう。この見方にまた多くの人が賛同して、溜飲を下げるというような事態があった。

グリュンバインは言う、「ドイツではリルケの名前を聞いただけで食ってかかりたくなる人が多いようです。リルケに対するあの嫌悪感はどこから来るのか、私はかねがね不思議に思っています。ドイツの文学者たちのあいだでは、彼の名前が出ると、したり顔のいじめと女性蔑視に似た悪意を混ぜ合わせたような空気が泡立ってくるのです」。ところが外国では様子が異なる、とグリュンバインは言う。「リルケは、翻訳されて外国語の衣装を纏うと、真実の姿がくっきりと見えてくるというタイプの詩人です」「彼と母語を同じくする人には耐え難いものである彼の詩の柔軟さ（あるいはほかの人ならば、ねっとり感とか、ガムや粘土みたいな感触と言うかもしれません）が、ドイツ人以外の読者には限りない魅力に映るのです」。

このようにグリュンバインはリルケの把握にはドイツよりも外国のほうが利点があるなどと説明したうえで、彼自身の積極的なリルケ理解に入ってゆく。「彼の前にも後にも、リルケほどに意味深い暗示の技法や、多角的な連想の技法や、分散し遅れて届くこだまの技法を身につけた詩人はいません。彼の詩句の示す描写力は対象への密着性を感じさせますし、それは言語と身体の一体性（あるいはそれへの反発）も引き起こします。バレーの観客ならよく知っている、演技者と観客とが同時に跳躍する一体性の感覚を作り出します。じっさいに演技空間を駆使するときのバレーの振り付けと場面構成の尺度、それこそが彼の詩の一番の技法上の特徴です。結論的に申すならば、リルケの詩が明瞭な動きのスケッチで捉えているのは、何度でも動物たち、子供たち、天使たち、聖書や神話の人物たち、すなわち明確な形となって残る動作の基本型なのです」

グリュンバインのいうリルケの事物詩の特徴は、詩人がまるでバレーの振付師のように詩句を躍動させ、言葉が対象に密着して作品を構築していくところだというのである。それでは以下、彼の見解を参考にしながらリルケの代表的な事物詩の一篇である「メリーゴーラウンド」を見ていきたい。

メリーゴーラウンド

リュクサンブール公園

屋根の下、その影も一緒に
しばしの間、色とりどりの
馬の一隊がまわる。みんな、
滅びる前に長くためらう国から来た馬たち。
車をつけている馬もいる。
けれどもみんな顔に元気をみなぎらせている。

怒って赤くなっているライオンも一緒に進む。
そしてときおり一頭の白い象。

鹿だっている、森の中そのままに、
ただ、鹿は鞍を置き、その上に
青い服着た小さい女の子が、ベルトで結ばれている。

そしてライオンの上には白い服の少年が乗り、
小さい手を熱くしてつかまっていると、
ライオンは歯をむき出し、舌を見せる。

そしてときおり一頭の白い象。

そして馬にまたがり、みんな通りすぎていく。
なかには、こんな馬乗りにはもう
大きくなりすぎたように見える
無邪気な女の子もいる。山なりに進むさなか、子供たちは目を向ける、どこか、こちらへ――

そしてときおり一頭の白い象。

こうして進行し、終わりを急ぐ。
そしてめぐり、まわり、行き着く先はない。
赤が、緑が、グレーが先へと送られる。
つくられかけた小さな横顔も――
そしてときおり微笑がこちらへ向けられる。
清らかな微笑はまばゆいほどで、
息をつかせぬこのむやみな戯れに惜しげもなく注がれて……

DAS KARUSSELL

Jardin du Luxembourg

Mit einem Dach und seinem Schatten dreht
sich eine kleine Weile der Bestand

von bunten Pferden, alle aus dem Land,
das lange zögert, eh es untergeht.
Zwar manche sind an Wagen angespannt,
doch alle haben Mut in ihren Mienen;
ein böser roter Löwe geht mit ihnen
und dann und wann ein weißer Elefant.

Sogar ein Hirsch ist da, wie im Wald,
nur daß er einen Sattel trägt und drüber
ein kleines blauen Mädchen aufgeschnallt.
Und auf dem Löwen reitet weiß ein Junge
und hält sich mit der kleinen heißen Hand,
dieweil der Löwe Zähne zeigt und Zunge.

Und dann und wann ein weißer Elefant.

Und auf den Pferden kommen sie vorüber,

auch Mädchen, helle, diesem Pferdesprunge
fast schon entwachsen; mitten in dem Schwunge
schauen sie auf, irgendwohin, herüber —

Und dann und wann ein weißer Elefant.

Und das geht hin und eilt sich, daß es endet,
und kreist und dreht sich nur und hat kein Ziel.
Ein Rot, ein Grün, ein Grau vorbeigesendet,
ein kleines kaum begonnenes Profil —.
Und manchmal ein Lächeln, hergewendet,
ein seliges, das blendet und verschwendet
an dieses atemlose blinde Spiel...

(RKA, I, 490f.)

この詩は一九〇六年にパリで制作された。『新詩集』に収載される彫塑的な詩の多くが成立した時期である。なかでもこの詩は、古き良き時代のパリの、日暮れ近い街の空気をも漂わせている作品としてよく知られている。

この詩はメリーゴーラウンドという回転する遊戯装置の全体を表出していて、詩人の目は装置全体を見渡せる位置にいて、静止の視点から回転するメリーゴーラウンドを眺めるという設定である。

「屋根の下、その影も一緒に／しばしの間、色とりどりの／馬の一隊がまわる」——まずは装置の全体をとらえる。華やかな彩りの屋根が、大都市の公園のなかに、ささやかなメルヘンの世界を出現させる。その世界に住むのは大部分が木製の馬で、しかしさまざまな色をつけ、いろいろな格好をしている。「みんな、／滅びる前に長くためらう国から来た馬たち」——すでに傾きかけた日の光を直接間接に受けている公園の光景から、このようなイメージが浮かんだのであろう。「車をつけている馬もいる」——馬車も数台混じっている。幼い子は、お母さんやお姉さんと一緒にこれに乗るのが安全だ。「怒って赤くなっているライオン」もいる。「そしてときおり一頭の白い象」も姿を現わす。

第二連に移って、「鹿だっている、森の中そのままに」——野生の鹿さながらに作られている。これで動物の紹介は終わり、次には動物に乗っている子供たちに目をやる。まず「鹿に鞍を置き、その上に／青い服着た小さい女の子が、ベルトで結ばれている」——母親が渡したのか、鹿の背に小さなクッションを置いて、女の子が跨っている。鹿はほかの動物たちに比べて華奢に（女子用？）つくられているのであろうか。それと対照的なのが次にくるライオン。その上には「白い服の少年」が乗っている。ライオンは怒っているらしく、少年が恐くなって「小さい手を熱くしてつかまっていると、／ライオンは歯をむき出し、舌を見せる」。

さらにライオンと対比的に出てくるのは白い象である。「そしてときおり一頭の白い象」——この詩句はルフランとなって、三度繰り返される。象には誰も乗っていないことが分かる。グリュンバインは、象の行がUnd dann und wann ein weißer Elefantと、aの母音が三度繰り返されて「悠然とした」調子になっているのに対し、ライオンのほうはdieweil der Löwe Zähne zeigt und Zungeと、zの繰返しとともに「脅すような足取り」になっている、と解説している。

象のルフランを別として第三連は、動物に乗っている子供たちに、少し年上の女の子も含めて全員の様子に目をやる。動物たちは進行しながら上下するが、高みに上がったところで子供たちは、どことはっきりしないが、こちらのほうを見る。こちらとは、詩人が佇んで観察している場所であり、そのあたりには子供たちの連れの大人たちが待って眺めているはずだ。彼らの家庭教師の女性たちかもしれないと、グリュンバインは、二十世紀初頭ごろのパリの社会の様相を想起しつつ述べる。

そしてまた一つルフランの小川を越えて最終連に入る。「こうして進行し、終わりを急ぐ」――一つのコースが終わりかかっている。終盤になると、気のせいか、進行が少し速まる。動物たちも子供たちも色彩に還元されて、色彩が交替する。子供たちの顔には新たな表情が表れるが、すぐに消える。そして最後には微笑みが、満足感から生まれる微笑みが連れのほうに向けられ、そして「息をつかせぬこのむやみな戯れに」消費されてゆく。メリーゴーラウンドは子供たちにしばしの夢を与えるものであるが、機械仕掛けの運転装置である。一定の時間が経過すれば、かならず停止する。「戯れSpiel」は、同時に「運転」とも訳せる。運転の終止は、夢の終わりでもある。グリュンバインもここで詩は完結したと見ているが、しかし最後の詩句のあとについているSpiel...に意味はないのだろうか。

ここで詩全体の構成を改めて見てみると、第一連と第二連を合わせて十四行で一篇のソネットを構成している。ソネットにふさわしい脚韻を踏んでおり、作者もソネットを意識していたのはまず間違いない。さて詩の後半であるが、二行のルフランを別にすれば、第三連の四行、第四連の七行もそれなりの脚韻を踏んでおり、もしあと有韻の三行が加わっていれば、もう一つのソネットが出来ていたはずである。そのうえで第四連の七行を再検討すると、これを三行／四行に分けることも、あるいは四行／三行と分けることもできる。詩連中央の Ein kleines kaum begonnenes Profil —を前につなげれば、交錯韻の四行となり、後ろにつなげれば抱擁韻の四行となる。あえてどちらにも決めないでおこう。詩連中央に際立つ「つくられかけた小さな横顔」の一行は、期待と不安の交じり合った中途半端な子供の表情を表出して、この詩全体のピークを成すものと見ることができるからだ。

いずれにせよこの詩は未完のダブルソネットということになるのではないか。すると、Spiel のあとの…は、詩が終わったあとの余韻ではなく、あとにまだ三行つづくはずだということであろう。運転装置は停止したが、遊びはまだ終わっていない。降りてきた子供たちが顔を火照らせて家族ないし連れと言葉を交わす場面があるかもしれない、あるいは次の番、おそらくその日の最終回の子供たちが舞台に散って行き、我先に自分の馬を決めようとする光景が展開しそうだ。それは読者のイメージに委ねられている。

グリュンバインはこの詩で示されているリルケの表現技法を、詩史的な意味でも高く評価している。彼は言う、「驚くべきことは、リルケがこんなにも早い時期に、のちに欧米のいたるところでアヴァンギャルドの名の下に鳴り物入りで遂行されたことをすでに実行していたことであります。単独で彼は、マニフェストも作成せず、グループも結成せずに、のちに来るイマジズムの主要綱領であるところの、文学を形象制作に集中させること、視覚的要素に限定させることを実現していたのです。彼自身は自分の仕事を、自立した詩、言葉による彫刻と呼んでいます」――私はリルケがアヴァンギャルドであるとは思わないが、形象の独立性を探究するイマジズムを先取りしていたとは言えるかもしれない。たしかにリルケの優れた事物詩は、物を正確に描き出すのではなく、物を言葉によって創り出している、あるいは、物の描出と創出の違いを実作によって示し得た、と言えよう。

グリュンバインは講演の最後に、付け加えるように、マールバッハのドイツ文学資料館で、「メリーゴーラウンド」の手書き原稿を見せてもらった話をした。それによると、その原稿では、ルフランの三箇所がいずれもUnd dann und wann...(そしてときおり…)となっており、さらにein kleines blaues Mädchen(青い服着た小さい女の子)に削除の線が引いてあり、代替案としてein seliges Lächeln(清らかな微笑み)という書き込みがあったという。以上、私の理解に間違いがなければ、グリュンバインが見せられたのは完成稿ではなく、初稿か中間稿か、あるいは修正稿であったと思われる。私たち読者にはこれまでリルケの詩といえば、たいていの場合完成稿しか知られていなかったが、完成に至る過程の稿も、あるいは作品完成後の修正稿も存在していることが判明したのである。

しかもこの具体例はたいへん興味深い。Und dann und wann のあとにくる動物を何にするか、リルケはすぐには決められなかったのだ。脚韻の関係もあるので、さすがのリルケもすぐには思いつかなかった。

象はリルケの見たメリーゴーラウンドにはいなかったのであろう。だから象は幻像ないし蜃気楼だとグリュンバインは言っている。それも一つの見方である。また、ein kleines blaues Mädchen（青い服着た小さな女の子）については、おそらくリルケの視野に入っては消える女の子のことをとりあえず書きつけたのであろうが、作品のなかの人物としては存在感に欠けるとして、できれば違う人物と差し替えたいと思い、それでもすぐには名案が浮かばないので、ein seliges Lächeln（清らかな微笑み）を一つのヒントとして書いておいたものであろう。ein seliges Lächeln はおそらくリルケがこの詩の最終に据えた言葉でもあった。あるいは表題にすることも考えたかもしれない。乗っている子供たちが見物する人たちに見せる笑顔は、みんな清々しくて、喜びにあふれている。その微笑みを詩の最後の部分で表現することは定まっているのであるが、早い段階で微笑む子供の姿を挿入したいという願望も作者の内部で強かったのであろう。しかし結局納得のいく代案が浮かばず、原案にままになったということなのだろう。

それにしても、作者にとってこの詩で最も表現したかったのは子供たちの微笑みであることが確認できたのは収穫である。微笑みはリルケの詩作のなかでも、『ドゥイノの悲歌』の一番最後に成立した「第五悲歌」の最後の連で、死者たちの見守るなかで絶妙な愛の演技を見せるという男女のペアが、「ついに心から微笑む」という究極の場面があるように、現世の人間が精一杯の営為を尽くしたときに洩れてくる美しい表情である。その表情をリルケは一九〇六年にパリのメリーゴーラウンドで発見し、それを一九二二年の『ドゥイノの悲歌』完成の日に、またも究極の表現として用いたのである。

（＊） Durs Grünbein: Ein kleines blaues Mädchen. Zu Rainer Maria Rilke <Das Karussell> Detmold 2007.

詩「ゴング」――未完のポエティックス

　リルケの詩「ゴング」は、私がかつて『リルケ研究』(1)のなかで取り上げ、その後何度か論議に載せる機会があった。私は自分の研究活動のあいだ、この詩と付き合ってきたような気がする。その間に考えたことを含め、またその間にいただいた友人たちの意見も勘案して、今回ここにもう一度この詩に取り組んでみたいと思う。それに際し、私に呼応しつつ、やはり息長くこの詩の解明に携わり、最後に名著『このように読めるリルケ』を遺して他界された故加藤泰義氏にこの小論を捧げさせていただきたい。

　リルケは一九二六年の年末に世を去っているが、詩「ゴング」はそのほぼ一年前、一九二五年の十一月にミュゾットの館で制作された。一九二五年のリルケは、一月から八月まで病を押してパリに滞在した。この最後のパリ滞在では、古い知人たちと旧交を温め、新しい知り合いもできた。とりわけヴァレリーと親しい話し合いができたこと、そして日本の俳諧についての本(2)を読んで新鮮な刺激を得たことで、充実感があったようである。スイスに戻ったリルケは、健康状態が依然思わしくないわりには、精神的には張りつめていた。十月中旬には「今こそ神々が、住み込んでいた物たちから／出てくる時かもしれない……／神々がわたしの家の壁という壁を／打ち壊す時かもしれない。新しいページが現われる。そんなページがめくられるときに起こす風だけで／大気を土くれのように掘り返すのに十分だ。〔…〕」(3)というような調子の詩句を書きつけている。これまでとはがらっと違うことが起きるぞという予感がある。十月二十七日にはあの有名な墓碑銘を含んだ遺書をしたためたのちに、詩というもののあり方をもう一度考えてみようという想いをこめて、詩「ゴング」(4)が書かれた。

ゴング（どら）といえば、普通頭に浮かぶのは船が出帆するときに鳴らすもの、あるいは療養所など集団が生活する施設で食事を知らせるときに鳴らすものだが、いずれもこの詩に該当しない。オーケストラの打楽器に、めったに使われることがないものの、ゴングという楽器がある。ゴングが登場する楽曲は、アラブ的あるいはアジア的な雰囲気のもののように思われる。そこでゴングの語源を調べてみるとマレーシア語のオノマトペーからきているらしい。そういえば東南アジアあたりの古い荘厳な寺院から殷々たるゴングの響きが漂ってくることがあり得るように思う。かなり大型の円盤であろう。ドイツのGoogleで調べたところ、このような音響盤を扱っている専門店があって、大小じつにさまざまなゴングが陳列されている。最大のものは直径二メートル、真鍮製、写真で見るかぎり、堂々たる製品である。この品だけは価格の表示がない。私はリルケの詩にふさわしいのはこの種のゴングだと思った。こういうゴングが鳴らされるのを思い浮かべながらリルケの詩を読んでいきたいと思う。この製品の説明によれば、このゴングは打つたびに響きが微妙に異なるのだそうで、響きごとに別のメタファーをよび起こすこの詩にはいよいよ望ましい。この場合の打ち方は、乱打ではない。たとえばイェイツの詩「一九一九年」に出てくるような、「あらゆる人間は踊り子だ　彼らの足は動く／／ガランガランとうつ　狂わしき　銅鑼の音　に合わせて」（大浦幸男訳）[5]という打ち方とは違う。一打ごとに響きの感触を余韻が消えるまでじっと聴き入り、その都度浮かぶ幻像をメタファーとして詩句に定着する。各メタファーのあいだには脈絡はないが、いずれも何らかの形で詩の生成やあり方と関わりをもつと考えられる。

詩「ゴング」は三連から成っている。以下、一連ずつ、一詩句ずつ見ていきたい。

1

もはや耳のためではない……ひびき、
それはいっそう深い耳のようになって
聞いていているつもりのわれわれを逆に聞く。
空間のうらがえし、
内部の世界をおもてにくりひろげる、
誕生する前の寺院、
溶けにくい神々をいっぱいに
ふくんでいる溶液……ゴング！

以上が第一連である。

もはや耳のためではない……ひびき、
Nicht mehr für Ohren...Klang,

ゴングの響きを耳にしながら、これは人が聞くためのものではないと感じる。この響きは別の機能を秘めているのかもしれない。通常の感覚を逆転させる発想を孕んでいることを予感させる。「もはや」とは、この詩の境域に入ってきた以上は、という意味である。

それはいっそう深い耳のようになって
聞いているつもりのわれわれを逆に聞く。
der, wie ein tieferes Ohr,
uns, scheinbar Hörende, hört.

この響きは私たちの耳に聞かれるのではなく、響きが私たちの耳以上の性能をもった聴覚となって、私たちの言葉や想いを聞いている、というのである。つまりゴングの響きは吸い込む気配をもっている。

殷々と響きながら、ゆったりと消えていくとき、それを聞く私たちは、そこへ吸い込まれていくような気持ちになる。名刹の釣り鐘の響きにそんな経験をしたことがある。音響が静寂を引き起こすのである。「閑さや岩にしみ入る蟬の声」も連想される。この場合、蟬の声を聞いているにしても、その奥にある大きな静かさに人の感覚は引き込まれていくというのであろう。これも一種の共感覚（Synästhesie, synesthesia）の働きということができるであろう。

空間のうらがえし、
Umkehr der Räume

冒頭三行で提示した逆転の発想をさらに広げて、空間を裏返すというイメージ。リルケによれば、私たちの五感で把握できる世界が世界のすべてではない。洋服を裏返せば裏地が出てくるように単純にはいかないけれども、世界は表側だけで終わっているわけではないと考えていた。リルケは一九一三年にスペインで書いたエッセイ「体験」のなかで、海辺の庭園を散策していたときの異常な体験を記している。ある滝木風の樹木にもたれていたとき「自然の向こう側に出てしまった」(6)という感覚に襲われたというのである。彼はそのとき以来この体験を反芻しつつ、現実の向こう側の空間の実感に努め、時空を超えた世界と親しく交わろうとした。一九二二年成立の「第八悲歌」では向こう側の空間を「開かれた」空間と規定し、「第九悲歌」では「不可視の」空間と呼んだ。「ゴング」の詩人は、秘教的なゴングの響きに現実世界の向こう側を想起する。なお、原文では「空間」は複数になっているが、複数名詞は一般に具体感をつよめる効果を発揮する。抽象的な思惟ではなく、重い扉を一枚ずつ開けて世界の裏側を開示するという感覚を喚起する。

内部の世界をおもてにくりひろげる、
Entwurf / innerer Welten im Frein…

このメタファーは比較的分かり易い。ゴングの響きに応じて人間の内部にひそむものが外へと展開する。芸術ないし詩のあり方として、表現の技巧を凝らすばかりでは意味は深まらない。内面に潜む真実のものが外面に吐露されていなければならない。そういう基本的な心構えを詩人は自らに確認しているのだろう。「内部の世界」、これも複数で書かれている。

誕生する前の寺院、
Tempel vor ihrer Geburt

ゴングの響きはアモルフな混沌の空間を、そして生成の予感を呼び起こす。ここでは寺院が出現するという予感。しかし寺院は建設中とか未完成というのではなく、まだ構想のなかにしかない寺院であろう。現実に出来上がったものよりもヴィジョンとして描かれていたもののほうが質が高い。現実に存在する金閣寺より、建造以前に足利義満が思い描いていた金閣寺のほうがほんものだったかもしれない。詩作においても、中原中也が「「これが手だ」と、「手」という名辞を口にする前に感じている手、その手が深く感じられてゐればよい」(7)と言っている。あとで言葉とヴィジョンとの間で調整されて詩が成立するが、ヴィジョンだけで貫かれるのは不在の詩である。寺院も複数になっている。

溶けにくい神々をいっぱいに
ふくんでいる溶液……ゴング!
Lösung, gesättigt mit schwer
löslichen Göttern...: Gong!

ゴングの響きが濃厚な余韻を持って持続する。そこから生じるイメージは、ビンのなかにたとえばギリシャ神話の神々をたくさん詰め込んで、振って溶かそうとしてもなかなか溶けない、というものである。神話は千年にわたって創られたかもしれないが、私たちはそれを千ページの書物の中に凝縮して受容している。ところがビンに振動をあたえることで、神々同士が思わぬ化学反応を起こすこともあろう。たとえばリルケの『新詩集』の第二部は、ギリシャ神話や旧約聖書の人物が、独自の見方でつぎつぎに登場するので、詩集自体が溶けにくい神々をふくんだ溶液だと言えないこともない。あるいは、詩法的に言えば、一篇の詩とは、さまざまな体験をそこに溶かし込んだ溶液を作ろうとしながら、いくつかの体験は、ジャムのなかのイチゴのように、溶けないままでいる、というようなことか。

以上第一連に出てくるメタファーが暗示する詩法上の示唆をまとめるなら、一、感覚の逆転、二、聴くことが聴かれることへ転回するような、共感覚、三、現実世界の裏に出る体験、三、内面の真実を外面へ吐露する覚悟、四、造形の前のヴィジョン、五、詩とは体験の溶液だが、溶液の濃度が高ければ、体験が生のまま混じる、というところだろう。

2

おのれへの信仰を告白する
沈黙するものの総体、
ひたすらに口をつぐむものの
自己への激烈な回帰、
時の流れを圧搾してできた持続、
鋳型に注ぎ変えられる星……ゴング！

以上が第二連である。

おのれへの信仰を告白する
沈黙するものの総体、
Summe des Schweigenden, das
sich zu sich selber bekennt,

この二行の核心は、大きな沈黙の空間である。ここでもゴングの響きが沈黙を暗示する。「信仰を告白する」とあるが、自分が自分自身への信仰を告白するというのであるから、この告白は声となって発せられるのではない。すべて内面の出来事である。ゴングの響きは信仰告白を内に含んだ沈黙を暗示している。自分への信仰告白という表現は、ナルシシズムを想起させる。リルケは一九一三年頃、ルー・アンドレアス＝ザロメがフロイトに従ってナルシシズムに関心をもっていた頃、自らも興味を引かれ、「ナルシス」という詩を書いている。ルーはナルシシズムの本質を人間のもつ二つの基本的衝動、すなわち自己を維持したい衝動と、原初的状態へ回帰したい衝動とが結合した存在であるとみていた(8)。詩「ナルシス」では、原初的状態への回帰のモティーフが前面に出ているが、詩「ゴング」では自己維持の面が強調されている。さらにリルケが崇敬してやまないポール・ヴァレリーの輝かしい長詩「ナルシス断章」からも刺激を受けたことが考えられる。そもそもリルケという人間にはナルシス的要素が目立つように思われる。この個所では、詩人たるもの、ナルシスのごとく自分自身を信じる心がなくてはならないというのだろう。

ひたすら口をつぐむものの
自己への激烈な回帰、
brausende Einkehr in sich
dessen, das an sich verstummt,

直前の詩句とほぼ同様のことを述べているように思われるが、言葉のレベルが異なる。すなわちこの個所では、「沈黙」に替わって「口をつぐむ」、「告白する」に替わって「激越な回帰」となっている。直前の個所が自らの信念を内にそっと洩らすような表現であるのに対して、この個所では内面にこもることを強く意志する表現になっている。前者がナルシシズムの表現とすれば、後者は自閉症的な状態といえるだろう。病的な事態を恐れていては詩人になれないという思いもあろう。その意味では、これまでリルケが書いたなかで最も力のこもった詩句の一つである「第九悲歌」の最後の連が想起される。

見よ、わたしは生きている。何によってか。子供時代も未来も
減りはしない……　有り余る存在がわたしの心のうちで
湧き出る。

過去の体験も想像のなかの未来も、いまここに集中して、心の内部にあらためて噴出するという。これは一旦『悲歌』を締めくくる言葉として大きくうたわれているが、見方によってはこの詩句にも自閉症らしい気配がある。あふれる存在を自分のなかに引き受ける能動的もしくは積極的な自閉症である。萩原朔太郎は『詩の原理』のなかで書いている、「詩とは何ぞや？　詩とは実に主観的態度によって認識されたる、宇宙の一切の存在である」(9)と。詩の基底は主観であり、構築された自我である。そこで認識された「宇宙の一切の存在」は、詩人の内面に湧き出たものである。朔太郎はリルケに似ていると富士川英郎は主張していた(10)。

時の流れを圧搾してできた持続、
Dauer, aus Ablauf gepreßt,

これも前詩句のイメージを受け継いでいる。時間の流れのなかで経験されたものを「圧搾」して永続的なものに定着させることによって作品が生まれるとの主旨である。たとえば昭和の時代は六十四年つづいたが、放っておけば、流れた時間は人々の記憶から消え去るばかりである。その時代に起きた主要な出来事を取り上げ、分析し、昭和史という形に「圧搾」することによってはじめてその時代は私たちにとって「持続」する知的財産となり得る。別の例を取れば、リルケのロシア旅行は日々流れ去っていく体験だったが、それが圧搾されることによって『時禱詩集』第一部、第二部という作品に納まったのである。「圧搾」には動詞 pressen が使われており、もちろん印刷物などにつながる言葉である。あるいは、リルケはこのメタファーに日本の俳諧を思い描いていたかもしれない(11)。

鋳型に注ぎ変えられる星……ゴング!
um-gegossener Stern...: Gong!

ゴングの響きは物を粉々に壊すイメージをよび起こすこともあろう。そのイメージをもとに、一つの星を壊して、あらためて鋳直すという大胆なヴィジョンが構想される。さしあたり地球という星のことを考えたい。現代の私たちから見れば、戦争、原爆、原発事故、環境汚染などで人類は地球を痛めつけた。かくなるうえは、神もこの星を人類の歴史とともに壊すことを決断せざるを得ないだろう。もちろんリルケの生きていた時代はまだそれほどひどくはなかった。リルケは時代の危機を訴えつつも、究極的には救いの道があることを唱えつづけていた。『悲歌』にしろ『ソネット』にしろ、破滅のうたではない、絶望のうたではない。「鋳型に注ぎ変えられる星」と言ったとき、リルケは壊すより創り直すというところに重きを置いたであろう。しかしいま私たちは、この詩句に自分たちの星が壊れる運命を予感せずにはいられない。他方、「星」をひとつの言語体系と把握し、そこから詩を生むためには、通常の体系を解体して、言語を組み直さなければならない、という意味に取ることも可能であろう。

以上第二連の表現を詩法上の見地からまとめるなら、一、詩人は自分自身を信じる気持ちをもたねばならない、二、沈黙のなかでの体験を強烈に内面に回帰させること、三、時間の流れのなかで生起したことを持続的形態に定着させること、四、自分の生きている星を鋳直すこと、ないし詩のためには通常の言語を解体して組み直すこと、という諸点が挙げられる。

3

おまえ、けっして忘れることのない、
喪失によってこそ生まれた女よ。
もういわれの知れない祭、
目に見えない口に注がれる葡萄酒、
支えている円柱の中のあらし、
旅人が道の中にころがり出る、
〈全〉に対して私たちをさらけ出す……ゴング！

以上が第三連である。各詩句ごとに見ていこう。

おまえ、けっして忘れることのない、
喪失によってこそ生まれた女よ。

Du, die man niemals vergißt,
die sich gebar im Verlust,

どうしても忘れることのできない女性に、いきなり呼びかけている。しかも忘れられないのは、その女性が「喪失」ゆえに生まれたからだという。ここにはリルケ特有の愛の考えが表明されている。一九一三年から一四年にかけての冬に書かれた「きみ、あらかじめ失われている／恋人よ、一度も現われたことのないひとよ」(12)と始まる詩にその愛の考えがうたわれている。つねに出現の予感がありながら、実際には失われたままでいる恋人を一つの理想体として思い描いている。リルケのいわゆる「所有なき愛」のモティーフである。その裏には、いうまでもなく、恋人の肉体を手に入れることによって純粋の愛が消えるという怖れがある。現実のリルケは、女性たちとの関係のなかで、たえずその怖れに見舞われつつ、さだめなき恋人に憧れつづけていたようだ。この恋人のイメージをゴングの響きから引き出すのは困難だとして、第三連はゴングの主題から離れたという見方もあるが、私は出現しないあえかな恋人のイメージもゴングの響きによってよび出されたものと考える。

nichtmehr begriffenes Fest

もういわれの知れない祭、

古くから伝わる祭には、真偽のほどは別としても、かならず祭の誕生にまつわる言い伝えが付いて回っているものであるが、それがもう分からなくなっている祭もある。どんな由来のものかも分からず、資料も残っていないのに、保存会の人たちが熱心に受け継いでいるので、ユニークな祭自体はまだ生きていることもある。祭を詩に読み替えれば、古くから口伝てに受け継がれている詩の極意のようなものはもはや存在しないというのだ。イメージの発信力はやや弱い気がする。

目に見えない口に注がれる葡萄酒、

Wein an unsichtbarem Mund,

これは分かり易い形象である。ビンを傾けてワインが注がれる。ところが、誰の口に注がれるのか、示されていない。詩の作者の存在ははっきりしているが、詩の受け手は特定できない、と理解することができよう。『ソネット』第二部の最終二十九番に「飲むのが苦ければ、酒になれ」の一句があるが、同じ趣旨を別の視点から表現したものと思う。詩の読み手になって理解に苦しむのが面倒なら、いっそのこと詩の作者になったらどうか、というのである。ヴァレリーの詩「消え失せた葡萄酒」からヒントを得た可能性もある。いずれにしろ、見えない口に注がれるワインは、ゴングの響きによく適合したイメージである。

支えている円柱のなかのあらし、
Sturm in der Säule, die trägt,

イメージを把握しにくい一句である。この詩を重視するベーダ・アレマンは、ゴングの響きがもつ時間的経過がポイントだとして、星の鋳直しでも祭でも葡萄酒の注ぎでも、その時間的経過を意識しなければならず、その点円柱の嵐の場合も同様だとしている。そして「円柱は静止したものではなく、嵐と見られる」と述べているが(13)、嵐に見舞われた円柱を思い描いているのであろうか。ヴァレリーの詩「円柱の頌歌」への連想もあるだろう。しかし私は字句通り、円柱のなかに嵐が吹くという超現実的イメージにこだわりたい。コップの中の嵐との連想もある。ただしネガティブなニュアンスではない。詩という枠のなかでのことだから、思いきり不条理を究める、と解するのはどうだろうか。話は飛ぶようだが、堀辰雄は秋十月に唐招提寺を訪ねたとき、夕刻迫っての帰りがけに、金堂の前面に並ぶ有名なギリシャ風円柱の一本の肌に手を押しつけた。「僕は異様に心が躍った。さうやってみてゐると、夕冷えのなかに、その柱だけがまだ温かい。その太い柱の深部に滲み込んだ日の光の温かみがまだ消えやらずに残ってゐるらしい」(14)と書かれている。円柱の内部でもいろいろなことが起こり得るのだ。

旅人が道のなかにころがり出る、
Wanderers Sturz in den Weg

この詩句では「道のなかに」というのが不条理表現である。通常なら「道のうえに」となるところである。旅人が宿から外へ出ることは、危険にさらされると同時に、実在への道に自らを投じることでもある。ハイデガーが注目したリルケの詩のなかに、「われわれを最後に庇護してくれるのは／われわれの庇護なき存在だ」（手塚富雄・高橋英夫訳）という詩句が見える[15]。最も危険な道こそが最も安全に通じる道だというのが、最晩年のリルケの考えであり、ハイデガーの存在論にも通じるものだった。このイメージは、次の最終詩句へと受け渡される。

〈全〉に対してわれわれをさらけ出す……ゴング！
unser, an Alles, Verrat...: Gong!

いよいよ最後の詩句である。ここでは人間の全体的姿勢が問われている。とかく人間は、地球に対して、宇宙に対して、探索し利用しようとしている。しかし人間はほんらい大自然のなかの小さな存在である。基本的には人間は自分を囲み、自分を生かしてくれる大きい環境にあえて自分を投げ渡すという姿勢が肝要だと解釈できる。その意味では、前詩句の「道のなかにころがり出る」と同じ心である。それによって人間は生活世界を超えた空間に、不可視の意味深いつながりを見る視力を身につけるのだという願いが表明されている。その空間をリルケは「開かれた」とか「不可視」などと名づけてきた。しかし今やリルケにとってなによりも大切なのは、そこに到る道をどのようにして見つけるかである。最後の三詩句がそれぞれ「あらしSturm」「ころがり出るSturz」「さらけ出すVerrat」と、激しい動きを示す名詞を中核に置いているのが、詩人の想いの強さを表わしている。この詩のすべての詩句は、アクセントのあるシラブルで、いわゆる男性韻で終わっている。これもまた、強い名詞の使用と相俟って、迫力ある詩テキストを創り上げるのに寄与している。

リルケにはまとまった詩論がない。若いときに「現代抒情詩」(16)と題するエッセイを発表しているが、これは詩論というより、現代詩史である。詩についての考えは、『マルテの手記』のなかや、書簡のなかで折に触れて語られるのであった。『ドゥイノの悲歌』『オルフォイスへのソネット』完成後の最晩年には、詩論風の詩も書かれているが、正面切った詩論を書くことができない。そこで彼は人生の終盤を予感しつつ、ゴングのさまざまな響きになぞらえて、さまざまに矛盾した形象を発想し、その一つ一つが詩のあり方についての意味あるメタファーとなるように試みたのである。ここに挙げられた詩想は、加藤泰義の言うように、それまでリルケが考えたことの「復習」であり、新しい発想はあまり見当たらない(17)。しかし詩人としては、思いつくままに形象を挙げてみたのであり、これでこの詩が完結したわけではなく、新たな発想を得れば、順次詩句を付け加えていけばよい形になっている。事実、本篇のほかに「ゴング」のタイトルをもつ詩断片が、ドイツ語で一篇(18)、フランス語で三篇(19)残されている。それらは十分な発展をとげなかったが、少なくとも「ゴング」のテーマは未完であることを証している。他方読者の側では、このような詩に対してはそれぞれの立場から新たな解読をさぐる自由があると考えてよい。その意味で「ゴング」の解釈もまた完結することがないのである。

註

（1）初版、一九七二年、改訂新版、一九八二年、小沢書店。この書で紹介した外国の研究者の見解などについては、本稿では原則として繰り返さないこととする。
（2）Couchoud, Paul-Louis: Sages et poetes d'Asie. Paris 1916.
（3）Rainer Maria Rilke Werke, Kommentierte Ausgabe in vier Bänden, Frankfurt/M. u. Leipzig 1996.（RKA と略）Bd. 2, S. 394.
（4）RKB, Bd. 2, S. 396.
（5）新潮社版『世界詩人全集』第十五巻（イェイツ、ロレンス）、一〇九頁。
（6）RKA, Bd. 4, S. 666.
（7）角川書店版『新編中原中也全集』第四巻、二〇〇三年、一四三頁。
（8）RKA, Bd. 2, S. 476f.
（9）萩原朔太郎『詩の原理』、新潮文庫、七五頁。
（10）富士川英郎「萩原朔太郎とリルケ」、富士川英郎『萩原朔太郎雑志』所収、小沢書店、一九七九年。
（11）ドイツ文学研究界の碩学でオランダ人のヘルマン・メイヤーは、三行詩の「墓碑銘」をリルケのハイクだと主張したが、私たちの感覚では、むしろ「ゴング」の諸形象のほうに俳句らしさを感じるのではないか。

（12） RKA, Bd. 2, S. 89.

（13） Allemann, Beda: Zeit und Figur beim späten Rilke. Pfullingen 1961. S. 166.（ベーダ・アレマン『リルケ〈時間と形象〉』山本定祐訳、国文社、一九七七年、一八三頁）

（14） エッセイ「十月」、筑摩書房版『堀辰雄全集』第三巻、一九七七年、一二〇頁。

（15） RKA, Bd. 2, S. 324. ハイデガー『乏しき時代の詩人』手塚富雄・高橋英夫訳、理想社、一九五八年、二五頁。加藤泰義『このように読めるリルケ』、朝日出版社、二〇〇一年、三〇七頁。

（16） RKA, Bd. 4, S. 61f.

（17） 加藤泰義、前掲書、二五七頁。

（18） Rainer Maria Rilke, Sämtliche Werke, Wiesbaden 1957, Bd. 2, S. 506.

（19） RKA, Supplementband, 2003, S. 306ff.

III

リルケ　現代の吟遊詩人

1　プラハ　生地との関わり

詩人リルケは現在のチェコ共和国の首都プラハの生まれである。この都市は、リルケが生まれた一八七五年当時は、オーストリア＝ハンガリー帝国のなかの中核都市の一つであった。したがってリルケはオーストリア国籍であり、プラハ市内では、ドイツ語を母語とする住民に属していた。一般のチェコ語住民に対して、ドイツ語住民は少数派であったが、都市機能の中枢を占めるエリート集団を構成していた。

そもそもこの都市は、中世の頃からハプスブルク家の勢力の重要な拠点であったから、官庁用語として洗練されたドイツ語が育ち、それはドイツ語圏全体の標準的なものとなった、といわれる。しかし文学畑においては目ぼしい実績は出ていなかった。ところが十九世紀の後半になって、急に詩人や作家が出現し始める。そのピークはフランツ・カフカを中核とする一八八〇年代生まれの人たちである。この一連の文学者たちの活動を「プラハのドイツ文学」と呼んで、今日ではドイツ文学研究の一つの重要課題となっている。大きな流れとしては、十九世紀文学の土着性をふまえた写実主義的傾向から二十世紀文学の、地方性を捨象して人間存在一般の問題を追究する傾向への変化が、プラハの無垢なドイツ語を必要としたといえよう。プラハのドイツ語は、都市文化のなかで育つ人間の陥る心理的陥穽や社会的な縺れを描くには都合がよかった。ただそれは、時代が二十世紀に入ってからの話である。

八〇年代生まれのプラハ・ドイツ語作家たちは主にユダヤ系で、彼らには連帯感ができていくが、彼らより一世代早いリルケは、彼らとも交流がなく、孤立して育った。カトリック系のドイツ人小学校に通ったが、幼時からチェコ語やボヘミヤの風俗習慣に関心をもった。それがやがて『家神への捧げ物 Larenopfer』(一八九五)という小詩集を産むことになる。そこではプラハの象徴である山上の王宮をはじめ、古い教会など歴史的建造物や季節の風物などを歌い、随所にボヘミヤ人の生活を散りばめている。「民謡 Volksweise」という詩では、

ボヘミヤの民の調べが
とてもわたしの胸を揺すぶる。
その調べが心にそっと沁み込むと
やるせない思いにかられる。

じゃがいもを掘りながら
娘っ子がやさしく歌を歌うなら、
その歌はその夜おそく
おまえの夢に甦るだろう。

いつか遠い国のかなたに
おまえが旅していたにしても、
その歌を何年経っても
何度でも思い出すことだろう。

(RKA, I, 37)（1）

このように歌って、ボヘミヤ地方の民謡への親しみを表明している。また古都プラハも当時は近代都市の片鱗を見せ始めていたようで、工場労働者の重い足取りにも目をつけている。「スミーホフの裏手で Hinter Smichov」という詩を見よう。

暑い夕焼けの光を浴びて工場から
男たちが出てくる、女たちが出てくる——
うつむき加減の冴えない彼らのひたいには

汗と煤とで貧窮という文字が書かれていた。
表情は固く、目に生気がなかった。
靴が地面を重たく引きずり、
ほこりとわめき声が悪霊のように
彼らの背中を追いかけて行く。

(RKA, I, 43)

スミーホフはプラハ郊外の工場地帯である。ここにはすでに辛酸な生活を強いられている労働者階級が成立していた。

少年リルケがこのようにボヘミヤ的なものや土着の庶民たちにことさら関心をもったのは、父親と母親がドイツ系社会の枠内で、それぞれに自分の望み通りにしか息子を育てようとしないことへの反発のせいもあっただろう。誕生時ルネ・マリア・リルケと名づけられた彼は、母親によって、彼の前に生まれてすぐ亡くなった女の子の代わりとして、五歳まで女児の服を着せられていた。また、軍人としてのキャリアを全うできなかった父親の意向により、小学校を了えたあとは、オーストリアの軍人養成学校に入学させられた。このような両親の仕打ちがリルケの人間的成長を変則的なものにしたが、彼はその変則性を自らの個性を育てる力に変えることができたのである。

軍人養成学校の教育を全うできず中退したのち、リンツの商業学校に移ったが、そこでも挫折して結局プラハに舞い戻り、然るべき指導を受けて大学入学資格試験に合格し、プラハ大学入学を果たした。学資の援助をしてくれる伯父の強い希望で法学部に籍を置いたが、彼は文学活動にばかり熱心で、そのためにはプラハの文学環境に将来性はないと見切りをつけ、一年後の一八九六年秋にはミュンヘンに移る。以後彼がプラハに生活の拠点を置くことはなかったが、上述のプラハ今昔風物詩ともいうべき詩集『家神への捧げ物』のほか、プラハを去ったのちその地を題材にした作品を書いている。なかでも、抑圧されているチェコ系知識人たちの解放への願望と苦悩を描いた現代小説『二つのプラハ物語 Zwei Prager Geschichten』（一八九九）は、支配層のドイツ人学徒が書いたにしては被支配層であるチェコ系住民の生態をよく捉えているもので、注目に値する。

『二つのプラハ物語』は「ボーフシュ王 Könog Bohusch」と「兄妹 Die Geschwister」の二短篇から成っている。同じテーマと背景によるものであるが、二つは独立した作品である。ボーフシュ王は王でもなんでもない。背骨の曲がった小男であるが、社会改革への気概を内に秘めている。チェコ人のインテリグループとつき合ってはいるが、議論を交わすばかりの芸術家や詩人を信用していない。寡黙なボーフシュは学生レーツェクにふとしたことから、自宅の地下室の奥が秘密の地下道に通じていることを教える。民族解放の活動家レーツェクはそこで秘密の集会を開くが、ボーフシュがたまたまそこに来合わせる。それで彼は当局のスパイと見なされてしまうようであるが、彼は民族融和の未来を夢想する人物なのである。「兄妹」は兄ツデンコ、妹ルイーザ、それに二人の母である林務官未亡人のチェコ人一家の物語である。健全な生活感情をもつ人々だが、例の学生活動家レーツェクにより民族の暗い歴史を知らされて、精神的な混乱を来たす。兄は死に、妹は辛くも立ち直る。土着のチェコ人の被害の歴史と、そこから脱却しようとして混乱するチェコ人諸階層の苦難ぶりを描くことにより、ドイツ人支配層の傲慢ぶりも焙り出している、なかなかの力作である。しかしリルケがこの作品を書いたのは、彼がプラハを去って、ミュンヘンでルー・ザロメと知り合い、一緒にベルリンに落ち着いてからのことである。たしかに、チェコ系住民に肩入れしたように見えるこの作品はプラハでは書きにくかったであろうが、この時点でわざわざプラハを舞台にした小説を書くことに執念を燃やしたことには、チェコ住民への強い思い入れを感じる。しかも八八年にこの作品が刊行されると、彼は多くの人に献呈し、ロシア旅行の途次トルストイにも贈呈しているのである。

そうしてみると、リルケはプラハという生まれ故郷に、本人が言う以上に心情的なこだわりをもちつづけていたと同時に、支配層と被支配層という現代社会の構図の認識とその打破への願望を抱いていたようである。第一次世界大戦終結後のミュンヘンで革命運動が起こったとき、彼は革命側に加担する行動を示して、当局の家宅捜索を受ける。それがきっかけで彼はスイスに移住することになるが、このときオーストリア＝ハンガリー帝国も崩壊し、チェコスロヴァキア共和国が誕生した際、リルケは新大統領マサリクの民主的な政策に賛同し、ベルンにある同国代表部を通じて、マサリクにメッセージを送っている(2)。これらのことも、若い頃のチェコ住民に対する態度と無関係ではないのであろう。

現在のチェコ共和国では、かつて存在したドイツ語文化の痕跡は基本的に拭い去られている。リルケのことも無視されているから、プラハで幼少期のリルケの生活の跡をたどるのは容易ではない。同じドイツ語系でもフランツ・カフカの場合は、自国の生んだ世界的作家として、プラハ市を挙げて生家へ、お墓へと観光客を案内している。両者の違いは、カフカがユダヤ人だということにある。現在のチェコ共和国は自国の歴史のなかで育成されたユダヤ文化の遺産を保護する使命を自覚しているようである。それに比べて、ユダヤ系でないドイツ系住民の墓は市民墓地から徐々に撤去されている。リルケ家の墓を飾っていたはずの家系図銘板は、墓地の外壁のへりに押しやられている。もちろんそこに詩人の名前はない。

2　**ミュンヘン　青春の奔流**

詩人として成功したいという野心を抱く若者が、プラハから飛び出して行く先は、普通ならウィーンであるが、リルケは迷うことなくミュンヘンを選んだ。リルケは当時ミュンヘンでは芸術活動、文学活動が格別盛んであることを認識していた。その地に移って、その活動の渦中に身を投じたいという気持ちだったのであろう。こうして彼はミュンヘンで、当時ヨーロッパを席捲していた芸術・文学の新しい波に遭遇することになる。それはアーツ・アンド・クラフツあるいはラファエル前派の名によってイギリスで発生した美的傾向が、アール・ヌーヴォーの名のもとにパリで開花し、さらにその波がユーゲントシュティール Jugentstil（3）の名でミュンヘンに届いたのが、一八九六年、まさにリルケがミュンヘンに移住した年であった。そこで運動の中核となったのは、『ユーゲント Die Jugend』（青春）と称する雑誌である。「芸術と生活のための絵入りの週刊誌」と銘打ったこの雑誌は、時代の波を代表するものだった。

パリで華やかに展開した装飾と図案を用いた絵画、線描によるグラフィックがそのままミュンヘンに受け継がれたが、その際ミュンヘンでは若々しい生命というモティーフが付加されたのである。それには社会史的な背景がある。新芸術が開拓されたイギリスとフランスの十九世紀末は、近代社会の発展が一段落し、終末思想や退廃ムードが支配的になっていた。したがって新芸術はいわゆる世紀末芸術を代表するものとなっていた。しかしドイツでは産業革命の時期が少し遅れたせいもあり、一八七一年のドイツ帝国成立以後の国力の隆盛は、世紀末の時期にもまだ衰えを見せていなかった。したがってドイツでは世紀末の時期のことは、通常「世紀転換期」と称し、退廃というニュアンスをこめて「世紀末」を表現したいときにはフランス語を用い「ファン・ドゥ・シエクル fin de siècle」と称するのが一般的である。『ユーゲント』には、その創刊号の表紙絵を担当したオットー・エックマン、やがてリルケとの出会いを経験するハインリヒ・フォーゲラー、ミュンヘン分離派の代表フランツ・フォン・シュトゥク、執筆陣は、アルノー・ホルツ、ダウテンダイ、ルートヴィヒ・ガングホーファー、詩「心に太陽をもて」のフライシュレン等々の顔ぶれであった。また『ユーゲント』に対抗するように、美術文芸雑誌『ジンプリチシムス Simplicissimus』も同年に刊行された。こちらは風刺画家T・T・ハイネ編集による、社会性の強い傾向をもち、寄稿者にはヘルマン・ヘッセやトーマス・マンをはじめ、フランク・ヴェデキント、ゲオルゲ・グロス、ヤーコプ・ヴァッサーマン、アルフレート・クビーン等々がいた。少し遅れて一八九九年には、当時のミュンヘン出版界の大御所ともいうべきオットー・ユーリウス・ビーアバウムが高踏的な雑誌『インゼル Die Insel』を刊行した。

以上に紹介したのは、当時の芸術・文芸の活動と、それに伴う出版の新企画のほんの上澄みである。同種のさまざまな雑誌がそれにつづいた。その状況を見て、画家、イラストライター、詩人、小説家を志望する若者たちが、各地からぞくぞくミュンヘンにやってきた。彼らの多くは、もともと大学があり、書店や美術商も軒を連ねるシュヴァービング地区に自然に集まってきた。そこには、シュテファン・ゲオルゲのグループがときおり古代ローマ風の祝祭を演じる同人ヴォルフスケールの住宅、パリからヴァリエテの文芸カヴァレットを持ち込んだフランク・ヴェデキント、北ドイツから出てきた貴族の娘で、ミュンヘンで奔放な作家生活を始めて話題を撒いたフランツィスカ・ツー・レヴェントロウ、清貧の作家生活を貫くラトヴィア出身のエードゥアルト・フォン・カイザーリングなど名物文士のいるなかで、大勢の若者たちが、ボヘミアンの生活を営みながら、美術ないし文学の道でチャンスを窺っていた。トーマス・マンの短篇にあるように、まさに「ミュンヘンは輝いていた」(4)のである。そのピークともいうべき時に、リルケはミュンヘンに出てきたのである。

なお、ここではさらに大きな文化史的背景にも触れておく必要があろう。ヨーロッパのこの時期は、製紙の技術の進展を受けて、装丁、イラスト、活版技術など、本造りが新たな芸術として多彩な広がりを見せた。そこでは大型の肖像画や歴史画を得意とする画家や長篇の物語を書く文学者よりも、小さい枠のなかで気の利いた図柄を作ることができる造形美術家と詩やエッセイのようなジャンルで活躍できる文学者の才能が広く求められていたのである。写真、映像、放送など、一九二〇年代以後を支配するメディアも、この時代はまだ実験段階で、一般の人々の関心を集めるには到っていなかった。したがって十九世紀から二十世紀への転換期というのは、ヨーロッパ二千年の歴史のなかで最も詩人への需要が高く、詩人が時代の寵児になる可能性を孕んだ時代だったのである。ということは、詩人志望者が多く、競争が激烈になったことを意味する。

以上のようなこの時代特有の状況を、リルケはミュンヘンに暮らしてみて初めてひしひしと感じたにちがいない。活気ある美術と文学の営業の現場に臨んで、喜びと同時に、自分がその世界にどのように入り込んだらいいのか、戸惑いを感じたことだろう。彼はシュヴァービング地区に近いブリーナー通りに住居を定めたが、この最終的な住居選びにリルケの態度が見えている。すなわちミュンヘン文壇と付かず離れずの距離でチャンスを窺おうというのである。リルケはいろいろな雑誌と連絡をとって、詩や短篇や書評を寄稿しているが、どこにも深入りはしていない。むしろプラハの雑誌との関係の維持に努めたりしている。個人的には当時ドイツ詩壇の重鎮だったリヒャルト・デーメルに手紙を書いたり、ミュンヘンで旺盛に活躍中の二、三の作家たちともつきあったが、親身になって彼に未来への道を用意してくれそうな人には出会えなかった。ミュンヘンで交際した作家たちのことは、短篇「エーヴァルト・トラギー Ewald Tragy」の第二章で、戯画風に、絶望を秘めて描かれている。『ユーゲント』などあちこちの雑誌に寄稿しながら、詩集『夢を冠に Traumgekrönt』を出し、戯曲『早寒 Im Frühfrost』のプラハ上演を果たし、連作詩『キリスト幻想 Christus-Visionen』の制作に取り組んでいたが、世の注目を集めるには至らない。先輩の詩人たちはみんな多忙で、うろうろしている新人の面倒をみる時間はない。とりあえずミュンヘン大学では美術史の講義に登録し、ルネサンス美術を勉強しようとする。美術と文学の二股をかけることも必要だと認識していた。
このような行き詰まり感の折に、リルケはルー・アンドレアス＝ザロメ(5)と知り合ったのである。一八九七年五月十二日のことであった。ルー・ザロメは当時まだ希な存在だった女性の思想家として知られ、とくにニーチェと親しかったことから、ニーチェに関する著作も発表していた。彼女は当時アンドレアスという東洋学者と結婚してベルリンに住んでいたが、夏を過ごすために、友人のフリーダ・フォン・ビューローウと一緒にミュンヘンにやってきた。リルケは知合いの作家ヤーコプ・ヴァッサーマンによって紹介されると、この三十六歳の女性を、これこそ自分が待ち望んでいた人物であるとの閃きを得て、以後彼女のミュンヘン滞在中、彼女のもとを離れず、彼女がベルリンに帰るときにも彼女に同行し、彼女の住居の近くに居を定めた。その間彼女の思想と知識を吸収し、自分の仕事について助言を受け、そしてなによりも彼女を愛した。ルー・ザロメはのちに当時を回顧して、次のように告白している。

私が何年かのあいだあなたの妻だったのは、私にとってあなたが初めての真実であり、肉体と人間とが区別しがたく一体になっていて、疑うことのできない生命の事実そのものであったからです。あなたが愛の告白として言われた〈あなただけが真実です〉という言葉は、私もまたあなたに向かってそっくりそのまま告白することができた言葉でした。こうして私たちはお互いにまだお友達にもならないうちから夫婦になってしまいました。しかも私たちが親しくなったのは、ほとんどお互いの選択によったのではない、もっと深い地下でなされた婚姻の結果なのです。(6)

彼女のこの回想文は、二人の出会いと交際が、計算づくの要素を一切超越したものであったことを示している。そのことを証しているリルケの側のテキストは、初めの日々にルーのために書かれた「あなたの祝いにDir zur Feier」という表題をもつ詩集である。この詩集は彼女が公表を拒否したため、両人が世を去るまで陽の目を見なかった。ようやく一九五九年に『リルケ全集』第三巻(7)に収録され、公刊された。ただ、もともと百篇ほどの詩があったといわれているが、多くが散逸し、収録されたのは五十数篇であった。そのうちの一篇を訳してみる。

ぼくはあなたについて行く、暗い独房から出てくる
回復途上の病人のように。明るいところでは
明るい手でジャスミンが合図してくれる。
大きく呼吸をして敷居を越え、
手探りで前へ進むと、波がつぎつぎに打ちよせ、
華々しく展開する春があふれる。

ぼくはあなたについて行く、深くあなたを信頼して。
ぼくが広げた両手の前であなたの姿が

この緑野のなかを歩んで行くのがわかる。
ぼくはあなたについて行く、高熱に震える子供たちが
思いやる女たちのもとに行くように。
女たちは慰めてくれる、熱の怖さを分かっているから。

ぼくはあなたについて行く。あなたの心がぼくを
どこへ連れてゆくのか、ぼくは尋ねない。あなたに従い、
あらゆる花のように、あなたの衣装の裾に触わる。

ぼくはあなたについて行く、最後の扉も通り抜けて、
ぼくはあなたについて行く、最後の夢からも出て……

(SW. III, 176)

この男女の結びつきはもちろん思想的交流に裏付けられたものであった。初対面の次の日、リルケは早速手紙を書き、自分が今手がけている連作詩『キリスト幻想』との関連で、ルーのエッセイ「ユダヤ人イエス」を読んで感動した旨を知らせている。次の機会には彼にとっての最新の詩集である『夢を冠に』を贈呈し、制作中の『キリスト幻想』の完成部分を朗読している。『キリスト幻想』ではイエス・キリストがほとんど一市井人として登場する。おそらくリルケとルーとの初めの頃の話題は、主として

イエス・キリストをめぐるものであり、さらにそれに関連してニーチェにも多く触れられたであろう。リルケは早くから、神と人間との仲介者をもって任じているイエス・キリストの存在を、神と直接の交渉をもちたいと願う者にはむしろ余計な存在と考えていた。ニーチェは十九世紀になって堕落したキリスト教を攻撃したが、イエス・キリスト本人に対しては同情的であった。イエスはいわば組織としてのキリスト教から離れて孤立無援になっていると見ていたのである。ルー・ザロメも、すでに十八歳のときに教会を離脱しているから、イエス・キリストに対して自由なイメージを抱いていた。それは、ユダヤ人のなかで孤立したと同様に、キリスト教のなかでも次第に孤立していく真摯な宗教家のイメージだった。リルケが描く、市民に翻弄されて、精神的指導力を失っているイエス像に彼女は違和感を抱いたことだろう。しかし一方でルー・ザロメは、ニーチェの場合と同様リルケにおいても、自分自身の目で神的なものの存在を見据えている姿勢を感じ取っていた。事実、リルケはやがてロシア体験をもとに『時禱詩集』において自らの神を追究し、他方ではエッセイ『ある労働者の手紙』(一九二二)において自らの究極的な宗教観をまとめることとなる。

ルー・ザロメはミュンヘンに出てきてまもなく、郊外のヴォルフラーツハウゼンにリルケを含む数人の仲間と一緒に休暇の滞在をする。ここはシュタルンベルガー湖に近い快適なリゾート地である。一行には美術評論家で建築家のアウグスト・エンデルが加わっており、彼を中心に勉強会が開かれた。リルケはミュンヘン大学ではルネサンス美術を主要テーマとしていたから、この勉強会には熱心に参加し、そして余暇には火の玉になってルーの胸に包まれたことだろう。ルーから、子供っぽいルネ・マリアからライナー・マリアに改名するよう勧められ、ただちにそれを実行したのもこの時期のことである。リルケはミュンヘンに出てきて以来、前述の通り、ヨーロッパの主要都市で新しい文学の時代が進行しており、詩人志望者のあいだでの競争が烈しいことを知った。その状態のなかで、自らの地歩を確立するのはじつに容易でないことを感じているところに現れたのがルー・ザロメである。彼は、この人の影響のもとに文学者としての自己形成を進めようと決心した。言ってみれば、込み合っている文壇本道は避けて、細いバイパスを使って、思い切って時代の向こう側に出ようという作戦である。もちろんこれとて無謀な策に違いはなかった。したがってミュンヘンで開始したこまめな文筆活動を中止するつもりはなかった。ヴォルフラーツハウゼンはけっして不便な場所ではない。現在は郊外電車の一路線の終点であり、日本の首都圏でいえば、高尾とか飯能といったところである。リルケはしばしばミュンヘン、さらにはプラハに赴いて、雑誌社に原稿を届けたり、仕事の打ち合わせをしたりしていた。そのなかで、ユーゲントシュティールの芸術傾向を彼なりに会得していた。それが結実するのは、彼がルー・ザロメと一緒にベルリンに移動してからのこととなる。

3　ベルリン　ポエジーへの着手

夏のミュンヘン滞在も終わり、ルー・ザロメはベルリンに帰宅することになるが、リルケは当然のことのように同行する。そしてルー・ザロメが夫のアンドレアスと住む住宅の近くに居を定めた。このベルリン滞在は三年半ほどの期間であり、その後半期間は二回のロシア旅行とその準備に当てられたので、実質のベルリンでの活動は二年少々のことであったが、その間には仕事の上で大きな成果が上がった。とりわけ詩集『わがための祝いに』と詩劇『白衣の侯爵夫人』の発表である。

『わがための祝いに Mir zur Feier』はベルリンで集中的に作成され、一八九九年にベルリンのゲオルク・ハインリヒ・マイヤー書店から刊行された。当時ユーゲントシュティールの画家として名声が高く、リルケの知合いにもなったハインリヒ・フォーゲラーが装丁を担当した。なお改訂された第二版は『初期詩集 Die frühen Gedichte』と題されて一九〇九年にインゼル書店から刊行された（その段階でリルケは、『わがための祝いに』のみを初期の詩集と認め、それ以前に出した詩集はまとめて『第一詩集 Die ersten Gedichte』として一九一三年にインゼル書店から再版し、これを詩人としての出発以前のものと見なした）。

この詩集では、若い生命の憧れと怖れを新鮮な言葉でたどりつつ、他方生命の底知れない深みを探ろうとしている。まさにユーゲントシュティールの表現志向と生の哲学が示す目標を独自の作品世界で構成した詩集である。

冒頭に置かれた巻頭詩が、詩集の方向を提示している。

あこがれるとは、波のうねりのままにただよい、
「時」のなかにふるさとを持たないこと。
ねがいとは、日々の時間が
永遠とひそかな対話をかわすこと。

こうして人は生きる。そしてついには、
時間のなかでいちばん孤独なあの時が
ひとつの大きな機能からはなれて立ち、
孤独な微笑をうかべつつだまって永遠とむかいあう。

(RKA, I, 64)

ここでうたわれている生は、ある静止した瞬間の体験にこだわるのではなく、つねに流動的であることが肝要である。そして死も、生の時間の究極の一つととらえられている。死が生の一部だという受け取り方はリルケらしいところだが、死を静止の終点のように見ている点は、彼の思想のなかで死がまだ青い果実の状態であることを感じさせる。

いずれにせよ、この詩集のテーマは生である。このテーマがいわば詩集全体を括っている。したがって個々の詩のテーマはむしろ不要である。じっさいこの詩集の詩には無題のものが多い。つまり全体が一続きの連作詩となっている。ただ、なかにいくつかの区分がある。詩集のタイトルは「わがための祝いに」であるから、ルーのために書かれた「あなたの祝いに」とペアにするつもりだったのだろうが、一方をルーに拒まれた以上は、『わがための祝いに』はむしろ作者からはなれた一人称の詩人が、若い生命を自然現象として受けとめるさまをうたっていく風である。巻の中途には「少女群像」「少女たちの歌」「少女たちのマリアへの祈り」という見出しを付けた連作詩篇が挿入されている。ここでは詩人が若い女たちの生命力のみなぎりと愛の地平をうたい、また女たちがコーラスとなって自分たちの憧れと怖れをうたい、そしてときには彼女たちがこもごもソロで自らのひそかな胸のうちをうたう。その仕組み全体が、男性一人に女性十人ほどの登場人物がさまざまに役割を変えつつさまざまなシーンを形成する、さながら声楽組曲のようなパフォーマンスを彷彿させる。なかでも「少女たちのマリアへの祈り」は最も情感を高めている。聖母マリアは女たちの憧れの対象ではあるが、マリアもまた女たちと同じ悩みに苦しんでいるといった表現が注目される。

マリアさま、
あなたは泣いていらっしゃる——それが私は分かります。
私も泣きたい……
あなたのために、
石にひたいをおしつけて、
泣きたい……

あなたの手は熱しています。
その手の下にピアノの鍵盤を置けるとしたら、
きっとひとつの歌が生まれることでしょう。

けれど時は死んでいきます、何のかたみも遺さずに…
(RKA, I, 98)

若い女たちがマリアを自分たちと同じ心のレベルにおいて悩みを共感する相手と見ていることは、リルケがイエスを市井に生きる人というイメージでとらえているのと同様の発想である。もちろんマリアの苦悩や情熱は芸術的な表現に昇華できるものであるという意味では、特別の存在と見なしている。「少女たちのマリアへの祈り Gebete der Mädchen zur Maria」は、女性の内面の広さ、苦悩に耐える強靭さをうたって、リルケがその後思想的に発展させていく女性観の素地を作ったということができるであろう。そしてその構想を支えているのは、なによりもルー・ザロメ体験であった。

女たちの場面が終わったあと、詩人の生についての静かな省察がつづき、生が届いている先端を見究めようとする詩人の想いが披瀝されて、詩集は終わるともなく終わる。そこで何度か言われるのは、言葉は頼りにならないということである。言葉はむしろ「障壁」になる。詩人は言葉を超えて、その向こう側で生がどこまで達しているかを探る。そのためには詩人自らが「池の中の波」となり、あるいは「春まだ凍る白樺」となって立とうと試みる (RKA, I, 107)。もちろん詩人の究極の願いは、言葉をイメージに届かせることである。

『わがための祝いに』はハインリヒ・フォーゲラーの挿絵と併せて、ドイツ語圏ユーゲントシュティールの詩集として随一の成果と見なされるが、当時の文壇はそれほどの評価をしていない。それというのも、ユーゲントシュティールが喧伝されていた当時は、この呼称はもっぱら造形美術の領域のことと考えられていたのである。ようやく第二次世界大戦後の五〇年代に始まるドイツ文学史全般の見直し作業の過程で、ユーゲントシュティールの特徴は文学においても見られることが認識されたという事情がある。『わがための祝いに』の評価は、戦後文学界からの追認であった。

ところで、『わがための祝いに』の形式および内容に養分を送り込んだのは詩人のミュンヘン体験ばかりではなかった。ベルリンに移ってからも、重要な体験が『わがための祝いに』の内容の充実に寄与している。シュテファン・ゲオルゲ(8)の朗読会に出席して、ゲオルゲの面識を得、続くイタリア旅行の途次、フィレンツェで偶然再会した。ゲオルゲは少数精鋭の弟子を率いて高踏的な詩派を結成していたが、この出会いの結果、リルケはそれ以上ゲオルゲに近づくことはなかった。しかしゲオルゲ詩の根底にある生の思想や、一つのテーマの下で詩を連作する方法などについてリルケはこの先輩詩人からヒントを得たにちがいない。やはりイタリア旅行中のフィレンツェでハインリヒ・フォーゲラーと知り合えたのも、詩集『わがための祝いに』の性格を決定づけることになった。リルケはベルリンでもう一度彼に会って、おそらく詩集制作の打ち合わせをし、さらに第二回ロシア旅行ののちには、フォーゲラーのかねてからの誘いに応じてヴォルプスヴェーデに赴くことになる。

なお先走って補足すれば、リルケとフォーゲラーの関係はヴォルプスヴェーデ以後、もはや発展しなかった。一九一二年ごろ、リルケの詩集『マリアの生涯 Das Marien-Leben』刊行に当たって、フォーゲラーが表紙絵を描くという案が持ち上がったが、結局それは実現しなかった。リルケがその案に消極的だったのだ。おそらくリルケは自らの体験から、詩と美術の共同作業では、美術が主役で、詩はむしろ美術を支える結果になるという実感をもったのであろう。

ベルリン滞在中の活動の一環である一八九八年の春のフィレンツェ訪問は彼のルネサンス美術研究を補完する現地体験であったが、とりわけそこで鑑賞したボッティチェルリの作品などは、明らかに少女たちをめぐる詩群に影響をおよぼしている。詩集のある部分は実際にフィレンツェで書かれている。『わがための祝いに』は、ユーゲントシュティールとルネッサンス期のフィレンツェの融合体ということができるであろう。

ユーゲントシュティールらしさが顕著なもう一つの作品は韻文劇『白衣の侯爵夫人 Die weisse Fürstin』(9)である。当時メーテルリンクやホフマンスタールの抒情的詩劇が人々の関心を集めていたが、それと同系統の作品である。リルケはフィレンツェ滞在後にリグリア海沿岸のヴィアレッジョにしばらく留まっていたとき、庭園の中央を走る並木道をある僧団の修道僧が黒服に黒い仮面を付けて歩いているのを見て、とっさにリルケはその男を死の化身と感じた。この体験がもとになってこの作品が生まれた。作品は一幕物の戯曲という形態をとっていて、舞台は海に面した侯爵夫人の別荘で、主な登場人物は侯爵夫人とその妹である。夫人は大切な人物がその日のうちに船で別荘に到着すると確信している。新しい生への期待と憧れが夫人の言葉にはみなぎっている。そこに得体の知れない使者が現われ、見てきた町々で死が猛威を振るっていた様子を話す。舞台の会話では、生に死が絡みついてくる。作品の終盤は無言劇となる。待望の船が近づいてきた様子だが、黒覆面の修道僧が二人、岸辺に現われ、船を追い払おうとする。夫人は船に合図を送ろうとするが、黒覆面に気を取られ、船は遠ざかってしまう。この結末だけ見ると、死は生より強いようにも見えるが、リルケの基本的な考えは次の侯爵夫人のセリフに表現されている。

死は生のなかにあり、組み合っているのよ、一枚の絨毯のなかで
糸が交錯しているように。その交錯のなかから
つかのまの生を生きる人にとって一つの形が生じるの。
人が死ぬときだけにあるのが死ではないわ。
生きていて、死など忘れているときも、死はいるのよ。

(RKA, I, 132f.)

生があってこそ死があり、死があってこそ生がある。しかし詩表現のレベルでは、死にウェイトが置かれている。末尾の無言劇の場面で、侯爵夫人と船を結ぶ生の絆と、その絆を断ち切ろうとする黒覆面の死の使者たちとのせめぎ合いが、作品の構図を最終的に示しているが、三者それぞれの間に距離があるために切迫感が出ていないのは難点というべきだろう。

その点では、同じ時期にやはりイタリアの田舎町を舞台にしてベルリンで書かれた短篇「墓掘り人 Der Totengräber」(一九〇三)は、死の専横ぶりを描いた迫力ある作品である。陰鬱な印象のある新しい墓掘り人が、放置されていた墓地を魅力的な霊園に改造したところ、たまたまペストが流行して、たくさんの

死者が墓地に運びこまれることになる。町民たちは、墓掘り人が墓地を改造することで町に死を呼び込んだのだとして、棒切れや石を手に墓地に押し寄せる。彼に想いを寄せる市長の娘は投石を受けて哀れな死をとげる。

これらの作品を起点として、死はその後のリルケのさまざまな時期の作品において、つねに重い意味をもちつづける。死の破壊的様相を正視することから、死は生まれたときから人間が内包しているというイメージを経て、「親しい死」(「第九悲歌」)としておおらかに受けとめるに到る。

『わがための祝いに』も『白衣の侯爵夫人』も、リルケがベルリンから単独で出かけた短期のイタリア旅行における体験が大きな意味をもっていることは前述の通りであるが、この旅行での体験を克明にまとめたものとして『フィレンツェ日記 Das Florenzer Tagebuch』(10)という手記が書かれた。これは未発表詩集『あなたの祝いに』と平行して、もっぱらルー・ザロメに読んでもらうために書かれた。フィレンツェにおける美術鑑賞にもとづく自らの思想的成長ぶりを示して、それをルーに認めてもらいたかったのである。形式的には、短い美術エッセイと哲学的アフォリズムで構成されていて、ニーチェを手本にしているのは明らかである。われわれ後世の読者としては、リルケの生涯に展開された思想内容のうち、なにが混沌のスタート時点においてすでに育ち始めていたか、なにはまだ芽生えていなかったかをこの手記のなかで知ることができる。

ここで扱われている主要テーマは芸術、神、生死の三点である。その中核は芸術であろう。「芸術家は日々のなかに聳え立つ永遠である」(TF.39)とか、「いかなる芸術行為も解放を意味する」などの表現により、リルケが芸術を、自分にとっても世界にとっても最も崇高な、最も価値ある営みであると見ていることが分かる。日々の生活のレベルから抜け出して、真実の自由な生命活動の場で創造の仕事に従事するのが芸術家のあるべき姿である。この考え方には、世紀転換期の特徴であった芸術重視の風潮が反映しているし、またそれをリルケはフィレンツェで、ルネサンス期の美術に接することによって確認したのだと思う。なお、この手記のなかでは詩ないし文学のことは別個に論じられていないのは、詩も芸術の一分野と考えられているからであろう。また次のようなアフォリズムが見られる。

あらゆる誠実な芸術は国民的である。その芸術の本質たる根は、故郷の地面のなかで暖められ、またそこから行動力を得る。しかし幹はすでにひとりで伸び上がり、樹冠の拡がるところは、もはや誰の国でもない。そして鈍い根はいつ枝が花をつけるのかを知らないこともあり得る。(TF. 48)

ここでは自分自身のことよりも、優れた芸術一般のことが樹木の比喩を用いて明確に表現されている。リルケには思想上の唯美主義はあまり似つかわしくないが、実際の創作を通じて芸術のもつ力を発揮せしめるという意味で、実践的芸術至上主義ともいうべき立場であった。芸術の根は一つの土地から生起しても、その実りが得られるのは「もはや誰の国でもない」という見方も注目に値する。

次に神についての態度であるが、ここでは当時のリルケが抱いていた多様な宗教観は展開されず、神と人間との間を仲介する存在といわれるイエス・キリストに対する批判も出てこない。ここではもっぱら神を芸術との関係でとらえている。たとえば「神は最古の芸術作品である」（TF:53）とか、「宗教とは創造しない者の芸術のことである」（TF:42）というような言説が目立つ。すなわち宗教はいわば芸術の外野席という位置づけである。神に近づく本来の、濃密な道は芸術なのであるが、その道を知らない者は宗教という希薄な領域を辿るほかはないという考えである。しかしこのような見解は、次に来るロシア旅行によってたちまち瓦解する。そして『時禱詩集』では、神は芸術が探求しながらも捉えきれない目標となっている。その後は神という言葉をリルケは避けるようになり、絶対的なものを求めて詩的空間にさまざまな問いの矢を放つことになる。

生と死については、前述の『わが祝いに』と『白衣の侯爵夫人』において主要テーマになっていたので、この手記ではあまり深く論じられていない。ここでは「生と死の和解」が基本理念となっているが、明らかに生が主役である。死はフィレンツェでは、芸術家や都市の名士の墓標として意識されている。その死が生に向かって言う。「わたしの力は今後はあなたのものである。それは、あなたがいまだ持たない唯一の力である。あなたはこの権力をも行使するがいい。なぜなら、創造し、建設するあなただからこそ、疲れたもの、衰弱したもの、終焉を必要とするものをも知ることができるのだから」（TF:31）。

生は死を養分として、永遠に生育が続けられるという死生観が披瀝されている。生と死の合一という考えの基本はその後も一貫して維持されるが、段階を経るごとに死への重点が大きくなっていく。後期の詩作は、ほとんど「死の現象学」と名づけてもよいほどに死を中心問題としているが、それでも死はつねに生の裏側というイメージから離れることはないのである。

それにしても、中期以降リルケの重要なテーマになるのに、この時期にはまだ芽生えてもいないのが女性というテーマである。この手記では、「芸術家である女は、母親となったならば、もはや創作するには及ばない」（TE:119）とか「多くの子供を産む女たちは、それぞれの子とともに、生の入口の敷居までしか行くことができない」など、女性の生を限定的なものとしか見ていない。女性の愛は相手を突き抜けて無限の広がりを見せるというリルケ独特の女性観は、ルー・ザロメとの交わりではまだ芽を出していない、ということになる。

なお最後に、フィレンツェで現物に触れたリルケのルネッサンス美術に対する評価について述べておこう。彼が最も心を引かれたのはボッティチェルリである。彼の描く独特の聖母たちについて、リルケは並みはずれた見解を披瀝している。一般には聖母マリアはイエスを産んだにもかかわらず処女のままであるという、その清純さが人々の崇拝の的となっているのであるが、ボッティチェルリの聖母たちは、自らの身体を痛めずにイエスを産んでしまったことに限りない疚しさを感じているという。


ボッティチェルリの聖母たちはすべて、自らが腹を痛めていないことを負い目に感じているようである。彼女たちは熱く燃えることなく受胎したせいで、苦痛を知らずに出産してしまったということが忘れられないのだ。微笑みかける救世主を自身の内部から引き揚げる力もなかったという恥じらいが、母としての心構えもなく母親になったという恥じらいが、彼女たちを覆っている。（TE: 101）

産みのドラマを胎内から発揚できなかったことへの悔恨が、聖母たちの虚ろな表情にも身ぶりにも読み取れる、という。しかもボッティチェルリの場合、有名な《ヴィーナス》も《春》も、内部に虚ろさを秘めているとリルケは見ている。リルケがボッティチェルリの画風に引かれたのは分かるが、しかし彼の解説は頭で考えられて書かれた部分が大きいと言わざるを得ない。美術作品に対するリルケの批評眼は、しかしそのあと、ヴォルプスヴェーデの画家たちからロダンの彫刻へと辿るうちに急速に成熟していくことになるであろう。

『フィレンツェ日記』は、前述のように、リルケがルー・ザロメに見せるために書いたものであるが、これを読んだルーは、リルケが期待したほどの反応を示さなかったらしい。われわれの目からしても、まだまだという感じがする。もちろんリルケ自身も、その段階で飛躍的進展が叶うとは思っていなかったであろう。ルーを師表として自らを磨き、文壇活動からは離れようと思いながらも、とりあえずはミュンヘンやプラハとの従来の関係を維持して、雑誌へのエッセイ、書評、短篇の寄稿のほか、演劇活動にもなお活動の余地を確保していた。さらにはホフマンスタールやシュニッツラーとも新たに交流をもち、ウィーン分離派の旗揚げ式にまで参加している。一八九九年夏学期にはベルリン大学に美術史専攻として学生登録し、美術史のリヒャルト・ムーター(11)と生の哲学の代表者ゲオルク・ジンメルに聴講届を出している。幅広く活動しながら、少しずつ認められていくほかないという地道な考えも捨てるわけにはいかなかったのである。

4 ロシア 心の故郷

ユーゲントシュティール段階の創作から抜け出して、リルケに次のブレイクをもたらしたのは一八九九年と一九〇〇年の二回にわたるロシア旅行である。第一回ロシア旅行のきっかけは、サンクト・ペテルブルク出身のルー・ザロメがたまたま里帰りする用があり、さらに夫のアンドレアス教授が中東への研究旅行の予定が急にキャンセルになったためルーに同行するので、リルケもロシアを知るために連れて行ってもらうことになった。このように旅の動機は主体的なものではなかったが、一行が四月二五日ベルリンを出発し、ワルシャワ経由でまずモスクワに到着、ちょうど復活祭だったので、夜には教会の鐘がいっせいに鳴り響き、群集が歓声を上げて躍り出てくるのを目撃して、リルケは一気にロシアに引き込まれた。それはまず、民衆のなかに宗教が生きているという実感であった。

モスクワ到着の翌日、三人はトルストイを訪問した。文豪はルー・ザロメと議論を交わし、ロシアの農民の信仰は迷信といえるもので、彼らには実用的技術を習得させせなければいけないと、啓蒙の必要性を強調した(12)。それにもかかわらず、リルケは復活祭の鐘の音に感動の叫びで呼応する民衆の姿が忘れられなかった。モスクワからの旅の便りには、鐘の響きに圧倒されたことがしきりに書かれている。その間画家のレオニード・パステルナーク(13)の知己を得たのち、サンクト・ペテルブルクに向かった。こちらはプーシキン生誕一〇〇年の祝賀ムードであったが、モスクワに比べると国際都市という印象であった。ルーが母親のところに戻っているあいだ、リルケはエルミタージュ美術館に通ったり、芸術家と交流したりしている。その間にリルケは、それまでのロシア体験を総括するように、ルーの親友でありベルリンの隣人であるフリーダ・フォン・ビューロウに宛てて次のように書き送っている。

フィレンツェは今の私にとっては、モスクワのための前段階、準備コースというようなものだったと思えます。〔…〕このところ私は自分の芸術世界に入っていこうと子供のころから憧れていた私の奥底の捉えどころのない信仰心に、ロシアで知った物たちは名前をつけてくれそうな気がしています。(RC. 86)

再度モスクワに戻ってから、六月二十八日リルケは単独でベルリンに帰着した。また自分の原稿を文芸誌に売り込み、雑誌の原稿依頼に応じ、そして自らの詩作に努める従来の生活に戻った。しかしそれよりも、ロシアとの交わりをさらに深めたいという願いのほうが強かった。フリーダ・フォン・ビューロウがマイニンゲン(14)の町外れの静かな土地に別荘の提供を受けたので、フリーダの世話により、ルー・ザロメとリルケもそこに一夏泊り込んで、ロシア研究に没頭した。その間二人は、フリーダによれば、ロシア語、ロシア文学、ロシア史をはじめ、美術史、文化史、世界史まで、まるで難関の試験を前にしているかのように、ほとんど寝食を忘れて勉強していたという。もちろん二度目の本格的ロシア旅行を実行することが前提となっていた。ところがこの勉強会のあとの秋に、ロシアの僧院を背景にした連作詩集『祈り』が書かれた。これはやがて『時禱詩集』第一部「僧院生活の巻」として完成される詩稿である。さらにはロシアの民話に依拠するところの多い短篇集『神さまの話』が生まれ、なお詩劇風作品『旗手クリストフ・リルケの愛と死の唄』も構想された。いずれも詩人リルケに独自の方向性を開示する重要な作品である。その意味でも、ルー・ザロメとの勉強会は、大いに実りあるものだった。

第二回ロシア旅行は、一九〇〇年五月七日出発、八月二十四日帰着。前回に比べると期間が長く、ルー・ザロメと二人だけの主体的な旅であった。まずワルシャワ経由でモスクワに到着。さっそく美術館や画廊、教会を訪れ、レオニード・パステルナークほかの人たちとの再会を楽しむ。次はトゥーラに移動。そこからトルストイの邸宅のあるヤスナヤ・ポリャーナに向かった。ところが予め訪問の許諾をもらわずにとつぜん出掛けて行ったので、なかなかうまく会えなかった。そのいきさつについてはさまざまな話が伝わっているので、断定的なことは言えないが、確かなのは次の点である。来客の用意をしていないために、日頃のトルストイ夫妻の不和の状態が激しい怒鳴り合いとなって聞こえてきた。二人が諦めて帰ろうとすると、ようやく家人も来客に気がつき、客が何者であるかもだんだんに分かってきて、やっとトルストイ本人が二人の前に出てきた。結局三人で主として散歩をしながらおしゃべりをした。文豪は黙りがちであったが、共に歩いたしばしの時間に、二人はトルストイの立場と心情をうかがい知ることができたように思った。会話はロシア語でなされたが、「話は多くの事柄におよんだ。しかしすべての言葉が表面をなぞって消えるのでなく、事柄のうしろの暗がりに入り込んだ。どの言葉の深い価値も光に照らされた色彩ではなく、どの言葉も私たちの生の根源である暗い秘密の場所から生じてくるという感じであった」(15)とリルケは伝えている。ルーの回顧によれば、「何をおやりですか」と聞かれたリルケが「詩です」と答えると、トルストイから詩など書いていては駄目だというような発言もあったらしい。

次に二人が向かったのはキエフであった。それはちょうど聖霊降誕祭の週間に当たり、ロシアは遅い春の盛りで、さまざまな花が咲き競っていた。そして国の内外からたくさんの巡礼者が聖地キエフを訪れていた。有名な教会や修道院は巡礼者の群れであふれていた。ルーとリルケは巡礼の群れに混じり、祭壇に蝋燭を捧げ、弾圧されていた初期のキリスト教徒たち、布教のために命がけでこの地に渡ってきていた信者たちが生き埋めにされた洞窟を拝観した。ここでもリルケは、信仰心が民衆の心を圧倒的に引きつけていることを実感した。

つづいてはドニエプル、およびヴォルガの船旅であった。とくにヴォルガを遡る長い船旅では、ロシアという国の実際の姿をまざまざと見せつけられた。リルケは記している。


ヴォルガというこのおだやかに回転する海の上で昼をすごし、夜をすごす。たくさんの昼とたくさんの夜をすごす。広大な流れと、高々とした森が一方の沿岸にあり、もう一方の側には低い荒野が広がり、ところどころに大きな都市もあるが、それが小屋かテントのようにしか見えない。[…]ここではすべての尺度を変えねばならない。私たちは知る、土地は大きく、水も大いなるものであるが、とりわけ大きいのは空である。私がこれまでに見ていたものは、土地や川や世界の図にすぎない。ここにあるのは、しかしすべて本物である。私は天地創造に立ち会っている思いだ。

（一九〇〇年七月三十一日、TF. 231f.）

このようにリルケにとって、自然体験の原点が改めて自己の内部に置かれたのである。そしてそれを補うように、次の体験がつづく。船旅の到着地点で情報を入手し、空いている農家を借りて田舎の生活を体験したのである。元の予定にはなかったこの体験は、二人に観光旅行の枠から離れた、いわば宇宙遊泳のような強烈な刺激を与えた。夜は藁を敷いて就寝し、食事は家主の家族とともにし、その都度この素朴なロシアの人たちと話を交わすことができた。とりわけその家の祖母は、西欧にはまったくいないタイプの、奥深い内面をもつ人間として、二人の心に格別の印象を刻んだ。もちろんその周辺の土地をできるかぎり歩きまわった。

二人は一旦モスクワに戻り、これまでの旅の整理をしてから、知り合いから紹介を受けていた農民詩人ドロージン(16)の訪問に出かけた。再びヴォルガ河畔に来ることができたが、この度は知識人同士の交流だった。さらに文豪トルストイの遠縁に当たるトルストイ伯爵家が、近在の領地に住んでいたので、二人のことを聞いて、ドロージンと一緒に自宅に招待してくれた。そこでは三世代の親族が食事に集まっていて、これも意義深いロシア体験の機会となった。

このあと二人は北ロシアの古都ノヴゴロドに立ち寄り、サンクト・ペテルブルクに到達した。ここで第二回ロシア旅行は事実上終了し、ルーは親戚が滞在中のフィンランドに向かい、リルケはサンクト・ペテルブルクに留まって、旅の回顧とロシア研究に没頭した。最終的には二人は一緒にベルリンに帰り着いたが、今度のロシア体験をすでに冷静に受けとめているルー・ザロメとますます過熱気味のリルケの食い違いは歴然としていた。

ルーはこれまでの経験から判断して、これ以上リルケと行動を共にするのはお互いのためにならないと考えた。折しもリルケのところにはハインリヒ・フォーゲラーからヴォルプスヴェーデ Worpswede への招待が届いていた。ルーはリルケにその招待に応じるように勧めた。リルケも躊躇なくその地に旅立ったが、そのときルーはこれが別れのときと考えていた。その後数年間は文通もほとんど途切れた。しかしリルケのパリ体験の時期に改めて文通が始まり、以後リルケは死の直前まで、ルーを最も信頼のおける相談相手として文通をつづけたのである。

ロシア体験は詩人としてのリルケの世界に決定的な飛躍をもたらした。それは単に同じスラブ系であるチェコからロシアに移行したということではなく、ロシア的なものに浸ることによって独自の詩の世界を見いだすきっかけをつかんだのである。作品としては『時禱詩集』の第一部と第二部、物語集『神さまの話』、さらに『旗手クリストフ・リルケの愛と死の唄』である。しかしいずれの作品も、のちに書かれる詩集とは違い、いきなり完成した形で公刊されたのではなく、この時期に書かれた第一稿が、その後数年をかけて完成稿に到達している。

『時禱詩集』について言えば、第一回ロシア旅行とマイニンゲンでの勉強会のあと、一八九九年九月二十日から十月十四日のあいだに書かれたのが「祈り Die Gebete」というタイトルのもとにまとめられた長篇連作詩で、それが改作されて『時禱詩集 Das Stundenbuch』第一部「僧院生活の巻 Das Buch vom mönchischen Leben」となって一九〇五年にインゼル書店から刊行された。ここでは神に仕えつつイコンの画業に励んでいるロシア正教の若い僧侶が、僧院での日々の出来事や心に浮かぶ思いを綴っていくという形をとっている。「祈り」稿の段階では、詩の前後に作者によるコメントを付けて、その僧の状況を記しており、ナレーション付きの修行僧の作品朗読という体裁で一応全体を仕上げていたが、最終的な改作では詩に付けたコメントをほとんどすべて削除した。したがって完成されたテキストは、僧侶の書いたものという枠組みは残ってはいるが、全体としてむしろ僧侶の人格を借りて詩人自身の想いが陳べられているものと理解できる。

さらにこの詩集における約束事は、「私」がしばしば呼びかける「あなた」は原則的に神を指すということである。すなわち僧ないし詩人は神をさまざまな形象になぞらえつつ、自分と神の関係を確認しようと試みるのである。神がどんな形象に置換されているのか、つぎに関係個所を例示してみよう。

「朝がそこから立ち昇ったあなた、ほの暗い者よ」(RKA, I, 158)
「あなた、お隣に住む神よ」(RKA, I, 159)
「私がそこから出てきたあなた暗闇よ」(RKA, I, 161)
「私は存在する、あなた不安を抱く者よ」(RKA, I, 166)
「私はあなたを愛する、あなた最も穏やかな掟よ」(RKA, I, 169)
「私たちは職人です、徒弟、見習い、親方です/皆であなたを建てます、あなた、高い中堂よ」(RKA, I, 170)

「あなたはまことに偉大です、あなたのそばに立つだけで／私という存在は無になってしまうほど」(RKA, I, 171)

「暗くなる土地であるあなた、市壁を支えて／あなたは辛抱づよく耐えている」(RKA, I, 193)

ロシア旅行の結果リルケの何が一番具体的に変わったかといえば、それは神との関わりであろう。それまでのリルケはキリスト教にはもっぱら批判的で、教会の形骸化を嘆き、人間が神と直接交わるのを妨げる「仲介者」イエス・キリストの役割を否定することに重点を置いていた。神は遠いところにあった。しかしロシア体験によって人間と神との距離が近づいたのである。そればかりではなく、両者がかならずしも上下の関係ではなく、すなわち神は全能で、人間は罪深いという関係に固定するのではなく、両者の関係は時により状況によりさまざまに変化するのだという構想が立てられた。神は絶対者で、自分は無に等しいという認識を抱くこともあるが、神は弱い立場にあって、人間が神を支えていかなければならないという立場設定や、教会が職人たちによって建てられるように、神も人間によって創られると、創世記を逆転させたような大胆な発想もある。しかしこの詩にしても、ロシアの片田舎での教会の建築現場での仕事の様子を描いて、精密な設計図もなく始められた仕事が途中で行き詰まると、旅人の姿をした神さまらしき人物が現れて指示をしてくれると、また仕事は順調に捗る、といった按配なのである。夕方、仕事を終えて帰ろうとすると、完成された教会の壮麗な姿が幻影となって夕空に浮かび上がっている。この詩を締めくくるのは「神さま、あなたは偉大です」の一行である。同じ詩のなかでも、神と人間の関係が二転三転するようなことが起きている。
詩集のタイトルは、修行僧たちが日々定時の祈禱の折に手にする「時禱書」をそのまま用いており、神との新しい交わり方を前面に出した詩集となっている。その基本は、神は存在しているのではなく、人間の態度に応じて生成するもの、神は人の生きる道を説くのではなく、すべての生の母胎を成す暗い土壌であるということ、などである。つまり神は何かが生まれる源泉だという捉え方であり、それはリルケにとってはなによりも芸術の、あるいはポエジーの源泉として思い描かれている。その意味では、僧侶の仮面を脱ぎ捨てて詩人自身のひたむきな希求を歌う詩が注目される。

私が生きる生命の輪は、物たちに合わせて
だんだん大きい輪へと広がってゆく。
最後の輪を全うすることにはなるまいが、
それでも試みたい。

私は神を、太古の塔を、旋回する、
何千年ものあいだ旋回している、
それでもまだ分からない、私が鷹なのか、
嵐なのか、それとも大いなる歌なのか。

(RKA, I, 157)

ここでは日常の現象や自然の表情を超えて、未来の人生全体を見据えて、自分の人生は神を旋回して飛んでいるとイメージし、そしてその間、鷹になってもよい、嵐になってもよい、しかし願わくば大いなる歌になりたいという、詩人らしい、雄大な人生構想が示されている。旋回というイメージにはニーチェの永劫回帰が反映しているかもしれない。このような言葉の独自の浸透力はこの詩集で初めて顔を見せているといえよう。関連して、もう一つの詩を挙げておきたい。

私が親しくつきあい、兄弟のように思っている
これらすべての物のなかにあなたを見つける。
小さな物のなかではあなたは種子となって日を浴び、
大きな物のなかではあなたも大きく身をゆだねる。

これが、物たちのなかで奉仕をつづける
もろもろの力の不思議な働きであり、
根のなかで育ち、幹に入って一旦消え、
梢においていわば復活をとげるのである。

(RKA, I, 168)

ここでは一本の樹木のイメージによって、人生における成長のプロセスを想定している。真実の内容を記述するというより、形象によって語るという方法を確認したいということにこの詩の主眼があるのだろう。このような発想も、その後のリルケの詩作において発展的に活用されることになる。右の二例で見ると、神とはいっても、事実上生の中核といったものをイメージしていると解したほうが通りがよさそうである。この詩集の研究者のなかには、この詩集には神は出てこないと主張する人もいる。あるいは神の解体を意味するという見方もある。いずれも「神の死」をふまえた時代感覚につながる見解であり、それなりに説得力をもつ。

しかし神が仮象であったにしても、この詩集における人間と神との、近づいたり遠ざかったり、優位に立ったり立たれたりの流動的な関わりは、ロシアでの経験とロシア学習からリルケの内部に閃いた独自の構想であるにちがいない。ドイツ思想詩の流れで見れば、人間が神に直接語りかけようという姿勢は、中世の神秘主義系の詩人アンゲルス・ジレジウス(17)の流れを汲んでいるし、神を暗い土壌という風に捉えるのは汎神論的な考え方に通じる。さらに重要な点は、現代の生活感覚に適合するメタファーの使い方について、神との距離を測りながら神のことを「矛盾の森」(RKA, I, 182)と設定したり、あるいは「夢見る人」(RKA, I, 166)と呼び、それなら自分は神のみる夢だとするなど、神と人の関わりを如実に示し得たといえよう。

続く『時禱詩集』第二部「巡礼の巻 Das Buch der Pilgerschaft」は第二回ロシア旅行のあと、ヴォルプスヴェーデで知り合った彫刻家クララ・ヴェストホフとの結婚生活のなかで、一九〇一年九月十八日から二十五日の間に一気に書かれた。その後多少の手直しがあって、公刊されたのは第一部とともに一九〇五年のことである。

ルーとリルケはとくにキエフで、巡礼の人々の群れに混じりながら教会や修道院を訪れた。その体験をもとに、この巻ではロシアの野を行く巡礼の民の様子やその群れに混じって歩く詩人の心境が語られる。まずは、第一部の僧侶は僧院から出て、広い世界で神の在りかを求めてさすらう、ということになる。初めのうちこそ、私（僧）に対するあなた（神）という関係は保たれているが、ここでは神は次第に遠のいて、把握し難い存在であり、僧ないし詩人は目標を見失ってさまよう状態になっている。

二番目の詩がすでに、「私は火事で燃え落ちた廃屋である」「私は疫病に襲われて苦しむ／海辺の町に似ている、／疫病は屍のようにずっしり重く／子供たちの手にぶらさがっている」という陰惨な光景である（RKA, I, 202）。

さらには、人間はみんな生きるべき生を生きていないという認識に立ち、真実の生は「どこかに宝物庫があって、そこにみんな仕舞いこまれているにちがいない」というのである（RKA, I, 210）。「僧院生活の巻」において見られた溌剌とした生命力に比べると、意外なほどのペシミズムである。

また、僧（詩人）は自分を父、神を息子と設定する。ところが、

私は父です、けれども息子のほうが豊かです。
息子は父の存在のすべてを受け、父がなれなかったものが

息子において大きく実現される。
息子は未来であり、帰還です。
息子は母胎です、息子は海です。

(RKA, I, 206)

父親は前世代の人間で、古い仕来りのもとで窮屈な人生をすごした。しかし息子は父親からの遺産を受け継ぐばかりか、父親のなれなかったものになる、無限の可能性を秘めているとされる。ただ、ここでは息子（神）の豊かさよりも、それと対比される父親（人間）のみじめさが強調されている。やがて詩のテーマは「巡礼の巻」ほんらいの巡礼が主体となる。

道には、あなたのもとに赴こうとして、
千年に一度咲くあのバラの花を見ようとするように
歩いて行く人々の姿が絶えない。
なんとも暗い人の群れ、名づけようもない人々、たとい
あなたのところに辿り着いても、彼らはへとへとだ。

(RKA, I, 222)

このような詩連から始まって、巡礼の詩が連なる。疲れ果てた女たち、身重の女たち、子供に目の代わりをさせている盲目の男たち、そしてとりわけたくさんの老人たち。詩人はなるべくお年寄りたちに

混じって歩くようにする。すると彼らの膝やひげが、「波間に現われる裸の島のように」(RKA, I, 233) 目の前に見え隠れするという。「神よ、私は多くの巡礼になりたい」(RKA, I, 223) と祈る。群れとしての巡礼に自分ひとりが乗り移りたいという思いである。

チフリスやタシュケントからきた女たちなど、人種や風俗も多種多様である。途中で病気になった巡礼を収容する施設もある。巡礼の一人一人が、それぞれの重い過去を背負っており、そして今はまた当面のなんらかの痛みに耐えつつ足を運んでいるということを詩人は思い知る。しかも神への道はいよいよ遠いのだ。リルケはロシアで巡礼の旅そのものを体験したことはないが、聖霊降臨祭の聖都キエフでたくさんの巡礼の人々に接し、その後のヴォルガの旅などでロシアの辺鄙な地方の状態を知り、それらをもとに巡礼の詩篇を構成したのであろう。なお、「巡礼の巻」では「僧院生活の巻」に比べて人生に対しての悲観的な見方が歴然としていることについてはおそらく、ロシア旅行後のルーとの決別、さらには結婚後の生活の不安定というリルケ自身の境遇の変化も影響していると見なければなるまい。

「巡礼の巻」の末尾に置かれている次の詩は、巡礼のモティーフから離れて、『時禱詩集』第一部および第二部の締めくくりとして、これまで詩人が進めてきた神の探求の結果を暗示するものとなっている。

深夜になると私はあなたを求めて掘る、宝よ、
実のところ、私の見たすべてが余計なもの
貧しいものであり、まだ現われていない

あなたの美しさのみじめな代用品なのだから。

けれどもあなたに至る道はおそろしく遠い。
しかも長く誰も通っていないので、埋もれている。
ああ、あなたはひとりぼっちだ。孤独そのものだ。
あなたは遠く離れた人里に向かって歩む心だ。

掘っていて血だらけになった両手を
私は風のなかに開いてかざす。
すると両手は木のように枝分かれする。
その枝により私は空中からあなたを吸い込む。
だっていつかあなたは苛立った身ぶりをした折に
身体がこなごなに砕け、宙に散ったではないか。
そして今あなたは、粉末の状態になって
遠い星々のところから再びこの大地へ
春の雨のようにおだやかに降ってくるのだ。

(RKA, I, 229f.)

このエピローグともいうべき詩でうたわれているのは、神の在りかを求めて手を血まみれにして地面を掘り、またその手を風のなかにかざすと、空中から神の粉末を感受できるが、結局のところ神は捉えられていない、ということである。しかしこの探求は絶望に終わったのではなく、神の変貌に応じて人間も態度を変えれば、なお神に接近する可能性のあることが暗示されている。その意味で、この詩は、「僧院生活の巻」二番目の「私は神という太古の塔を旋回する」の詩とむすんで、『時禱詩集』の大きな神探求の枠組みをなす重要な詩のように見えてくる。

『時禱詩集』にはつづいて第三部「貧しさと死の巻」があるのだが、これはロシアとの関係は薄く、むしろパリでの詩人の生活が基盤になっているので、これについては「パリ」の章で取り上げることにしたい。また第一回ロシア旅行後にはのちに『旗手クリストフ・リルケの愛と死の唄』というタイトルで公刊される作品の第一稿も書かれているが、これも完成稿がまとめられたパリ在住の時点で取り上げることにする。

短篇集『神さまの話』はやはり第一回ロシア旅行後に作成され、一九〇〇年には『神さまの話ほか』として公刊されている。十三の物語から成っているが、純粋な創作ではなく、ロシア、フィレンツェなどで作者が読んだり聞き知ったりした伝説や物語に拠っている。しかし全体を大きな枠にはめ込むことによって、個々の物語も一人の詩人の口調で物語られるようになっている。神は主役ではなく、出来事や人間の行為の裏側にいて、微妙に影響力を及ぼしている。末尾に置かれている「暗闇に語った話」などは、ミュンヘンのボヘミアン仲間のマドンナで、リルケもご執心だったフランチスカ・ツー・レヴェントロウをモデルに仕立てたもので、神はほとんど背景の雲にすぎない。しかし全体としては、それぞれの領分で真剣に生きる人間の神との関わりを物語っていて、人の心に響く本であり、この本を読んでリルケの世界に入ったという人も少なくない。しかし作品としての創作性の濃度は薄いので、本稿ではこれ以上立ち入らないことにする。リルケをよく知るルー・ザロメも、この作品のことはあまり重視していない。

それよりもここでは、ロシア文化との交流、受容の軌跡を見ておくことのほうが重要であろう。フィレンツェでも美術を中心に本場での文化摂取に努めたリルケであるが、ロシアでも当面のロシア美術の動向を把握したいという意図を抱いていた。第一回旅行のとき、トルストイとの出会いを別とすれば、リルケは真っ先に画家のレオニード・パステルナークと連絡を取っているのがその表れである。パステルナークはリルケの希望を受けて、第二回旅行のはじめに、美術研究家であり収集家であるポーランド系のパヴェル・エッティンガーをリルケに紹介した。彼はロシア美術の事情に通暁していて、しかもドイツ語に堪能で、ドイツの美術雑誌に寄稿することもあった。パステルナークはリルケにとって最適の人物を紹介してくれたのである。二人の交際は主として文通によって進められ、リルケはモスクワ分離派のことや、アクチュアルな美術の動静について有効な情報を入手し得たばかりでなく、ドイツに戻ってからはヴォルプスヴェーデの芸術家たちについての情報を提供した。リルケはとりわけマリューチンという、グラフィックやイラストの領域で才能を発揮し、本の装丁や挿絵で優れた仕事をしている画家に関心を示し、そのお返しに同じ領域でドイツを代表する芸術家ハインリヒ・フォーゲラーをエッティンガー経由でロシアに紹介した(18)。ベルリンに戻ったリルケは、フィレンツェとロシアで仕入れた知見をもとに美術評論の面での活動もめざしたが、うまくいかず、結局彼の話をまともに聞いてくれたのはリヒャルト・ムーターだけだったようだ。ムーターは、リルケのエッセイ「ロシアの芸術」と「現代ロシアの芸術志向」の二本をウィーンの雑誌に掲載されるよう取り計らった。そればかりではない。その後リルケの案内でヴォルプスヴェーデ芸術家村を視察し、さらにはリルケにロダン論を書くよう依頼して、彼にパリへの道を拓いた。エッティンガーとの文通もパリ移住への決断とともに終わっているが、最後の手紙には、「モスクワに移住することを真剣に考えている」との一文が見える。パリ移住前の不安定な心境のなかでモスクワ移住も彼の選択肢にあったようである。

ロシア旅行の前後、リルケはロシア語も熱心に学習していて、文通も可能なかぎりロシア語を用いた。ロシア語による詩作も試みている。パリ移住は、結果としてリルケに新しい詩作の基盤を用意してくれたので、モスクワ移住の選択肢は消えたけれども、彼のロシアへの愛着は消えることはなかった。リルケにとってロシアとの心の窓口はいつも画家レオニード・パステルナークであった。リルケの生涯最後の年一九二六年、ベルリンに移住したパステルナークはリルケに挨拶を送った。リルケはその返事で、「去年パリに行った折、ロシアの古い友人に再会し、また新しい友人も得た」などと書いている。そのあとモスクワから息子のボリス・パステルナークがリルケに便りを寄越した。のちの『ドクトル・ジバコ』の作者は、当時すでに詩人としてデビューしていたが、父親を通じて親しんでいたリルケの詩を翻訳していた。このボリスが、生涯の終わりが近いリルケに、ロシアの女性詩人マリーナ・ツヴェタヴァとの交流を斡旋するのである。このことについては、いずれ触れたい。またそれより先、『オルフォイスへのソネット』第一部二十番で突如うたわれるロシアの田舎で見た白馬の形姿は、ロシアへのリルケの想いの結晶である。

しかしリルケは二回のロシア旅行以降、生涯再びロシアの地を踏むことはなかった。いつも自分が留まるべき土地については慎重に見極めるリルケは、自分の憧れとロシアの現状が次第に乖離を広げていくことも注視していたのであろう。

5 ヴォルプスヴェーデ 女性との交流へ

一九〇〇年の八月二十六日にリルケはロシア旅行からベルリンに帰還、そして翌日の二十七日にはヴォルプスヴェーデ Worpswede に向かっている。彼は一度二年前のクリスマスに当地を訪れており、ハインリヒ・フォーゲラーから次には長い滞在をと誘いを受けていた。そこでリルケはしばらく居住するつもりで出かけて行ったのである。

ヴォルプスヴェーデはブレーメンの北二十キロほどのところにある小村で、付近は北海につながる水郷地帯である。北ドイツの低地のわびしい自然の風景は、今でも自然保護地域として保たれている。ここに十九世紀末、当時の若手画家たちが集まって、芸術家コロニーを開いた。都会風に洗練された美術をめざすユーゲントシュティールがもてはやされている時期に、他方では、大都市から離れた土地の不変の自然と生活に愛着をもつ画家たちがいた。

最初は友が友を呼ぶかたちで、やがては評判を聞いて有志の者が参加するようになり、一時は活況を呈し、ドイツ美術史の一ページを画した。最初にこの地を発見したのはフリッツ・マッケンゼン Fritz Mackensen である。彼はデュッセルドルフ芸術アカデミーを卒業した一八八四年に初めてその地を知り、一八八九年には学友のモーダーゾーンとそこに住み着くようになる。制作のかたわら指導者としての能力も発揮し、一八九五年ミュンヘンのガラス宮(19)展覧会で金賞を受賞して、知名度を高めた。つねに芸術家コロニーの要の存在だった。オットー・モーダーゾーン Otto Modersohn は一八八九年に初めてヴォルプスヴェーデを訪れて、その魅力に打たれた。彼も一八九五年のミュンヘンのガラス宮展覧会で高い評価を得た。彼はまた文章力にも優れ、ヴォルプスヴェーデの魅力とここに結集する芸術家たちの高い意志について広報に努めた。フリッツ・オーヴァーベック Fritz Overbeck もデュッセルドルフ芸術アカデミーで先輩のマッケンゼンとモーダーゾーンからヴォルプスヴェーデの話を聞き、強い興味を抱いた。ただ、彼は遍歴を好み、音楽にも関心があったので、少し躊躇の期間があったが、ブレーメン出身でもあり、一八九四年から結局ヴォルプスヴェーデの住人となった。彼は穏やかな性格で、バランス感覚に秀でており、仲間の間でもめごとが生じた場合など、調停役として存在感を発揮した。ハンス・アム・エンデ Hans Am Ende はミュンヘン芸術アカデミー在学中に、美術館でマッケンゼンと知り合い、ヴォルプスヴェーデの話を聞いた。アカデミー卒業後の一八八九年にヴォルプスヴェーデで修業をつづける覚悟を決めた。彼の得意分野はエッチングであり、同僚とともにめざましい版画帖を作成して、注目を集めた。また、コロニーの書記としても役目を果たした。最後にハインリヒ・フォーゲラー Heinrich

Vogeler はデュッセルドルフ芸術アカデミーで同郷の上級生フリッツ・オーヴァーベックからヴォルプスヴェーデに来ることを勧められた。フォーゲラーはほかの画家たちと違い、ユーゲントシュティールの多才な芸術家としてすでに名声を確保していたが、もとはブレーメン出身であり、地元に活動の拠点を置く利も考えて、アカデミー卒業後一八九四年にヴォルプスヴェーデに移住してきた。彼は五人のなかで最年少であり、多面的能力を発揮して広く世の注目を集めていた。それぞれの画家については、リルケの評論『ヴォルプスヴェーデ（邦題「風景画論」）』（一九〇三）に詳しい。

芸術家コロニーの核になる五人の芸術家は、全体としてはミレーなどバルビゾン派の「自然に帰れ」の精神を受け継ぎ、田園の風景と農村の生活を描くことを基本方針としていたが、そのうえで五人は上記のようにそれぞれに個性的であり、業界の注目度も急速に高まったので、美術志望の若者もしきりにこのコロニーを訪れるようになった。とくにフォーゲラーが親の所有していた家屋を受け継いで改築し、庭をユーゲンシュティール風に造園し直すと、そこがコロニーの快適な集会所となり、「バルケンホフ Barkenhoff」と名づけられた。そこで大小さまざまな話し合いやパーティーが催された(20)。

とりわけマッケンゼンの指導を受けに来る人が多かったが、そのなかにパウラ・ベッカー Paula Becker がいた。さらにブレーメン郊外のオーバーノイラントに住む彫刻家クララ・ヴェストホフ Clara Westhoff もヴォルプスヴェーデに近いヴェスターヴェーデにアトリエを開いて、二人は親友になった。このような状況のなかで詩人ライナー・マリア・リルケがここにやってきたのである(21)。詩人は彼だけであったが、劇作家のカール・ハウプトマン(22)も居合わせ、さらにパウラの声楽家の妹など音楽関係者も参加していて、多彩な顔ぶれだった。それぞれが自分の仕事に従事しながら、ミーティングには積極的に参加した。また、独特なこの水郷風景を知るために、三々五々付近の散策が行なわれた。孤独を大切にするリルケではあるが、グループの集いでは自分の役割を果たそうと努める。ルー・アンドレアス゠ザロメとともに参加したヴォルフラーツハウゼンの会でも、ロシアでは農民作家ドロージンのところの集いでもそうであった。ヴォルプスヴェーデでもリルケは人々に歓待されたし、努めて話の輪に加わろうとした。乞われれば自作朗読をし、ロシアでの体験を語った。

しかしそこに客分として参加していたカール・ハウプトマンは、リルケの苦手な人物であった。リルケにとっては初対面ではなかった。ベルリンでルーと一緒に出席したフィッシャー書店社長宅でハウプトマンの朗読を聴いたことがあるのだ（RC, 66）。そのこともあり、ハウプトマンは気安くリルケを話し相手にした。相手は十六歳年上なので、リルケは慇懃に応対していたが、まったく話が合わなかった。リルケが『白衣の侯爵夫人』を朗読すると、作品の内容とは無関係な文学理論上の問題を引き出して、議論を仕掛けてきた。また、ワインが出てくると、あなたには酒の詩はないのかと聞き、リルケが困っていると、酒の詩がないのは欠点だ、デーメルにはいい酒の詩があるよ、といった調子である。リルケのほうは、ハウプトマンの朗読を聴いた印象として、彼は自然から直接イメージを汲み取ることができず、音楽を聴いて、それを言葉に置き換えているだけだ、と日記に批判を記している（TF, 255）。

それでもハウプトマンがヴォルプスヴェーデ滞在中に最終的に仕上げた戯曲『エフライムス・ブライテ』がハンブルクで初演されることになったときには、その初演観劇を主目的に、リルケを含む総勢八人でハンブルクへ小旅行を行ない、初演後のパーティーではリルケが代表して祝辞を述べた。

かつてのミュンヘンでの作家たちとの経験に加え、カール・ハウプトマンとのつきあいを経て、リルケは総じてドイツの男性文学者を敬遠するようになった。彼は酒を嗜まない菜食主義者であり、ドイツ本土の郷土色ももたず、音楽には造詣が深いほうではないから、なかなか話が合わない。しかし女性たちとはその正反対であった。

芸術家コロニーの中核を成す五人の画家たちは、美術関係の学生や訪問者の対応に追われていて、改めて面談を申し入れる以外はなかなか時間がなかった。フォーゲラーは、到着したリルケにバルケンホフの二階の一室を提供してくれたけれども、折しも彼は地元のマルタ・シュレーダー嬢と婚約を果たしたばかりであった。そのために不在がちであり、たまにリルケと話す時間のあると、マルタのことで持ちきりであった。結局リルケが親しく語り合うことができたのは、二人の女性、「ブロンドの画家」パウラ・ベッカーと「黒髪の彫刻家」クララ・ヴェストホフであった。日記ではパウラのことは「ブロンドの画家」と、クララのことは本名で呼んでいる。二人はリルケの話を熱心に聴き、リルケと土地の散策に同行して、ヴォルプスヴェーデ特有の自然にリルケの目を開いてくれた。パウラはこの土地のつつましく感動的な春のことを語った。それを聞いてリルケは、ここでは雨のときにこそ鮮やかになる色彩のことを思った。たとえば広大な荒野のすみれ色、荒野を行く山羊の象牙のような白、大きな水車小屋の屋根の暗褐色、一輪の赤いダリヤなどである。このような自然のなかの色彩の印象を、パウラの存在感に合わせてうたったのが次の詩である。

赤いバラがそのように赤いことはなかった、
雨に降り込められたあの夕暮れほどには。
ぼくは君のふさふさした髪のことばかり思っていた、
赤いバラがそのように赤いことはなかった。

茂みの緑がそのように黄昏れゆくことはなかった、
雨の季節のあの夕暮れほどには。
ぼくは君のふわりとした服のことばかり思っていた、
茂みの緑がそのように黄昏れゆくことはなかった。

白樺の木立がそのように白いことはなかった、
雨とともに沈むあの夕暮れほどには。
そして君の両の手は美しく、しなやかだった、
白樺の木立がそのように白いことはなかった。

水のおもてが黒い土地を映していた、

雨の降っていたあの夕暮れには。
ぼくは君の目の中に自分が映っているのを見た、
水のおもてが黒い土地を映していた。

(TE, 250)

四つの連はそれぞれに同じ枠組みをもち、第一連から順に赤、緑、白、黒と、色彩の交替を主題として際立たせている。各連に三行目にはパウラの形姿を描き、しかも連が進むにつれて詩人が彼女に迫る気配がある。全体の趣向はユーゲントシュティールの図案風であり、形式に拘りすぎている嫌いはあるが、そのなかでもヴォルプスヴェーデの色彩、水、静寂の景色が巧みに写し取られている。この詩は日記に書き込まれたが、詩人のプライベートな感情が出過ぎているためか、どの詩集にも収録されることがなかった。

クララ・ヴェストホフもこの地の特徴について、リルケにとって大いに参考になる話をしてくれた。この地では黒い存在が目につく、というのである。遊んでいる子供たちに混じって黒い存在が走り回る。一方、立ったまま動かない黒い存在もある。よく見ると、それは黒服に身を包んだ老婆だというのである。観察するうちにクララはその老婆たちと親しくなったという(TE, 251f.)。

この話を聞いて、リルケは自分もこの地で影の存在に出会っていることに気づいた。それは死の幻影ではないかと、日記に書いている。

沼沢地の死。ここで死に出会うのは、容易なはずである。彼は衣服や歩き振りもどこか並外れたというものではないはずだ。ただ一人の男がやってくるだけのことにちがいない。みんなと同じように黒っぽく、大柄で、摑みかかりそうな重い手をだらりとさげた肩は、どこか硬い。もうさっきから黒い水路脇の狭い野道で、彼の近づいてくるのが見える。彼はひたすら歩く。そして彼がまだずっと遠くにいるときから、どうやって彼をよけたらいいか、人は考える。左手には沼が近いので、そのすぐそばを走る野道はゆらゆらと揺れ動き、歩くあとから道端の枯れた草に小波を掛けてゆく。もう一方の側は水路になっている。だから最寄りの白樺に寄りかかって彼をやりすごすことだってできるだろう。それに隣の沼はほんの数歩の幅である。いよいよとなったら、水路だって肩の深さになるかならぬだし……しかしどんな逃げ道を考え出したところで無駄なことだ。かならず事態は想定外に展開するだろう。はてしなく続く水路が、どこからか風を受けて、小刻みにふるえ、そこに渡した滑らかな、板一枚の幅の橋のうえで、死と向かい合わせに立つ羽目になるだろう。闘いは起こらない。なぜなら彼は目が見えないので、先へ歩いて行くからだ、だれもそこにいないかのように、どこまでも……

(TF, 252)

この個所は、この土地の風景全般にライトモチーフのように存在している死について如実に書かれていると同時に、水郷地帯としての特徴的な景色が描かれているので、少し長いけれども、あえて中略なしに引用した。この時点で達成されたリルケの表現力を確認することもできるだろう。リルケはヴォルプスヴェーデ滞在中は日記のかたちで日々の体験や観察の記録を克明に書き記している。詩も書いていたが、ほとんどは素案のままで、のちにベルリンに戻ってから完成された。

リルケはどんな寄り合いのときでも、パウラかクララのどちらかと語ることで時間を有効に過ごすようになった。フリッツ・オーヴァーベック宅の集いのときなど、リルケはほとんどの時間パウラと話していたらしい。終わったあとは、自転車を引きながら歩くクララとおしゃべりをつづけ、とうとう彼女のアトリエのあるヴェスターヴェーデまで来てしまった（TF, 263f.）。

あるいは、モーダーゾーンのところで、彼のヴォルプスヴェーデの動植物をモチーフにした習作を見せてもらい、彼と意見を交わした。その足で、パウラを訪ね、「対話と沈黙を通じてお互いに気持ちが通い合う」時間をもった。彼は出来立ての詩「受胎告知」などを朗読した。

ところがリルケは、そのころ小さな家を借り、なおしばらくはこの地にいると言っていたにもかかわらず、十月五日とつぜんベルリンに戻ってしまった。そしてクララにもパウラにも、ほかの知人にも、ロシアに行って定住するつもりで、その準備のためだと言い訳している。それが本心でないことは明らかだが、本当の理由ははっきりしない。その間の日記のページが破り捨てられている。パウラとモーダーゾーンの婚約を知ったせいかと疑ってみるが、それはあまりに大人気ないし、婚約のことは、モーダーゾーンの先妻の病死からまだあまり経過していないため厳重に秘密が保たれていたという。結局のところ、二人の女性の間で心が揺れながら、自分を見失いそうになっていることに気づいて、急に別離を決心したのであろう(23)。ベルリンでは、ヴォルプスヴェーデで芽生えた幾多の詩を完成させるなど、落ち着いて仕事をしている。十一月になってパウラから手紙で婚約の知らせを受け、祝福の詩を送っている。

若いのに人を祝福するのはおかしなことだ、
それでも私はそれをせずにはいられない、
言葉のへりの方であなたに会い、
はるか遠くに置かれた書物の
ページを繰りながら……
あなたの両手のなかで夕べを憩いたい。

と、祝福するより、自分の願いを披瀝する調子で始まり、最後は、

私はあなたを祝福する、春の夕暮れに見るような
あの祝福の仕方で。つまり、
ささやいたり、凍えたり、雨が降ったりする日々のあとに
一つの歌のような素朴な静かさがやってくるあのやり方で。
木々は、何が準備されているか、もう分かっている。
田畑はすっかり安んじて眠り込み、

接近していた空は広がって、
大地が大きい空間をもてるようになった。
どんな言葉もそれを言うに足るだけの強さをもち、
どんな夢もそれを実現することができるよう浅瀬に控える。
そしておとぎ話はみんな貯蔵箱から飛び出した。
なぜなら、すべての人間が今こそ、普段は暗がりの中で
香りつつ休んでいる衣裳をことごとく身につけたからだ。

(TF, 376ff.)

この詩を送ることでリルケはパウラに対する気持ちを整理した。年を越して一九〇一年一月中旬から二か月、パウラは親戚がいるベルリンに滞在し、その間にリルケを訪問している。そのときリルケはヴォルプスヴェーデのときと変わりなく、なごやかに対話を楽しみ、自作詩を朗読して聞かせたようだ。パウラ・ベッカーはその年の五月にオットー・モーダーゾーンとブレーメンで挙式した。オットーの初婚の相手は一児を遺して一年ほど前に死去していたが、むつまじい結婚生活が営まれたようである。しかし後世パウラ・モーダーゾーン＝ベッカーといえば、ドイツ美術史上トップクラスの英才と見なされている。しかしヴォルプスヴェーデでは指導者のマッケンゼンは彼女の才能を見つけられなかった。モーダーゾーンは、彼女との結婚後につぶさに妻の作品に接しているうちに、パウラが「本物の偉大な画家」だということに気づいた。彼は「このままそっと彼女を修業させ、成長させ、いつかみんなをあっと言

わせればいい」と考えた(24)。彼は彼女にパリでアトリエをもつことを勧め、そこで彼女は優れた作品をつぎつぎに制作する。一九〇六年、彼女はオットーをパリに招く。芸術と家庭の両立が困難であることから、別れ話をもち出すつもりだったが、妊娠してしまう。翌年ブレーメンに戻って出産するが、その後産褥熱で死去する。その後に書いた彼女のための「レクイエム」を読んでも、リルケが一貫してパウラに親愛の情をもっていたことは確かであるが、彼がどの程度彼女の才能を見抜いていたかは、推測の限りではない。

一方でリルケはクララ・ヴェストホフとの結婚話を進め、一九〇一年四月二十八日にブレーメンで結婚式を挙げた。日記で見る限り、リルケはクララに対してもパウラとほとんど同様の親愛の情を抱いていたが、甘美な思いについては多少差があったと思われる。しかし結婚を視野に入れて考えると、クララの実家がブレーメン郊外オーバーノイラントに居を構える堅実な家庭であった点が重要だ。この実家の存在は、結婚後も仕事での移動が予想されるリルケ夫妻にとって頼りになるはずであった。

事実、結婚後一年ほどはクララがアトリエをもっていたヴェスターヴェーデに新居を構え、娘ルートも生まれるが、一九〇二年初めには生計が窮地に陥る。それまで細々ながら続いていた彼の父親からの仕送りが打ち切りになったのである。彼はブレーメン美術館長に書簡を送り、窮状を訴えたうえ、父親はプラハの銀行に就職するよう勧めるが、それは死ぬよりもいやなことだから、なにか美術関係の就職口はないでしょうか、妻には実習指導の仕事など世話していただけないでしょうか、と頼み込んでいる(25)。もちろん同じような依頼を各方面に送っていたが、その経過を見て彼が到達した結論は、ルートはクララの実家に預け、夫婦は別々に活動してそれぞれの生活費だけは自分で工面する、というものであった。それでまず彼自身は、依頼された「ロダン論」を書くためにパリに行き、クララも数か月遅れてパリに出て、彼とは別にアトリエを営むことになる。もちろん夫婦は適宜連絡し合い、とくにリルケはクララの仕事のためさまざまに配慮した。そして毎年一度、年末年始にはオーバーノイラントで家族三人が過ごすようにしていた。しかし一九一〇年以降はルートの進学問題をかかえて、夫婦は別の段階に入ることとなる。リルケはその間、ロダンやセザンヌ、そしてパウラの人生にも接し、芸術の成就と人生の幸福は両立しないという確信を抱くようになる。

結局のところ、リルケがヴォルプスヴェーデに滞在したのは一九〇〇年の夏から秋にかけてのわずか二か月であった。リルケ文献では、この時期に成立した詩はほとんどなく、日記のなかに書き込まれて、そのままになってしまった機会詩を残すのみである。しかし後日『形象詩集』に収められて、広く親しまれるようになった詩のうち、たとえば前述の「受胎告知」や、「秋」「静寂」「予感」「嘆き」など、リルケの初期の代表作と目される作品が、ヴェルプスヴェーデで胚胎していることに注目しておきたい。それらは、北の水郷の風景のなかでの二人の女性との交際の日々から生まれたものである。そのなかの一篇「嘆き」を挙げてみよう。

ああ　すべてははかなたに遠く、
はるか昔に消え失せてしまった。

ぼくがいま光をうけているあの星は
幾千年も前に
死滅しているのではないか。
通り過ぎて行く船の中で
なにかおびえた声のするのを
耳にしたような気がする。
家の中で一つの時計が
時を打った……
どの家だろう……
ぼくは自分の心から抜け出て
広い大空の下へ歩んで行きたい。
祈りたい。
すべての星のうち一つだけは
まだほんとうに存在しているにちがいない。
ひとり存在を保っているのがどの星か、
ぼくには分かるような気がする。
それは空の奥深く

光のすじを辿って行ったその果てに
一つの白い都市のように立っている……

(RKA, I, 280)

広い平地の上に広がる大空、そこに星の世界が奥深く展開している。そして船が水上を行く。この風景は明らかにヴォルプスヴェーデである。詩人は星の空間に目で遊びつつ、空想の宇宙探索をする。それは世の人々を引きつけるものだろう。これまでのリルケは、少女の群像や、ロシアの僧院、巡礼者の群れなど、ある枠を設定したうえで詩人が想いを披瀝することが多かった。しかしリルケはヴォルプスヴェーデで、同志の女性たちと心を通わせつつ、自然のなかに踏み込んで、その都度自分のテーマを見つけ出し、人々の心に直接訴える詩を創り出す術を身につけたのである。

6 パリ 実存の克服へ

リルケは一九〇二年八月二十八日にパリへ出てきた。それから一九一〇年の『マルテの手記』完成までをパリ時代と人は呼んでいるが、その間ずっとパリに在住していたわけではない。主なところでも、ヴィアレッジョ、ローマ、カプリ、デンマーク、スウェーデン、プロヴァンスなどに滞在し、そのほか仕事や交際のためにドイツ、オーストリア各地に赴き、さらには一年に一度、大抵は年末年始にブレーメン・オーバーノイラントのクララの実家で家族と一緒に過ごした。しかしこの時期は、他の地に滞在しても、そのあとにはパリに戻っているので、全体としてパリ時代といい得るであろう。

パリ時代はリルケにとって、ロシア体験からさらに飛躍する創造的な時期となった。パリ時代前半の中心課題はパリという都市自体と彫刻家ロダンである。パリに住み始めてからの半年はじっとここに留まりつづけた。パリとロダンを自分の新たな精神基盤として吸収するためである。パリについては、リルケはここで近代文明が行きついた先端的大都市の実態を把握したという点が重要である。花のパリといわれ、万博開催のほとぼりも残る世界都市に住んで、日々街で詩人が注視するのは、浮浪者、身体障害者といった人たちであり、交通機関の騒音であり、病院である。リルケはすでにさまざまな死のテーマに出会ってきたが、パリにおいては、近代文明が行き着く先の死に直面したのである。この体験はやがて『マルテの手記』の基本テーマとして結実する。いずれパリは彼にとって親しみ深い都市となるが、始めは彼もエトランジェとしてこの街で疎外感に耐えつつ、人間存在の置かれている危機状況を認識していった。

パリでの当面の目的は、美術評論シリーズの一環として「ロダン論」を書くためにロダンの仕事ぶりを観察し、彼の考えを聴取することにあった。ロダンはリルケを若い客分として迎え、作品もアトリエも自由に見学することを許してくれた。さらに遅い朝食の席にも常時招いてくれるのだが、そこでリルケが目にしたものは、家庭のなかでロダンが浮き上がっており、夫人はたえずロダンに楯突いているという状態だった。このシーンにリルケはすぐトルストイの家庭を思い出した。その点ばかりでなく、ロダンという人物全体にリルケはロシアを感じ取っていたように思われる。事実、ロダンに会ったことによってロシアへの未練が消え、ロシアに移住したいという希望は彼の口から出なくなった。

家庭におけるロダンの破滅的状態については、リルケはパリを離れた折に、ルー・ザロメに宛てて書いている。

私が初めてロダンを訪問し、ムードンの館で紹介もされない彼の奥方やほかの見知らぬ面々と晩い朝食のテーブルを囲んでいたとき、彼の家が彼にとって何ものでもないこと、小さなつまらない必需品であり、雨露をしのぐ屋根にすぎないこと、そして彼の家は彼にとってはどうでもよいものであり、彼の孤独や彼の仕事への集中には何の影響も及ぼしていない、ということが分かりました。家というものがもつ暗がり、隠れ場所と憩いの場を、彼は自分の内面の奥深くにもち、その上を蔽う空も彼自身がなり、それを囲む森も、広野も、そばを流れつづける大河も彼自身なのです。(26)

空から大河へのイメージは、まさにリルケのうちにあるロシアの風景である。そのことをリルケは、ロシアとトルストイをともに経験したルーに告げる。おそらくロシア的雰囲気ゆえに、リルケは抵抗なくロダンに引きつけられ、彼から真摯に教えを受けようとの思いが定まった。ロダンの口ぐせの「つねに仕事をしなければならない」という言葉も、単に勤勉さを督励するものではなく、生活のすべてを仕事に注ぎこみなさい、そのために自分の生活が崩壊したとしても、意に介することではない、というきびしい意味であることをリルケは悟るのである。

クララ宛ての手紙でもロダンの「自分の芸術のなかにのみ幸福を見い出さなければならない」という、

ほぼ同じ趣旨の言葉を伝えている。そして「偉大な人たちはみんな、自分の生活はいわば旧道のように草の茂るにまかせて、なにもかも芸術に捧げてきたのだ。彼らの生活は、もう必要のない器官のように萎縮してしまっているのだ」と、ロダンの言葉を解説している。さらにクララに対してはロダンの彫刻家としての技術面の基本態度についても熱心に伝えている。そこでロダンが強調するのは「モドゥレ modelé」を創ることに全力を傾けるということだ。モドゥレとは、粘土などの素材で創る表面のことである。どんな心情も、どんな精神も、モドゥレにおいて表現されていなければ無に等しい、というのである。それは彫刻家なら誰でも自覚していることのように思うが、リルケに言わせると、ロダンが初めて気がついたことなのだ。

だが、自分より先に誰ひとり、この彫刻の根本要素を探し当てた者がなかったということを初めてロダンが感じたとき、彼はどんな思いがしただろう！　彼はそれを発見せずにはいられなかった。無数の物がそれを彼に示した。なかでも特に裸体が。彼はそれを置き換えなければならなかった、つまりそれを彼の表現にもたらし、すべてをモドゥレによって、しかもそれのみによって言い表すことに習熟しなければならなかった。(27)

しかしモドゥレを創る技術を得るためには、修練をしなければならない。それをロダンは「手仕事」という。この関連でもロダンは「つねに仕事をしていなければならない」ことを強調する。この重要な報告を、彫刻家として修業中であるクララに熱をこめて書き送っているが、同時にモドゥレを創ることと、それを習得するための手仕事については、詩人の修業にも当てはまると考えた。リルケはパリ植物園付属の動物園に通って、檻の中の豹を入念に観察し、さらにロダンのところで見た古典古代の小さな虎の像の複製をも参考にしながら、のちに有名になる詩「豹 Der Panther」を作成した。

豹の眼差しは、通りすぎてゆく鉄棒の列のため
疲れてしまって、もう何も捉えない。
あたかも千本の棒があって、千本の
棒のむこうには世界がないかのように。

しなやかに強い足取りで
小さな輪を描いてまわる柔らかな歩みは、
一つの中心をめぐる力の舞踏のようだ。
その中心には大きな意志が麻痺して立つ。

ただ、ときおり瞳孔の幕が
音もなく上がる。——すると一つの物の像が入りこみ、

四股の張りつめた静けさのなかをめぐり――
心臓のところまできて、なくなる。

(RKA, I, 469)

「眼差しは［…］何も捉えない」は眼の虚ろな状態を表わし、「千本の棒」を繰り返すことで豹の無気力さが表現されている。「大きな意志が麻痺して」には体内にひそんでいる野生の力が暗示されている。「すると物の像が入りこみ」は、視覚はただ受動的にのみ作用していることを明らかにしているし、末尾も「消える」という動詞を用いず、「なくなる」と素っ気なく終わるのも、無常観を感覚的に表現している。これらの用語法が、リルケとしては、ロダンのいうモドゥレを詩表現に適用したものであるにしても、それを詩に活かしているのは、観察の積み重ねの上に得られた本質把握であったといえるのではないか(28)。物の本質を把握することによって、それを表現する言語は象徴力を帯びる。檻の中の豹は、大都市で抑圧されている人間の心情とどの程度共振し得るかで、その詩の値打ちが決まる。詩「豹」によって、次の時期のリルケの詩作の指標となるものが定まった。ヴォルプスヴェーデの時期の感覚で作成された作品を中心にして計画された『形象詩集』がまだ編集中だったにもかかわらず、「豹」はそこに収めず、次の詩集のために温存したことは、彼が自分の詩作の進展を自覚していたことを示す。

「豹」と同じころに書き下ろされた宿題のエッセイ「ロダン論」でも、その中核にはモドゥレの思想が置かれているが、ドイツ語では「面 Fläche」という言葉に言い換えられていた。ロダンは、表面で光が事物と出会う無数のケースを探求する。するとどの出会いもそれぞれに違っていて、どれも際立っている。こちらでは光と事物が向かい合うかと思えば、あちらではおずおずと挨拶を交わし、また別の場面では互いに素知らぬ顔で通り過ぎる。限りなく場面があって、いつも何かが起こっている。空白は存在しない。——このことをロダンは把握している。

この悟りの瞬間にロダンは自分の芸術の基本的な要素を発見した、いわば自分の世界の細胞を。それが面であった。さまざまな大きさをもち、さまざまなアクセントをもち、正確に規定された面であった。この面からすべてのものが創られねばならなかった。そのときから、この面が彼の芸術の素材となった。面こそが、彼が得ようと努め、彼が夜通し苦悩した事柄だった。彼の芸術は一つの大いなる理念の上に築かれたものではなく、小さな良心的な実現の上に、到達可能なものの上に、可能な技能の上に築かれたのだった。(29)

この個所がいわばモドゥレ論の核心であり、ロダン芸術の本質をつく部分である。ロダンの作品に特徴的な人間の手や身ぶりもモドゥレの延長において捉えられている。一方、モドゥレの重要性を認識するまでに、彼は苦しい下積み時代を経験しなければならなかったのであり、また名声に包まれてからは、人々は作品の完成された美や魅惑的なモティーフに目を奪われて、ロダン芸術の核心であるモドゥレを見損なっている、というのが「ロダン論」の大筋の主張である。リルケは美術評論家として、直近にはヴォルプスヴェーデの画家たちの列伝とも言うべき『ヴォルプスヴェーデ』を発表したが、すでに書かれたり言われたりしていることの寄せ集めだと、パウラ・ベッカーはじめ現地の画家たちに評判がよくなかった。リルケ本人も、あれは頼まれ仕事だったと（RKA, IV, 911）、あまり重きを置いていなかった。『ロダン論』も頼まれ仕事ではあるが、リルケの意気込みは尋常ではなく、独自の言葉でユニークな芸術論を展開することができた。ルー・ザロメはこのエッセイを読んで文句なしの評価を与えたが（〇三年八月十日付手紙）、彼女がリルケの仕事を褒めたのはこれが最初であった。

さて、もっぱらパリに居続けたパリ時代の最初の半年は、以上のごとく、リルケにとって濃密な体験の時期となった。その理由は、パリの現実もロダン体験も、リルケ自身の詩人形成に決定的な基盤を与えることになったからである。リルケはまだフランス語がままならぬなかで、ロダンが体現する芸術の本質を真剣に学び取る。つぶさに見たロダンの日常は、まさに家族の養育を放棄して詩人としての人生を貫こうと覚悟を決めたリルケには大きな支えとなった。そしてもう一つは、あらゆる表現をモドゥレにおいて実現するためには日々修練を怠ってはならない、という点である。そこにリルケはロダンの、ひいては芸術一般の基本要素を発見したばかりでなく、それを詩作および詩人の修練にも応用できることにも気づいた。その心構えでリルケは、物を見る努力とともに、詩人の修練として、グリムの辞書や科学書を読んだり、翻訳を手がけたりすることを思いついた(30)。このようにしてリルケはこの時点で、自分の詩人としての基盤を見つけたのであった。ロダンはリルケが「先生」と呼んだ生涯たった一人の人物となる。

しかしリルケは一個所に居続けることはしない。一九〇三年の三月、パリを離れて、以前にも居たことのあるイタリアの保養地ヴィアレッジョに滞在する。パリで健康を害して抜け出してきたと、人には説明している。「パリは重苦しく、不安な都市だ」と。

パリは怯えきっている私の気持ちにとって、何か言いようもなく不安なものです。パリは正体を失くしていて、軌道を外れた星のように、何か恐ろしい衝突に向かって突進しているようです。都市はみんなそんなふうだったにちがいない、神の怒りが背後に高まってきて、怒りを注ぎかけて、震え上がらせたと聖書も語っています。そのすべてに対して、ロダンは偉大な、安らかな、強力な対抗者です。時間は彼から流れ出ます。彼が長い人生の毎日を彼らしく仕事していると、彼は厳然として神聖な、ほとんど言い尽くせないもののように思われます。(31)

パリからは逃げ出したいが、ロダンは頼りになる存在だと書かれていて、それはその通りにちがいない。しかしロダン、とりわけロダン家との交流もひじょうに緊張を強いるものであったことは明らかである。パリで病気になった原因は、パリ自体ばかりではなく、ロダンとのつき合いからくる精神的負担もあるというのが正直なところであろう。懸案の「ロダン論」を書き上げたら、とりあえず「先生」からも離れたいと内心考えていたのではないか。ヴィアレッジョ滞在ののちは、ヴォルプスヴェーデや娘を預けてあるクララの実家や、さらに一九〇四年にはローマに長期滞在するなど、なかなかパリには戻らなかった。しかしその間、休養を取っていたばかりではない。クララやルー・ザロメに再三手紙を書いて、パリおよびロダン体験の総括をし、詩人としての覚悟を書きとめた。のちに多くの読者を得ることになる『若き詩人への手紙』もこの時期に書かれているが、自分自身の生きる態度を、ロダンを師表として確立したところだったので、自分自身への確認も含めて、若い人への指針となるような手紙を書くことができた。しばしば引用される「書くことを拒まれたならば死ななければならないか、正直に告白してみてください」(RKA, IV, 515)という言葉も、その教え諭すような響きはリルケらしくないところがあるが、考えてみればこの言葉はロダンの「つねに仕事をしていなければいけない」を裏側から表現したもので、じつはロダンの受け売りだったともいえる。

次の仕事は、パリ脱出下に、パリ体験にもとづいて生まれた。まず『時禱詩集』第三部「貧しさと死の巻 Das Buch von der Armut und vom Tode」である。この巻に収められた詩はパリ脱出後すぐにヴィアレッジョで書かれた。貧しさと死は、リルケのパリ体験を煮詰めた究極のテーマである。詩集では死のテーマが先に出てくる。クララへの手紙にも書かれているが、「私はとつぜん感じるのだが、この広い都会には病人の部隊、死にかかっている者の集団、死者の群れがいるのだ」(〇二年八月三十一日付)という強烈な印象をもつ。つまり大都市の機構のなかでは、死者はみんな病院から墓所へ一律に処理されていることに、リルケは恐怖を感じる。それに対するアンチテーゼとして彼は訴える。

おお、主よ、それぞれの者に独自の死を与えたまえ、

その人の愛と、目標と、艱難の経験から成る生そのものより
　発生する死を。

(RKA, I, 236)

死は生に終焉を告げる役割だけのものではない。人を愛し、仕事をし、さまざまな困難を克服する一生の間に、死もまた内に育てられていく。そのあげくに死が産み落とされる。そういう死でなければならないのに、大都市では死が機械的に処理されてしまう。そのことに対する詩人の憤懣が詩集の底辺を流れている。

それでは生に匹敵するだけの死を死ぬことができるのは富裕層なのかというと、そうではない、とリルケは考える。むしろ貧しい人たちである。とはいえ貧困というだけでは足りない。しかし「もしも大地が危急存亡の事態に到ったときにも、そこから薔薇の花輪を結び、それをお守りとして身に着ける」という、そんな人たちがいる、というのである。リルケはつづけて、

なぜなら彼らは純粋な石よりもなお純粋で、
生まれたばかりで目の見えない動物のようであり、
まったく邪気がなく、あなたの（訳註＝神の）子であり、
何も望まず、心に思うことはただ一つ、

まことにあるがままに貧しくありつづけること。
(RKA, I, 243)

このような貧しさが望ましい、とリルケは考える。すなわち、生活も清廉に保ちながら、「心の貧しい人たちはさいわいである。天国は彼らのものである」という聖書の言に近い想いが語られている。その詩想は、この次の有名な一詩句に収斂される。

なぜなら、貧しさは内部から射す大いなる輝きだから
(RKA, I. 244)

清貧に生きるという思想に近い内容の詩句だが、貧富の懸隔が深刻な社会問題となる時代を迎えるにつれて、現代の貧困がどこからきているのかについて無知な詩人の句として批判を浴びることにもなる。伝統的な清貧の心をうたったつもりなのに、「大いなる輝き」と栄光を匂わす表現を用いたのは、リルケには珍しい失着というべきだろう。

詩集は最後に、清貧に徹する生き方を貫いた人としてアッシジの聖フランシスを称える長い詩によって締めくくられる。

おお、町の真ん中で衣服を脱いで
司教の衣服の前に裸で進み出たほどに

所有感と世間体から離れて、彼ならではの
貧しさにまで強くなったあの方はどこにいる。
誰よりも心優しく、愛に生きたあの方は
若い者のようにやってきて、そして生きた。
神さまの夜鳴き鶯たちの褐色の兄弟である
あの方のなかには、驚きと喜びと
そして大地への感動とがあった。
［…］

(RKA, I, 251)

アッシジの聖フランシスの事蹟が熱をこめて語られており、宗教的な雰囲気のなかで進行してきた『時禱詩集』全篇の終曲としてふさわしいけれども、パリの貧困状況に対応する力をもつものかどうかは疑問である。リルケがパリという大都市で発見したのは、神から見放された死であり貧しさであった。そこで直面した課題は、宗教的な補助線に頼らずにそうした死と貧しさの問題に取り組むことであった。そしてそれはまもなく本格的に始まるのであるが、そこに到る一つの経過的な試みとしてこの詩集が生まれたと見るべきであろう。

こうして『マルテの手記 Die Aufzeichnungen des Malte Laurids Brigge』は、『時禱詩集』第三部成立の一年後、一九〇四年にローマで書き始められる。作品の書き出しから一定の部分は、作者自身のパリにおける実存的体験を堅牢な散文で語ることで、その斬新さがのちにドイツ現代文学の起点の一つとして評価されることとなる。しかしリルケはそれに留まらず、これまで試みたことのない機構の小説をめざしていた。すなわち従来の小説のような大きな物語の筋を置かず、主人公の体験記を基盤に、さまざまなエピソードや観察記録で構成されている。主人公のマルテをデンマークの貴族出身とし、父親の死後に単身パリに出てきて、ひそかに詩人となることを志望しているという設定とした。なぜデンマークかといえば、リルケはパリ移住の前後に何度かデンマークとスウェーデンに滞在する機会があったことと、デンマークの小説家イェンス・ペーター・ヤコブセンの作品を愛読し、またゼーレン・キルケゴールの思想にも深い関心をもっていたからである。

さしあたりこの『手記』では、パリの荒涼とした現実とデンマークの故郷での少年時代の思い出が交互に語られることになる。パリの光景の間に挟んで、マルテの祖父が田舎の屋敷で堂々たる「自分自身の死」を死ぬ話などが語られる。しかし作者の意図はさらに広がる。「物語る」ということは、日々目撃する街での出来事の意味をさぐったり、少年時代に経験したことを克明に振り返るばかりでなく、一般の歴史や伝承の通説に疑問を投げ、根本から語り直そうという意欲をもつ。

その人たちがみんな、実際にはありもしなかった過去をきわめてくわしく知っているなどということが、ありうるだろうか。そしてほんとうの現実はすべてその人たちにとってむなしいものとなり、彼らの人生は現実との関わりをもたずに、ちょうどだれもいない部屋のなかの時計のように空転しているなどということは、ありうるだろうか。

そうだ、ありうることだ。


(RKA, III, 469)


「その人たち」とは、世に伝わっている歴史の見方を自明のこととして受け容れている一般の人々のことである。過去の真実として伝えられている事柄は、大抵は作り事であって、本当の真実に到達するには物の見方を大胆に変えなければならない、と主張しているのである。歴史の嘘を読み替えなければならないというこの個所は、よく知られている「詩は感情ではなくて経験である」という個所よりも重要であり、この作品の根幹を為す思想である(32)。この点に注目すると、この作品の意味が改めて認識される。なぜなら二十世紀の主要小説は、トーマス・マンにしろムージルにしろギュンター・グラスにしろ、歴史の再検討をテーマにするものである。リルケはほんらい小説家ではないので、歴史を俯瞰する壮大な再検討を実現することはできず、数奇な運命に見舞われた人物や凝縮された異様な歴史的瞬間を分析するに留まることになるが、マルテの掲げた構想は正しい歴史を探るための重要なポイントである。

『マルテの手記』の約三分の二を占める部分は、自らが立てた課題への答としたリルケ独自の見方にもとづく死と愛をめぐるさまざまなエピソードが積み重ねられていくが、それは詩人のパリ時代後半の仕事となるので、改めて後述することにしたい。

さてリルケは、定収入がゼロという状態でも、自分のほんらいの仕事に徹しようと悲壮な覚悟を固めていたが、折しも一九〇五年に刊行された『時禱詩集』は、インゼル書店からのリルケの初の出版で、評判もよく、一つの明るい兆しが生じた。一方でリルケは一九〇一年クララといっしょにドレースデン郊外のヴァイサー・ヒルシュ Weißer Hirsch（白い鹿）という保養地に滞在中、ルイーゼ・フォン・シュヴエリーン伯爵夫人 Luise Gräfin von Schwerin と知り合っている。リルケの才能に引かれた伯爵夫人は、一九〇五年にリルケ夫妻を、ラーン河畔の居城フリーデルハウゼンに招待する。これを機会にリルケは伯爵夫人の妹のアリーチェ・フェーンドリヒと知り合った。さらに伯爵夫人の娘グートルンとその夫で生物学者のヤーコプ・フォン・ユクスキュル、またこの夫妻のところでベルリンの銀行家カール・フォン・デァ・ハイトとその夫人エリーザベトと知り合う。リルケはこの一族との交際により、文学に理解のある上流社会から支援を受ける可能性があることを知ったのである。

以上のような仕事と人脈をパリの外の各地で積み上げて、リルケは一九〇五年の秋にようやくパリへ戻る。この街に対するかつての恐怖感も師ロダンに対する特別な畏怖ももう治まっていた。ロダンから、私設秘書のような形でムードンの館に住み込んでくれないか、という話が出たときも、怯むことなく引き受けた。この形態は翌年五月、通信処理のことでロダンの怒りを買って、ロダン邸から退去させられたことであっけなく終わったが、リルケは事態を冷静に受けとめ、師への尊敬の念は少しも変わらなかった。それどころか、そのあとドイツ語圏各地で講演を行なって、彫刻家ロダンのキャンペーンに努め、その講演原稿が第二部となって『ロダン論 Auguste Rodin』が完成し、改めて公刊されることになる。ロダンはすぐに機嫌を直した。

その間にリルケは、パリで書いた「豹」一篇を起点としたまま満を持していた彫塑的な詩風の詩作を一気に実現した。その成果が『新詩集』第一部および第二部となって刊行される。当然のことながら題材のとり方にも表現の筆致にもロダンの影響が看取される。ロダンに倣って「物を見る」「物をつくる」ということをリルケは好んで口にするが、「事物詩」という言葉はリルケのものではなく、彼の死後、研究者のあいだで用いられるようになったものである(33)。リルケにとっては、「物」は重要な概念であるが、彫刻家が創造する「芸術事物」と詩人が作成する彫塑的な詩との違いもまた考えずにいられない問題だった。むしろ客観的な描写に頼ることがないように、詩人の想像力が造り出すイメージの網目のなかで対象を再構成するという手法が使われていた。「薔薇の内部 Das Rosen-Innere」では、

この内部に対応する外部は
どこにあるのか。このようなリンネルは
どんな痛みに当てられるのだろう。
その奥の、開いている
薔薇の内海には
どんな空が映っているのか。
[…]

(RKA, I, 569)

「リンネル」は大輪の薔薇の花びらのことであろうが、ほかの「外部」も「痛み」も「内海」も、詩人

の想念のなかにしか存在しない。『新詩集』のなかの優れた詩はすべて、詩人の想念のなかでのイメージの操作によって対象物を如実に浮かび上がらせることに成功した場合のものである。「〈愛〉の歌 Liebes-Lied」の末尾では、

だがしかし、あなたとわたしの心を動かすすべては、
二本の弦を同時に弾いて一つの音を出す弦奏のように
わたしたちを一つに結び合わせる。
どのような楽器の上にわたしたちは張られているのか。
どのような弾き手がわたしたちを手に載せているのか。
(RKA, I, 450)

ここでは名手が演奏するヴァイオリンに張られている弦を思い描きつつ、響きわたる魅惑の和音を恋人同士の和合になぞらえている。

芸術作品を取り上げる場合でも、たとえば「アルカイック期のアポロのトルソ Archäischer Torso Appolos」では、

われわれはこのアポロのとほうもない頭部を知るよしもないが、
そこにはつぶらな瞳が熟していたはずだ。けれども

そのトルソは、まだシャンデリアのように光っている、
そこにはアポロの眼差しが差しこまれ、
保たれ、輝いているからだ。もしそれがなかったら、
[…]

(RKA, I, 513)

かつてのアポロの頭部に輝いていた眼差しが、今や像の胴部に移っているとイメージすることによって、古びたトルソのあらゆる部分が躍動し、輝いている、というのである。ここでもまた、詩人の大胆なヴィジョンが、古代のトルソを蘇生させている。

以上のように『新詩集』の詩においても、決め手になっているのは詩人の視覚と想像力である。これらの詩は彫塑的な性質はもっているものの、けっして観察と写生の詩ではない。芸術品にしろ、自然の生物にしろ、人間との関わりを考えながら想像力を働かせるのである。さらにいうなら、物の備えている性質や役割を土台にして、詩人の主観のなかで直観的に対象の本質を浮かび上がらせるのである。

ソネット形式が多いということも『新詩集』の特徴である。ソネット形式は枠の定まった詩であり、また脚韻を重視して響きを大切にする詩である。リルケとしては、ソネット形式という鋳型を用いることによって詩の佳音を失わないようにしながら、自由なイメージを駆使して対象を彫塑的に出現させようと試みている。さらに詩句の進みが凡俗にならないように、硬質な造語を心がけ、名詞化された形容

詞や分詞や不定詞を好んで用いているが、これこそが果敢なイメージとともにロダンのモドゥレを詩表現の上に応用しているものと見てよいであろう。すでに挙げた「豹」は好例であるが、ここではもう一篇「白鳥 Der Schwan」を、例として挙げておきたい。

まだ仕上がっていないもののなかを
重たく、なにか縛られているように通って行く
生の苦労は、白鳥のぎこちない歩みに似ている。

そして、私たちが日々立っているその地面に
もう足を置けないという事態になっている
死は、白鳥がおずおずと水に降りるのに似ている、

水は白鳥を柔らかに迎える、
そして幸せそうに、過ぎ去ったことのように
白鳥のうしろを付いて行く、波を受けて。
白鳥のほうは、かぎりなく静かに確かに
いよいよ大人らしく、王者の風で

悠揚せまらず先へと進んで行かれる。

(RKA, I, 473)

人間の生は白鳥がぎこちなく陸地を歩むさまに、死は白鳥が水に乗って高貴な風情で泳ぐさまになぞらえて対比的に描かれ、その際前者では分詞や不定詞を多用して堅苦しい感じを、後者では副詞の比較級を多用して滑らかな流れを出している。さらに、それとなく死を生の上位に置くなど、この詩に『新詩集』のリルケの標準値を見ることができるように思う。

『新詩集』といえば、「豹」「白鳥」「青のあじさい」のような動植物の題材が代表的なものと思われているが、それはむしろ少数であり、トルソのような古い美術品、人物、そしてなかでも多数を占めているのが、キリスト教やギリシャ神話関係の人物や事跡である。聖書からは「ダビデ、サウル王の前でうたう」「ピエタ」「エレミヤ」「エステル」など、ギリシャ神話関係では「オルフォイス、オイリュディケ、ヘルメス」「ヴィーナスの誕生」「レダ」「シレーヌの島」など、いずれも従来語り伝えられている伝説をリルケ自身の視点から見直すというものであった。『新詩集』と並行して書き進められていた『マルテの手記』でもさまざまな伝説の語り直しが行なわれている。『新詩集』と『マルテの手記』は、詩と散文という異なるジャンルが同時に試みられていると見られがちだが、別の面では、同じ課題をそれぞれの形式で扱っているのである。聖書の放蕩息子の話は『マルテの手記』にも『新詩集』にも登場する。このような伝説の読み替え、さまざまな人間の生き様について思いを深めているうち、リルケに改めて重く迫ってきたのが死のテーマであった。

リルケは一九〇六年から〇七年にかけて、親しい人の死を経験する。一九〇六年には最後まで息子が定職に就くことをむなしく期待していた父親の死。リルケの支援者第一号となってくれたルイーゼ・フォン・シュヴェリーン伯爵夫人の死。リルケがロダンと並んで深い尊敬を寄せていたポール・セザンヌの死。さらにはヴォルプスヴェーデで親交を結んだパウラ・モーダーゾーン＝ベッカーの出産後まもなくの死。どれもリルケにとって重大なきびしい体験であった。それが彼の詩想の上に新たな方向を拓いたのである。すなわち、死を空間として思い描き、かりそめの生を乗り越えた実在の世界とする考え方を定着させようとした。すでに一九〇四年成立の詩「オルフォイス、オイリュディケ、ヘルメス Orpheus.Eurydike.Hermes」において、オルフォイスが妻オイリュディケを死の国から地上へ連れ戻そうとする有名な話を扱っているが、リルケのこの詩においてまず目につくのは、死の国の風景を丹念に描いていることである。詩の第一連は次のようである。

それは霊魂たちの奇妙な鉱山だった。
静かな銀の鉱脈のように霊魂たちは鉱山の
暗い内部を血管となって通っていた。木の根の間から
血が噴き出し、それが人間界へ向かっていた。
そして血は暗闇の中では斑岩のように重たく見えた。
そのほかに赤いものはなかった。

(RKA, I, 500)

このように死の国の異様な風景が描かれたうえで、やっとオルフォイスが、つづいてオイリュディケとヘルメスが登場する。オイリュディケは伝説通りに夫のうしろについて地上へ向かうが、この詩のオイリュディケは死の国に慣れ親しんでしまっていて、地上に戻る意思がなく、死の国の出口で振り向いてしまったオルフォイスを見て、「あの人だれ」と尋ねるという衝撃的な幕切れがくる。この詩はリルケの後期世界に向け、死の空間化というモチーフと、死を生の上位に置くという詩想において画期的な作品である。

一連の親しい人の死のなかでも、パウラ・モーダーゾーン＝ベッカーの死はリルケにとってとりわけ痛切であった。彼女への追悼を想定した「レクイエム――ある女友達のために Requiem für eine Freundin」が書かれている。が、その長篇詩では、思いがけず死者となったパウラが地上の生につよい未練を示すのに対し、詩人はパウラの死に衝撃を受けながらも、彼女をなだめ、これからはあなたの仕事は死の国に用意されているのだと説得する。しかしそう言いながらもリルケはひっきりなしに死者のパウラに話しかけ、パウラのやり残した仕事のことや、出産という宿命を負った女性芸術家の人生のことや、そこへ彼女を追い込んだ男のことなどを話題にする。彼女に呼びかける。

蝋燭の明かりの中にいらっしゃい。死者を見ることを
私は怖がらない。死者たちが来るときには、彼らは

ほかの物たちと同じように、われわれの視野のなかに
留まっている権利があるのだ。
おいでなさい。二人でしばらく静かにしていよう。
私の仕事机の上にあるこの薔薇をごらんなさい。
花のまわりの光は、あなたの上にただよう光と同じに
おぼろげではないか。薔薇はここにあるべきではないかもしれない。
私と混ざり合わず、外の庭にとどまり、枯れていくべきだったか。
でも今はここに咲いている。私の思いは薔薇にどう伝わるのか。

(RKA, I, 416f.)

この詩では死者との密なる交流が演じられている。それは、追悼の辞などでなされる一方的な呼びかけの域をはるかに超え、生と死の境界が往き来可能となっているような情景をつくり出している。「オルフォイス、オイリュディケ、ヘルメス」と「レクイエム——ある女友達のために」によって、右に見たように、リルケの詩想のなかでは、死が生につづくより高次の世界として空間化されたことが明確になった。これが後期の『悲歌』『ソネット』の世界を拓く基盤となる。

さらにもう一篇、死を主題にした作品がこの時期に完成した。『旗手クリストフ・リルケの愛と死の唄 Die Weise von Liebe und Tod des Cornets Christoph Rilke』である。この作品は一八九九年秋に初稿が書かれ、一九〇四年夏に第二稿が、そして一九〇六年に完成稿が成立して、刊行された。死が屹立するような作

品であるが、死の空間化という要素はない。ただ、この作品はリルケ文学のなかで特別な役割を担ってきたものであることは、すでに他の稿でも記した。この詩的散文の物語は、十七世紀、東方民族の圧力に対抗すべくヨーロッパ諸国が多国籍軍を編成して東に向かっていた時代のことである。ある部隊で旗手に抜擢された若い貴族クリストフ・リルケは、他国出身の戦友たちと交流を深めるが、過酷な行軍の日々ののち久しぶりの休養日の夜、遊興の果てに敵の急襲に遭い、軍旗とともにあえなく最期を遂げるというものである(34)。この作品は一九一二年に「インゼル文庫」第一号として再発行されてから驚異的な長期にわたる売れ行きを見せた。果てしない荒野の行軍、ささやかな男の友情、一夜の情熱、そしてあっけない結末と、緊張感あふれる劇的な小品で、ラジオ向け朗読作品としても一般の人気を得た。リルケといえばもっぱら『旗手（コルネット）』の作者として記憶しているドイツ人も多い。

リルケの詩業に関して、一九〇六年ごろから急に目立つようになるのが贈呈詩である。これは、すでに言及した上流社会の婦人たちとの交際が始まった時期と一致している。文学を愛好する貴族層の婦人のあいだにはリルケを信奉する読者も出てきた。富裕層ばかりではない。ヴォルプスヴェーデでの体験から、自分の話を聞いてくれる存在として、心の通じる女性たちは彼にとって大切なパートナーであった。その人たちとの交流の場で、彼は自作朗読をし、体験談を語り、手紙や詩を書き送ってコンタクトを維持した。自著を贈呈するときには、宛先人のために特別に詩を書き添えるなどのサービスをした。彼が遺した厖大な手紙や贈呈詩は、なりわいのための作業であり、同時に文学のための修業でもあった。

中世の吟遊詩人を髣髴させる希代の詩人の噂は、貴族層の婦人のあいだで急速に広まった。そのきっかけを作ったシュヴェリーン伯爵夫人は一九〇六年に亡くなるが、夫人の妹アリーチェ・フェーンドリヒがリルケを一九〇七年にカプリ島の別荘に招待した。このときの海の体験は、やはり後期の詩作につながる「カプリ体験」として、のちの研究者たちに注目されている。つづいてヴェネツィアではミミとナナ・ロマネリ姉妹と知り合う。パリでは詩人のノワイユ伯爵夫人と、やがて最高の支援者となるドゥイノの館のマリー・フォン・トゥルン・ウント・タクシス侯爵夫人 Fürstin Marie von Thurn und Taxis の交友の輪に迎えられる。ほぼ同じころインゼル書店主夫人のカタリーナ・キッペンベルク Katharina Kippenberg の信望を得る。交友の面からも経済的な面からも、当時最高の女性たちを支援者とすることができたのは、運に恵まれたばかりでなく、女性たちへのリルケの入念な配慮と敬愛の情がもたらしたものである。

この章の最後に、パリ時代の末尾に完成した『マルテの手記』に再度戻りたい。この小説の前半は、すでに前述のように、リルケ自身がパリの暮らしで体験した大都市の実存的不安と恐怖の表現によって構成されていた。それにつづいて作品の順序としては、不安と恐怖を克服する方向に進むのが妥当であり、読者には歴史の大きな見直しを期待させるところがある。しかし実際の展開は、死と愛という二つのテーマをめぐってさまざまな歴史的事件を物語りながら、きわめて内向的な思索の道に踏み込んでいる。死のテーマについては、祖父と父の死のほか、贋の皇帝ドミートリイの殺害の場面、シャルル豪胆公の哀れな最期が語られ、また死者が家族の食事の際に出現する個所の記述などが印象的であるが、ほぼ同時期に書かれていた「レクイエム――ある女友達のために」に比べると、死の空間化という切実感には乏しい。

それに比べて、相手に拒まれても愛を貫く女性たちの系譜を語るときのマルテの調子には、世にはびこる平俗な愛を乗り越えようとする意気込みが感じられる。マルテは自分の親しい叔母アベローネを、そのような人物の典型として入念に描いている。また有名なタピスリーの作品《貴婦人と一角獣》に描かれる貴婦人も、画面には現れない相手の男性にひたすら憧れる気高い女性として見ようとする意向が明らかだ。さらに歴史上の人物としては、ポルトガルの尼僧マリアナ・アルコフォラド、中世の詩人ガスパラ・スタンパ、十六世紀リヨンの詩人ルイーズ・ラベ、敬愛するゲーテに拒まれたベッティーネ・ブレンターノなどが語られている。これらの女性を語るマルテの口調には聖人の足跡を語るような調子がある。ただ、作品の悼尾を飾る放蕩息子の伝説では、愛されることを拒否する男性が語られることになる。

結局のところ、この作品でさまざまな人物の事績が語られるのは、その人物たちのためというより、マルテ自身の精神鍛錬のためである。異形の死を語り、捌け口のない女性の愛を語ることが、語り手である詩人の内面の生の充溢に資するのである。まさにこの積み上げがリルケの後期の詩世界の基盤となっていく。

7　ドゥイノからミュンヘン　混迷の歳月

パリ時代はリルケにとって自己確立の時期であり、仕事の上でも充実した成果を残し、さらなる進展への足場を残した。しかしそれにつづくドゥイノとミュンヘンを主たる生活拠点とする一九一〇年代は、試練と模索の時期となった。とはいえ、あてどなくうろついていたわけではない。『新詩集』と『マルテの手記』に代表されるパリ時代の次の段階の大きな仕事への予感は、すでに早いうちに閃いていた。しかも主要なテーマは、パリ時代後半に醸成された死の空間化と所有なき愛になるであろうことも彼なりに分かっていたはずだ。しかしそれをどのように進展させ、どのような形にまとめるかについては、まだ見当がついていなかった。その大きな仕事への予感を実現させるために、この時期リルケはさまざまな体験を積み、詩の試作を重ねていくが、最後には戦争という苛烈な現実に遭遇することになる。

この時期のリルケはまず『マルテの手記』完結後のスランプから始まったといわれているが、それは、文学を諦めて改めて医学を志すという本人の言葉ほどに思いつめたものではなかった。『マルテの手記』上梓の翌年の一九一一年には北アフリカに旅して、古代エジプト文明に触れ、その年の秋からドゥイノの館(35)に逗留して年を越し、そこで『ドゥイノの悲歌』の歌い出しの霊感を得るのである。冬、館の外の海辺の岩場を散歩しているときであった。

私が叫んだとて、天使の序列から誰が聞き届けてくれようか。
もしもひとりの天使がとつぜん私を
胸に抱き取ったとしたら、その強烈な存在のため
私は滅びてしまうだろう。

［…］
(RKA, II, 201)

これは何だろうと思いつつ、リルケは聞こえてくる詩句を書きとめ、自室に戻ってその日のうちに「第一悲歌」を、さらに約十日後に「第二悲歌」を仕上げ、なおいくつかの断片を書きつけた。これが『新詩集』のときの手仕事による彫塑的な詩から霊感の到来に頼る悲歌の作風への転換点であると見られている。しかし『新詩集』の詩も実際には想像力を活かした作風なので、その転換はむしろ、霊感を引き寄せる詩から霊感の届くのを待つ詩への転換と見るべきだろう。

悲歌風の詩への霊感を得る背景も存在していた。前述の北アフリカ旅行で経験したエジプトのルクソールなど古代文明の遺跡の印象。バルカン半島の風景を帯びるドゥイノ周辺の風景。どの街角にも死の影がうごめくヴェネツィアの雰囲気などが、新たな霊感を生むきっかけになっていたと思われる。

さて「第一悲歌」ではいきなり天使という形象が登場した。それはキリスト教の伝承のなかに出てくる天使ではなく、リルケの悲歌空間で構想されたイメージだった。リルケはのちに『悲歌』の天使の素性についてしきりに質問を受け、「イスラムの天使たちに近い」などと答えた（「フレヴィチ宛書簡」(36)）が、いずれにせよ彼独自の構想から考案された形象であり、人間存在のはかなさを際立たせるために、その対極として永遠性を担う役割が与えられている。天使は目が眩むほどの光を放ち、人間は無常の生を運命づけられている。『悲歌』はまずこの天使と人間の鮮烈なコントラストを際立たせたうえで、天使にいくらかでも近づけるように人間のあり方を考え、人間存在ならではの意味を探索しようというものである。そこでとりあえず提示されるのが「要請」という概念である。人間はそれ自体はかない存在であるけれども、世界のなかでさまざまな頼みを受け、それを果たしているのではないか、というのである。その趣旨にもとづいて愛と死のテーマが展開される。すでにパリ時代後半において扱われていた二つのテーマである。愛については、相手を乗り越えて愛を大きく育てていく女性たちのことが讃仰される。『マルテの手記』にも出てきたガスパラ・スタンパの名が代表として挙げられている。死については、「若い死者たち」――すなわち早世した男たちのことがうたわれる。早世すると、人は消費されなかった生を内に蓄えると、リルケは考える。愛の女性たちも、早世の男性たちも、詩人から見れば、生のエネルギーを内面に引き込んで、噴出する。これが詩の源泉となる。「第一悲歌」の最終連では、ギリシャ神話に出てくる果敢な若き死者リノスの例を引きながら、早世して詩の世界の華となる者たちのことがうたわれる。

結局のところ彼らは私たちを必要としない、早世した人たちは。
彼らは現世の習わしからゆっくり離れていく、乳幼児が
母親の胸から次第に離れて育っていくように。けれども私たちは、
悲しみからしばしば聖なる進展が起こる大いなる秘密を
必要とする私たちは、死者たちなしでいられようか。
かつてリノスをめぐる悲嘆のなかで、乾いた荒涼の空気を

敢然とした最初の音楽が貫流したという伝説は無意味なことだろうか。
ほとんど神のような若者がとつぜん永遠に立ち去って行き、
唖然とした人々の場に生じた空虚な空間が、あの
振動にと変わり、それが私たちをいま魅惑し、慰藉し、助けている。

(RKA, II, 203f.)

ここで語られている音楽誕生の伝説は、リルケが脚色しているようだが、その要点は、若い人の死は人々の心を激しく揺さぶるというところから、音楽という生のエネルギーが噴出するメカニズムが強調されている点である。相手を超える愛もまた、そこから熱烈な愛の詩が生まれてくることがあるとすれば、やはり生のエネルギーの発揚が見られる。その意味では、死も愛も、リルケにとっては、生を集中させることで人間存在の強度を高めることになる。ただ、若い死者は長い生の享受を、相手を超える愛は恋の成就を犠牲にしているところにやはり問題がある。

「第一悲歌」において強められた愛と死という方向に勢いがつきすぎたことが気になったからであろうか、「第二悲歌」では詩人は改めて人間存在のはかなさをうたっていく。例外的な内部充実の愛ではなく、普通の男女に見られる、真の結びつきには到らない愛の空しさがうたわれる。しかし終盤の個所では、一つの愛のあり方として、むやみに相手を求め合うのではなく、節度をもって相手を慈しむといった態度が称揚される。それをリルケはかつてアッチカの石碑で見た人物群像の姿を思い出しながら表現する。

アッチカの石標に彫塑された男女の控えめな態度は
君たちを感嘆させなかったか。そこでは愛と別れが
じつに軽やかに互いの肩に置かれていて、まるで私たちの
場合とは違う素材で出来ているかのようではないか。
あの手を想い起こそう。それは圧迫しないで安らかに置かれ、
他方、胴体のほうには力がこもっていた。
この慎み深い人たちには分かっていたのだ、ここまでで留めるべきだ、
このような触れ合い方こそが私たちのあり方だと。神々は
もっと強く私たちを突っ張る。ただそれは神々ならではのあり方だ。

(RKA, II, 207)

ここでは古代ギリシャの男女の慎ましい愛の姿勢が称えられていて、「第一悲歌」における、相手を乗り越える女性の漲る愛とは対照的であるが、しかし慎ましさだけで人間存在の問題が解決するはずはない。それに「第一悲歌」のリノスにしろ、このアッチカの石碑にしろ、古代から伝来の材料に頼りすぎている。リルケとしては、なるべく人間存在一般の問題として詩想を進めたいという思いもあったのであろう、ここで『悲歌』の仕事を中断する。その後一九一三年には「第三悲歌」、一九一五年には「第四悲歌」が成立するが、『悲歌』全体の完成に、始めてから十年の年月を要するとは、リルケ自身も予想していなかった。もちろんその間に、詩想の進展を助ける体験もあった。以下、その間のリルケの動静を

追いながら、おそらく彼の生涯で最も苦しかった時期のことを順に述べていきたい。

ドゥイノは『悲歌』を育んだ地点のように聞こえるけれども、必ずしもそうではない。この地名がタクシス侯爵夫人の豊かな包容力の換喩である限りにおいては、その通りであるが、当時のドゥイノの館は人の出入りが烈しく、孤独を守りたいリルケに適した住まいではなかった。彼には離れのような居室が用意されていたが、そこに引きこもっていればよいものでもなかった。

統括範囲の広い女主人はドゥイノのほか、パリ、ヴェネツィア、ラウツィン（ボヘミア）に居宅をもっていたので、ドゥイノに現われても、数日後には出立するという状態であった。ダンテの『新生』を二人で独訳するという魅力的な時間をもつことはできたが、それもなかなか続かなかった。ドゥイノの館逗留者のなかにはルドルフ・カスナー Rudolf Kassner のような気の合う話し相手もおり、彼も興味を引かれる降霊会も催されたが、落ち着いて滞在できる場所ではなかった。結局各地を転々とする暮らしが続いた。

そこに絡んでくるのは妻と娘の問題であった。娘ルートはすでに基礎教育四年を了えて進学の時期を迎え、妻の実家に預けっ放しにはできなくなっていたが、彼も妻クララも娘を引き取るのを望まなかった。クララは夫婦双方のために離婚したほうがよいと決心し、リルケに提案した。リルケもそれに応じて手続きに入ったものの、リルケは結婚式直前にブレーメンでカトリック教会から離脱したつもりだったのに、それが原簿に記載されていないことが判明、そのためにリルケは離婚ができないという通知がドゥイノに届いた。しかもその決定的な通知が届いたのは、まさにリルケが霊感を得て『悲歌』の筆を下ろした日であった。彼は落ち着いてその通知を処理したうえで、「第一悲歌」を書き上げた、と伝えられる(37)。リルケはルートを、彼の支援者であるシドニー・ナートヘルニーに預けようとしたが断られ、結局別の知人エーファ・カッシーラーの紹介で、ミュンヘンの進歩的な寄宿学校オーデンヴァルト・シューレに編入学させることができ、とりわけミュンヘンにアトリエを構えるクララには好都合であった。リルケも週末には家族と過ごす習わしがしばらく生じた。ただ平日にはけっして会わないという不文律は守られていた。法律上離婚は不可能となったが、気持ちの上では夫婦関係は解消されていた。前述のシドニー・ナートヘルニー・フォン・ボルティン Sidonie Nádherný von Borutin は、ボヘミヤの城館に居住する人だが、多くの日々ミュンヘンに暮らしていて、リルケもクララも支援を受けていた。

ドゥイノの館での降霊会で、居合わせた女性からリルケは、「トレドに着いたら、橋の下に行って」などと具体的な要請を受け、もともと彼はグレコとアラビア風のスペインの都市に関心をもっていたので、一九一二年の秋から翌年にかけてスペインに旅行することになる。トレドに一か月滞在したあと、寒さを避けたい事情もあって、コルドヴァ、セヴィラ、ロンダと回った。とりわけトレドで、リルケはこの地独特の風景から強烈な印象を受けた。「狭くて深い渓谷が中央を走る二つの切り立った岩地の上に積み上げられた都市［…］、この市街地全体を広汎な平地がめぐっていて、そこには耕地やカシやオリーブの木が散在しています。その上にはまた、ゆったりとした感じで峨々とした山岳が立ち上がっています。山また山が連なり、崇高な遠方が作られています」と、タクシス侯爵夫人宛の手紙（一九一二年十二月十七日付）のなかで報告している。リルケは自らの従来の生活圏とは大きく異なる風景を、エジプトにつづいてスペインに発見している。それに重ねて彼が強く感じているのは、この地を占めるイスラム教的な要素である。「コルドヴァ以来私は狂暴なまでに反キリスト教的になっています。わたしはコーランを読んでいます。ところどころでそれは、私の声のようになり、わたしはまるでパイプオルガンの内部で力いっぱい吹きまくる風のようになります」と、同じ手紙のなかで書いている。「コルドヴァ以来」というのは、その直前まで滞在したトレドの印象を受けてということである。エル・グレコとアラビア的文化要素と反キリスト教的想念はリルケがスペインにおいて感受した主要な潮流である。こうしてやがて「スペイン三部作 Die spanische Trilogie」が制作される。

ごらん、たった今まで存在した星を
乱暴に隠してしまうあの雲から……（それと私から）
今は夜を、ある時間のあいだ夜風をもつ
むこうの山地から……（それと私から）
破れた空の隙間からくる輝きを受け取る
谷間のこの川から……（それと私から）
私とこれらすべてから、たった一つの
物を作ること、主よ、私と、それから、
囲いに収まった羊の群れが、世界がもはや

存在しないことを大きく暗く、息を吐きつつ
受けとめるときの感情から——私と、多くの家屋の
暗闇に灯る一つ一つの明りから、主よ、
一つの物を作ること、私は唯一者を知らないから、主よ、
見知らぬ者たちと私とさらに私を重ねて
一つの物を作ること、ホスピツに眠り、
偉ぶった咳をする見知らぬ老人たちから、見知らぬ人の胸で
眠りこけている子供たちから、大勢の得体の知れぬ
人たちから、それにいつも私から、ほかならぬ私と
私が知らないものから物を作ること、主よ、主よ、主よ、
流星のように、飛翔の総計だけをその重量に集約し、
到着の重さのみを加える
現世的地上的な物を作ること。

(RKA, II, 42f.、註＝太字箇所は本文イタリック)

ここではトレドで見た風景が展開されているが、とりわけ夜の空間や、非在の世界、流星のような現象といった、異次元の空間を思わせるものの指摘が際立ち、それがつねに詩人の自我と融合しつつ新たな物を生み出すことを志向している。しかも個々の個所で言う「物」は『新詩集』時代の物とはかなり

違って、形而上的なイメージをめざしているように思える。これらのことは、個々の点景を散りばめた上で大きな風景を浮かび上がらせる手法とともに、『悲歌』の世界の準備としても有効な試みであった。

このように『悲歌』中断中に、『悲歌』を書き進めるための推進力となるような詩作がなされたが、スペイン旅行はその重要なきっかけになった。パリへ戻ってから書いた「大きな夜 Die große Nacht」もトレドの印象をもとにして書かれている。

［…］いくつもの塔が
いかつく聳え、運命に背を向けられた町が
私を取り囲み、素性の知れぬ山々が
私に冷たく立ち向かい、近づいていった環境では、
私の感情の偶然のちらつきを、挑むような
よそよそしさが囲んだ。高き町よ、おまえが私を知っていたのは
おまえにとって恥ではなかった。おまえの息は
私の上を流れ、厳かに広く配られたおまえの
微笑は、私の中に入ってきた。

(RKA, II, 91)

詩人にとって異質な風土が、夜の空間において、葛藤を繰り返しながらも、ようやく融合の気配を見

せるプロセスをうたっている。「夜に寄せる詩」という題でリルケはこの時期いくつもの作品を残しているが、いずれも未知の厳かな空間へ入り込もうとする試みである。

一方この時期には愛をテーマにした、「真珠玉が散る」や「おまえ、予め失われている恋人」のような詩も書かれている。両者のあいだで愛についての構図がかなり違っているが、どちらの場合も壮大な風景に見合う女性が思い描かれる。「真珠が散る Perlen entrollen」では、留め糸が千切れてほどけたネックレスに恋人を見立てて、その到来をひたすらに望む。この詩の中枢の部分を次に示そう。

ひたすらにおまえが欲しい。舗道のみじめな裂け目が
草の芽生えを感ずるときには、春全体を、見よ、
この大地の春を望まずにいられようか。
月は、自分の姿を村の池に映すためには、
別の天体の大きな現われが必要ではないか。
いっぱいの未来が、全数の時間が、われわれに
向かって動いてくるのでなければ、ごく微細なことでも
どうして起こることができようか。

(RKA, II, 39)

舗道の裂け目も、草の芽生えを通して春全体の展開を願望する。月が地上の小さな池に映るためには

太陽の存在が必要になってくる。未来を呼び寄せるためには、ほんのわずかでもきっかけが必要である。詩人としては、全身全霊で恋人に憧れながら、現前するのは春全体であり、別の天体であり、未来いっぱいである。恋人を壮麗な風景になぞらえながら、その出現を待つ。ここで想定されている女性は、リルケが憧れていた大女優エレオノーラ・ドゥーゼのような人であると想定される。

詩「おまえ、予め失われている恋人 Du, im Voraus verlorene Geliebte」は、うたい出しからすでに、恋人の代わりに風景の展開がある。

［…］
未来の景色が打ち寄せても、私はもうそこに
おまえを見分けようとはしない。私のなかの
大きな形象のすべて、遠方の地で知った風景、
都市や塔や橋や、道の
思いがけない曲がり、それからかつては
神々も交じり合った国々の壮大さ、
それらが私のなかで高まって、遠のく人よ
おまえを暗示しているのだ。

（RKA, II, 89）

この詩では恋人は前面に出てこないが、女性の存在が隠し味のようになっていて、遠い国の異色の風景がいきいきと詩人の内面に訴えかけてくる。「予め失われている」というあり方に恋人の存在の大きさが感じられる。ここでは『マルテの手記』の後半で描かれた愛に生きる女たちのイメージが浮かんでくる。このように愛と風景との関わりを表現したうえで、よく知られた「転向」という詩が書かれることになる。ここでは、見るという行為によって世界を把握してきたが、「見るということには限界がある。／見られた世界は／愛のなかで栄えたいと思う」という前置きにつづいてこの詩のメインの最終連がくる。

目の仕事は終わった。
今や心の仕事をなせ、そうして
おまえの内部において捉えた形象たちを
活かせばよいのだ。おまえは形象たちを
自由にできる。でもおまえは彼らのことを分かっていない。
内部に生きる男よ、おまえの内なる少女を見るがよい、
あまたの自然のなかから獲得された、この
やっと獲得されたばかりの、
まだけっして愛されていない少女を。

(RKA, II, 102)

「目の仕事は終わった。／今や心の仕事をなせ、」という謳い文句めいた言葉を多くの人は、『新詩集』における目の仕事、すなわち観察によって対象をリアルに構築する手法から、想像力を駆使する形而上的な詩へと進展しつつあるのだと受け取る。しかし『新詩集』の詩作について私たちはすでに、観察によるリアルな把握を超えて、むしろ想像力を駆使した詩法が目立つことを確認している。「転向」をあえてこの時期のリルケ自身に結びつけるなら、むしろ事物重視から空間重視への転向ということになるのではないか。風景を描きながら恋人をよび出そうとしたり、女性の形姿を遠くに思いつつなつかしい風景を現前させるのは、大きな空間のなかで形象を活動させる、空間の詩作ということになるであろう。しかし事物のイメージから離脱するわけではない。具体的なものを起点にして空間が開かれるからである。そのような機能を帯びた具体的なものはもはや事物ではなく、形象と呼ばれる。天使も形象、恋をする女も形象である。「転向」では形象にはBildという一般的な語が用いられているが、空間を開くものとして、リルケはやがてFigurという語を当てるようになる。空間への照応の効力を示したいがためである(しかし訳語としては本稿では「形象」一本で通すことにしたい。微妙な差異を明確に伝える訳語は見当たらないからである)。なかでも愛の要素、女性像の働きは格別である。リルケの場合、複数の女性を配合して純粋な女性像を形成する傾向がある。その女性像が、空間を開くきっかけをなしたり、空間の背後に潜んでいたりする。

以上のような一連の詩作のあとに、「世界内面空間」という造語が出てくることで知られている詩「ほとんどすべての物から感受へと合図がくるEs wirkt zu Fühlung fast aus allen Dingen」が成立する。その有名な第四連は次の通りである。

あらゆる存在を貫いて**一つの**空間がゆきわたる、
世界内面空間である。鳥たちは静かに
私たちを貫いて飛ぶ。おお、成長しようとしている私、
その私が外部を見る。すると私の**内部**に樹木が育つ。

（RKA, II, 113、註＝太字箇所は本文イタリック）

樹木の姿を見たり、鳥の声を聞いたりすれば、それは内面空間の形象となる。記憶や想像によって生まれたものは外部空間の形象に投影される。このような精神活動によって外部と内部がつながるから、世界内面空間があるはずだという。おそらくわれわれは世界内面空間の中につねに存在しているが、そのことに気がつかない。外界の樹木の姿を心のうちに認識しても、普段はその空間の存在を感知するのを要しない。しかし外と内とのつながりを強く意識するとき、世界内面空間が意識される。とりわけ内面は精神活動の基盤であり、すべての発想の起点となるが、ここで注意すべきは、これは個人の閉鎖的な内面ではなくて、基本的には人々に共通の内面が考えられている。すなわちリルケの内面イメージは間主観的なものであるといえよう。そして内面は過去、現在、未来という時間的広がりを含んでいることも知らねばならない。

次の詩「心の山の上にさらされて Ausgesetzt auf den Bergen des Herzens」では、その内面空間の展望が示

される。

心の山の上にさらされて、ほら、あそこになんと小さく、
ほら、言葉の最後の村落がある。そこより高いところ、
でもやはりなんと小さく、感情の
最後の農場がある。分かるだろうか。
心の山の上にさらされて。両手の下には
岩の地面。ここにもおそらく
いくらかの花が咲く。もの言わぬ絶壁から
無垢な草花が歌いながら咲いて出る。
けれどももの知る者は？　ああ　知り始めて、
いま沈黙する者は、心の山の上にさらされて。
おそらく、健やかな意識をもって、いくらかの動物たちが、
山でも確かに生きていける動物たちが
往き交い、とどまる。身の安全な大きな鳥が
山の頂きの純粋な拒絶をめぐって輪を描く。けれども
ここ、心の山の上に投げ出されている者は……

(RKA, II, 115f.)

人間は「心の山の上にさらされて」立ち、内面空間の広がり、その各段階と限界を眺めわたしている。ここでは人間の内面の働きについて詩人はきびしい見方をしている。言語の活動範囲を低く見ているのは、詩人として謙虚な姿勢を見せているのであろうが、動物や鳥の住む高みに人間は踏み込めないというのは、事実の認識だろう。世界内面空間のなかにあっても、人間がはかない存在であることには変わりがないのである。しかし空間の意識をもって、『ドゥイノの悲歌』の提示した問題に答を出していく準備は徐々に整っているようである。

一方、詩の表現形式としては、クロップシュトック(38)、ゲーテ(39)、ヘルダーリン(40)ら、ドイツ古典派の詩人たちが活用していた古代ギリシャ伝来の悲歌形式をリルケは百年ぶりに本格的に取り上げる。しかし近代の詩感覚には一行が長すぎる悲歌形式の詩句を適宜切り詰めて、荘重感と緊迫感を合わせて展開する近代風の悲歌をめざした。「心の山の上にさらされて」の一行目は古典的悲歌形式に則ったヘクサメター(41)でできているが、それにつづく詩句は、多かれ少なかれ詩句が切り詰められて、山を登りながらの眺望の変化がうたわれる。実際リルケはこの時期になると、右に挙げた三人の古典詩人の詩を読み込んでおり、「ヘルダーリンに」という詩なども書いている。このようなドイツ詩の伝統への回帰志向も『悲歌』制作への刺激となったが、「第三悲歌」と「第四悲歌」の成立はあったものの、そのあと大きな世界的障害に阻まれてしまった。第一次世界大戦である。

大戦勃発のとき、リルケはミュンヘンにいた。新しい時代が始まったという見方からくる心の躍動を、リルケも市民たちと共有したが、すぐにそこから離脱し、戦争に関わるなんらかの準備に忙しい人たちとのあいだに距離を感じながら、取り残されている自分を見つめた。そんな想いのなかで「五つの歌 Fünf Gesänge」を書いた。そこでは「戦いの神」がうたわれる。長くヨーロッパを支配した平和の神を押しのけて君臨しようとする戦いの神は、荒っぽい性格のようではあるが、ことによると新鮮な衝動をもたらしてくれるのか。そんな問いをもって詩人はうたい進む。その第三歌では、立ち上がった神に対応して、われわれ人間はどうするかと問う。

いまこそ神は立ち上がった。高く立つ、
林立する塔よりも高く、われわれの普段の一日に吸う
大気の層よりも高いところに
立っている、周囲を睥睨して。そしてわれわれは？
われわれは一体となって燃えさかる。神によって
死を通して再生される新しい生き物となる。
そうなると、この私個人はもはや存在しない。共同の心臓から
私の心臓も鼓動を打つ。共同の口が
私の口を開かせる。

けれども、夜には、船の警笛のように、
私のなかで問いが唸り声を上げる、道を尋ねる唸りだ。
上のほうから肩越しに神には道が見えるのか。神は、
われわれを長い間探していた格闘する未来の灯台となって
燃えているのか。神は全知でありうるか、この烈しい神は、
この神はすべての知を、われわれが長い時間をかけて、大切に、
秘密裡に入手した知をすべて壊してしまうというのに。
今や家々は、神の聖堂の廃墟となって散らばっている。立ち上がり
神は彼の聖堂を嘲って突きとばした、そして天の奥深くに立っている。

(RKA, II, 108)

戦争に神を見るという発想自体、今日の感覚からすれば、あまりにも古ぼけと言わざるを得ないが、その前の四十年間ヨーロッパにはほとんど戦争がなかったことから、当時の人々はそこに大きな転換を期待した。現代の戦争の何たるかを人々は知らなかったからだ。リルケは、神が「未来の灯台」となるか、「聖堂の廃墟」をもたらすかは分からないと、疑問を投げかけている。そして戦争が進行するにつれて、疑惑が強まっていく。この詩は一九一四年八月に書かれて、すぐに発表されたが、同年十一月には『五つの詩』に触れて、「私には戦争というものがまったく見えなくなりました。戦争は災厄の霊であり、各国の国民の頭上にいるのは一人の神ではなく、神の暴虐であります」(フォン・デァ・ハイト宛一九一四年十

一月六日）と書いている。

やがて戦争が彼の身に直接関わってくる。一九一五年に軍からの要請で身体検査を受け、その翌年にはオーストリア陸軍の召集に応じて、一旦はオーストリア国防軍のウィーン兵舎に入営したが、再検査の結果、ウィーンの戦争資料館勤務に転じた。その後、軍務が解かれるよう嘆願し、タクシス侯爵夫人はじめ有力文化人たちも協力してくれた結果、同年六月末にそれが実現した。

軍務を離れてからは、ウィーン、ミュンヘンに留まり、戦争中ゆえに旅の自由も駆使できず、詩作は著しく停滞した。その間にも彼に刺激を与えてくれるのは女性たちとの交際であった。開戦前の時期にはピアニストのマグダ・フォン・ハッティングベルク Magda von Hattingberg（愛称ベンヴェヌータ）との交際がある。『神様の話』を読んで感動したという彼女のファンレターから始まって熱っぽい手紙のやり取りがあったのちに、ベルリンで初めて出会った。彼女は自分の師である作曲家ブゾーニにリルケを紹介するなどして、リルケが音楽に対する認識を深めることに努めはするが、出会い後まもなくリルケの気持ちは彼女から離れてゆく。

ルル・アルベール＝ラザール Loulou Albert-Lazard（愛称ルル）は偶然の出会いから親しくなった画家で、リルケの詩に夢中であった。三十歳も年上の化学者の夫がいたが、ミュンヘンでリルケと同棲を始め、関係はほとんど戦争の間中続いた。リルケも彼女の画才を認めており、事実彼女の描いたリルケの肖像画は出来がいい。しかし彼女が離婚した上で三歳の子を連れてリルケとの結婚を希望し始めると、彼は次第に遠ざかるようになる。

作家レギーナ・ウルマン Regina Ullmann とは一九一一年、彼女がカトリックに入信した直後に知り合う。リルケは作家の先輩として熱心に教会から離脱するように勧め、やがてそれが実行される。その後の彼女の仕事ぶりを見て、リルケはインゼル書店に推薦する。二人の交友関係は長くつづき、一九二七年のリルケ葬儀の折にも彼女は参列していたという。

ヘルタ・ケーニヒ Hertha Koenig は、祖父が製糖事業で築いた巨万の富を受け継ぎ、ヴェストファーレンのベッケルに広大な領地を営み、ミュンヘンにも大きな邸宅を所有していた。リルケとはベルリンのフィッシャー書店主の邸宅でのパーティーで知り合った。彼女は文学・芸術に関心があり、自ら詩作を試みていたが、リルケとは冷静な交際を保った。リルケはミュンヘンの邸宅を訪れたり、ルルを連れてベッケルの領地に滞在させてもらったりした。あるときミュンヘンの画廊にピカソの名画《大道芸人たち》があるのを知り、彼女に購入を勧めた。購入後は、見張り役を兼ねてミュンヘンの邸宅にしばらく居候をした。

以上の女性たちとはまったく別の意味をもつもう一人の女性と一九一七年に交際の機会をもつ。ゾフィー・リープクネヒト Sophie Liebknecht、革命の指導者カール・リープクネヒトの夫人である。ローザ・ルクセンブルクと親しく、ローザの有名な『獄中からの手紙』の宛名人である。夫と親友が獄中にある間、一九一七年六月にはミュンヘン近郊の景勝地キーム湖にしばらく滞在することになった。ところが時を同じくしてリルケも妻と娘を連れてキーム湖にやってくる。キーム湖には男島と女島という二つの島があり、男島にはルートヴィヒ二世が建てた宮殿があり、小ぶりの女島のほうには女子修道院がある。

リルケは妻と娘には女島に宿をとらせ、自分は男島のほうに宿泊した。そこにゾフィーが逗留していたのである。二人が同じホテルで過ごしたのは十日間ほどであるが、ロシア生まれのゾフィーとリルケはすぐに親しくなり、ときどき語らいの時をもった。話題は戦争の行方のことや革命運動にも及んだはずである。ゾフィーのほうが先にその地を去ったが、そのあともしばらく文通が続き、また一度はベルリンで落ち合って、一緒に美術館を訪ねたこともある。

ゾフィーがキーム湖を去ってすぐ、彼女からお菓子の包みが届き、翌日には手紙が届いた。リルケはさっそく懇ろな手紙(一九一七年六月二十二日付)を書いている。

昨日お菓子の包みが届きました。ありがとう存じます。なかにお手紙を探しましたが、それは今朝届きました。この日々を振り返ってのあなたのお言葉に幾重にも感謝致します。私にとりましても、男島での時間は、思いがけず全身全霊を注ぎ込んで考えを交わし合う感動に恵まれたものでした。私はご一緒の時間、本来の自分自身になっていましたし、自分が元気を取り戻したのは、ゾフィー・ボリソウナさん、それはあなたの力、あなたの純粋な活力、あなたの喜びの心のおかげだったということはよく分かっています。自分のすばらしい思い出を、そして今の時局のせいで萎縮し衰えていた自分の心の本来の感じ方を私は呼び戻しました。

[…]

ゾフィー・ボリソウナさん、意気の合った話し合いのなかで、世界は再び全体の姿を、健やかな、開かれた姿を見せました。それが私たちをあれほどに充実させ、ご一緒の日々と夜々をいきいきとして意義あるものにしました。あたかも流れ星がゆっくりとした純粋な弧を描きながら地球全体を私たちに見せてくれたような気がしませんでしたか。しかもそれは、私たちが公園のとても高い木々のなす暗闇から抜け出して、たった今開かれたばかりの新しいページを見るように夜空を見上げたあの一番大切な瞬間に起きたのではありませんか。そのことはよく憶えておきましょう。

相手への想いが高揚しているとき、リルケの手紙の語調が誇張気味になることは分かっているが、その分を差し引いても、ゾフィーとの語らいが戦争で落ち込んでいるリルケを、ほかの誰にもできないほどに元気づけたことは間違いないようだ。いや、それればかりでなく、戦争の背景となっている列強の利害の対立、それを乗り越えるべき社会主義の未来についても熱心に語り会ったことが想像できる。もともとリルケは世に存在する貧困の問題を深く胸に刻みつけている人間だった。プラハでの青年時代には、土着の人々の抑圧された暮らしに目を向けていたし、のちにロシア各地でも、さらにはパリの街頭でも貧しい人々の姿を心に受けとめていた。しかしその際のリルケは、貧しい人々の心の清廉さを信じ、その存在そのものを自らの作品に取り上げていた。貧困をなくすために社会の変革を唱える運動があることもリルケはもちろん知っていたであろうが、自分はそれに参画する立場にはないと考えていた。しかし戦争が深刻化する一九一七年という時点にあって、ゾフィー・リープクネヒトという、政治思想にも世界情勢にも通じている女性から社会の現状についての見方を教えられると、リルケは「我に帰った」

という思いがしたのである。しかしリルケは一方的に彼女の話を聞いていたわけではない。後日のゾフィーの手紙（一九一七年八月十八日付）によれば、彼は彼女のためにいくつもの詩を朗読し、また自筆で筆写して贈った。ゾフィーはもともと芸術や文学に理解のある人であり、「ラザロの復活」という詩がとりわけすばらしかった、などと書いている(42)。

リルケとゾフィーは互いに相手の分野を尊重しながら、それぞれ知識を深め合った。キーム湖滞在のあともしばらく文通があり、ベルリンでの一日の出会いはあったが、その後はリルケの熱心な再会希望にもかかわらず、ついにその機会は訪れずに終わる。いつものリルケと女性との交わり方からすれば、立場がちょうど逆になったように見える。しかしゾフィーとすれば、ロシア革命が始まり、夫カールと親友ローザの身の上がいよいよ危うくなるにつれ、リルケの姿が次第に遠のいていくのも致し方ないところだったであろう。リルケにとっても、新しい女性が目の前に出現していた。クレール・シュトゥーダー、のちのクレール・ゴルである。彼女はミュンヘンでも革命勃発の気配があると聞いて、スイスからやってきた。ミュンヘンに着くとすぐにリルケと連絡を取った。彼女は晩年に書いた自伝で、リルケとすぐに親しい関係になったと書いているそうであるが(43)、彼女の言うことは当てにならない。リルケも革命に関心をもっていたが、一方でリルケは、大戦中、詩作が進まない代わり、幅広い思想的渉猟をしていた。トラークルやヴェルフェルなど表現派の詩に関心を示していたし、さらにバッハオーフェンの母権論やアルフレート・シューラーの古代ローマ文化論も熱心に勉強していた。とくにシューラーの講演を聴いて、生はかりそめの命、死こそ唯一の本質的存在とする主張に深い関心を寄せていた。

やがて大戦終結のプロセスが目の前で展開することになるが、引き続いてベルリンやミュンヘンなどで革命勢力と反革命勢力との激しい抗争が起こる。リルケは独りでミュンヘンの革命派集会におけるマックス・ウェーバーや詩人エーリヒ・ミューザーム、それに帰還兵士の演説を聞きに出かけた。当地の国民劇場での革命集会にも参加して、参加者全員と平和賛歌を歌って愉快そうだったとも伝えられる。これらのリルケの行動はゾフィー・リープクネヒトとの語らいとつながっているものであろう。またその間にベルリンで起こったカール・リープクネヒトとローザ・ルクセンブルクに対する反革命派の惨殺事件も彼の心を震撼させたことであろう。かつてのヴォルプスヴェーデの盟友ハインリヒ・フォーゲラーが革命運動に転身したとの報もリルケの心を動かしたのではないか。

ミュンヘンの革命運動の中核となったバイエルン労農評議会を率いるのは、リルケの信頼する作家クルト・アイスナーであり、さらにエルンスト・トラー、アルフレート・クレラ、オスカー・マリア・グラーフなど有数の文学者も参加していた。リルケは実動隊には加わらなかったが、アインミラー通りの彼のアパートの部屋は一時グループの連絡場所となっていた。しかし反革命勢力が市を制圧し始めると、まず中心人物のアイスナーが暗殺され、やがてトラーもグラーフも逮捕され、革命勢力は崩壊する。リルケのアパートも革命側のアジトであった疑いがあるという理由で、二度にわたってきびしい家宅捜索を受ける。朝五時に、銃と軍用長靴をひけらかした軍人が押し込んできた。しかし革命資料となるような書類は見当たらなかったからだろう、捜索はこれで終わった。

しかし政治から、そしてドイツから出てゆく決心をつけるにはこれで十分であった。かねてスイスの著名な文学愛好会から講演旅行の招待が届いていた。それに応じる形でドイツを出ることにした。ところがそれが容易なことではなかった。まずオーストリアの国制が変化したため、手持ちのパスポートが無効になっていた。あわてて新生チェコスロヴァキア共和国との通信を図ったが、新しい国の代表部はまだミュンヘンに出来ていなかった。とりあえず十日間のスイス滞在の申請によりなんとか国境を通してもらうことにして荷物をまとめた。最後の夜は、その間に親しくなった若い女優のエリア・マリア・ネヴァールと一緒だった。また戻ってくるからと、住居もそのままに、後の事は彼女に託した。ネヴァールは誠実な女性で、その後もスイスのリルケに手紙を送り、最期まで彼の身を案じつづけていた(44)。

一九一九年六月十一日、リルケはミュンヘンを出立し、スイスへ渡るためボーデン湖畔のリンダウに向かった。列車のなかでミュンヘンの有名劇場「カムマーシュピーレ」の女優アンネマリー・ザイデルに出会った。困りきった場面で、頼りになる女性が現われるのは、リルケの女性遍歴の実績によるものである。彼女はリンダウの管区長と知合いだったので、リンダウに着くとその管区長に掛け合い、リルケのために出国に必要な書類を作成してもらった。リルケは管区長に『旗手クリストフ・リルケ』をお礼に献上し、ボーデン湖を渡ってスイスに向かう汽船に乗ることができた。無事スイスに上陸すると、今度は列車でチューリヒに向かう間にはカバレットの女性歌手アルベルティーナ・カッサーニ＝ベーマーと知り合いになった。その後しばらく文通が交わされたところをみると、リルケにとって好ましい交際だったのだろう。リルケは女たちの助けを得て、やっと目的地に到達することができた(45)。

スイスに入国した目的は講演旅行に招かれたからということであったが、具体的なことは何ら決まっていなかった。とりあえずチューリヒに赴き、招待側のホッティンゲン文学愛好会(46)の代表者と会って打ち合わせをし、一連の各地講演会は十月末から行なわれることが決定した。そこでリルケはそれまでの四か月、スイス各地を旅して廻ることになる。ジュネーヴでは以前パリで知り合った画家のバラディーヌ・クロソフスカと旧交を温める。エンガディーンでは『マルテの手記』のデンマーク語訳者インガ・ユングハンスとその夫を訪問、グラウビュンデン州のソリオでは、かつて長く日本に滞在したことのあるグーディ・ネルケ夫人とその家族と知り合い、彼女の人脈によって滞在許可の延長にも成功した。

講演会は一九一九年十月二十七日のチューリヒを皮切りに各地で開催され、好評であった。朗読作品の選択も日によって趣向を変え、また、ザンクト・ガレンではその地出身の詩人レギーナ・ウルマン(47)を褒め上げ、バーゼルではバッハオーフェンのことに触れ、ヴィンタートゥーアでは当地の資産家で美術収集家のラインハルト家を意識してセザンヌについての話を挟むなど、プログラムにも工夫を凝らした。結果として支援者も増え、なかでも資産家ヴェルナー・ラインハルト Werner Reinhart がこのとき以来スイスでのリルケのメセナとなり、その従姉のナニー・ヴンダーリ＝フォルカルト夫人 Nanny Wunderly=Volkart（愛称ニケ、以下ヴンダーリ夫人と記す）は、実質的にリルケのマネージャーとしてつねに彼の便宜を図り、リルケが死に至るまで全幅の信頼をよせる女性となる。

講演旅行の成功により土地への親しみも増し、確かな人間関係も得られたので、リルケはスイスに長く留まって、念願の『悲歌』を完成したいと思うようになった。そのうえ前述のバラディーヌ・クロソフスカ Baladine Klossowska（愛称メルリーヌあるいはムーキー、以下バラディーヌと記す）とはパリのなつかしい思い出を共有する仲であることから、会話も文通もフランス語によることを申し合わせ、やがて昵懇の間柄になった。彼女はリルケを幼名のルネで呼び、リルケも自らルネと署名しているが、これは破格のことで、親密な交際ぶりが知れる。さらに彼女の二人の利発な息子、とりわけ下のバルテュス Balthusz(48)をリルケはかわいがっていた。

スイスに長期滞在するとなると、落ち着いて仕事のできる住居が必要となる。そこでヴンダーリ夫人は、チューリヒ州イルヘルのベルク Berg の館に住む友人が冬の期間だけ家を空けるので、どなたかに住んでもらいたいと希望しているという話をリルケに持ってきた。じつは同じ時期にバラディーヌも自分の住むジュネーヴ市内にリルケのための住まいを見定めていたのであるが、ベルクの館のほうは家政婦も用意されているというので、リルケはそちらを選んだ。バラディーヌから離れ難い気持ちもあったが、例によってときに女性から離れて孤独な集中の時間をもつことも願っていたので、リルケは一九二〇年の十一月から翌年の五月までベルクの館に独りで暮らすことを選択する。入居してすぐ、十一歳のバルテュスが描いた四十枚の絵物語『ミツ Mitsou』のために、フランス語で序文を書いた。さらに冬の夜、リルケが暖炉の前に座って読書をしているとき、ふと気がつくと向かいに一人の紳士が座っていて、いきなり詩の暗誦を始めたのだが、リルケはとっさにそれが十八世紀に建てられたこの城館のかつての居住者で、C・W伯という名であることを感得し、その紳士の朗誦する詩を急いで書き取る。その後も何度か現われて、リルケに詩の口述をしたという。こうして一九二〇年十一月末の三日間で十一篇、翌年三月に十篇が書かれた。
リルケはこれらの詩を、ヴンダーリ夫人、キッペンベルク夫妻、タクシス侯爵夫人の三者には筆写ないしコピーを送っているが、自分自身の作品ではないからとして、出版を認めなかった。結局第二次大戦後の一九五〇年に『C・W伯の遺稿から』と題してリルケの作品として刊行された。エジプト旅行の思い出にもとづく次の詩（第一部七番）だけは生前に発表されている。

カルナクでのことだった。私たち、エレーヌと私は、
急いで食事したあと馬で出かけた。
通訳が馬をとめると、スフィンクスの参道があり、
塔門があり、なんと私はこんな月世界のただなかに
踏み込んだことはかつてなかった！（私のなかでおまえが
まだ大きくなることもある、当時もうあまりに大きかったのに。）
旅をするとは探すことか？　思えばこれが目標だった。
入口の番人が私たちにまず寸法のおどろきを

教えてくれた。塔門のたえまなく高まりいく
かたわらで、番人はなんと背の低かった
ことか。そして今度は、私たちの人生全体に見合う
円柱、あれであの円柱は十分ではなかったか。

壊れても仕方なかった。どんな高い屋根にとっても
その円柱は高すぎた。それはじっと耐えて、支えていた
エジプトの夜を……

(RKA, II, 174)

建造物の大きさに圧倒されたリルケ自身のエジプトでの体験がそのまま書かれているように思われる。エジプトの古代遺跡がリルケの詩のなかに登場するのは『ドゥイノの悲歌』の完成時に成立した「第十悲歌」においてである。そのことを考え合わせると、カルナクをうたったこの詩は「第十悲歌」へつながる飛び石と見ることもできる。

さらにいえば、この連作詩に出てくるモチーフは、白い馬、子供たちの歓声、死の真実、時間と永遠、出現しない恋人、鳥の叫び声など、『オルフォイスへのソネット』で扱われることになるものが目立つ。詩の形式も、ほとんどが脚韻を踏んでいて、ソネットに近い。

美しきアグラーヤ、私の感情の女友だちよ、
私たちの楽しさは、朝の大空で
ヒバリの声に届いた。夏の一日のあとの夕べには
冷気を恐がらないようにしよう。

愛の曲線を描いてみよう。その上昇線は
かぎりなく称えるべきものでありたい。
けれども後の下降線も、なんと独自に、
おまえの細やかな眉のように清らかでありたい。

(RKA, II, 182)

リルケはそれから一年半後に『オルフォイスへのソネット』が成立したとき、その詩作が予定外のものであったと説明するが、『C・W伯の遺稿から』を見ると、『ソネット』への準備段階、あのソネット連作の気圏が発酵中であると見ることができる。しかし作品の質は、右に引用した例でも分かるように、まだ緊張度の十分に高いものではなく、詩人自身本格的な創造の波が打ち寄せるという気配は感じなかったのであろう。これらの詩を他人の作品として残したのは、いまひとつ物足りなさを感じたせいであると思われる。

ベルクの館におけるリルケはなかなか仕事に集中できなかった。じつはリルケがベルクの館に住んでからほどなく、バラディーヌが体調を崩し、リウマチの痛みを訴えた。バルテュスまで熱を出した。リルケとしても放置できなくなり、とうとうジュネーヴまで出かけて行って、二人の息子を彼女の姉のところに預け、彼女をベルクの館に連れてきて、一か月間彼女の療養につきあった。そんなこともあって、約束の半年間は瞬くうちに過ぎ去ってしまったのである。

ベルクの館滞在が終わるころにもう一つ、作品ならぬ作品が作成されている。『遺書』と題する散文集であるが、これもある別の人物のこととして、計画中の作品がついに完成に到らないという事情を説明したものである。しかしそれは間接的に、リルケ本人が『悲歌』制作の挫折を宣言したことは明らかである。作品では、まず前書きとして「遺書」を遺して死去した人物の友人が経緯を説明する文章が置かれる。大きな仕事をめざしていたのに、戦争をめぐるさまざまな障害のために仕事は完成せず、不本意のまま死去したという。死去以外の内容はリルケ自身のことが書かれている。つづいて遺書の本文となるが、それは発送されなかった作者自身の手紙の断片によって構成されている。主として書かれていることは、仕事と生活の反目、そして性愛の難しさである。結婚以来リルケが問題にしつづけてきたテーマであるが、この段階で改めて真剣に取り上げざるを得なくなった。ほとんどはバラディーヌに宛てて書かれながら、発送されなかったものである。たとえば、

私は自分の形を変えることも、中味を替えることもできません。子供のころ父親に強引な愛情を押

し付けられたときそうだったように、私は今またこの世の中でひざまづき、私を愛してくれる人々にいたわりをお願いします。そうです、いたわってくれることをです。その方々の幸せのために私を利用するのではなく、私のなかにあるあの最も深い孤独な幸せを展開させるよう、私を助けてほしいのです。その幸せの大きな証しがなければ、結局私を愛してくれたことにはならないでしょう。(49)

この文書をリルケはインゼル書店の社主アントン・キッペンベルクに秘密文献として預けた。『悲歌』完成がいよいよ不可能となることを覚悟したのである。

一九二一年五月ベルクの館を退去して、リルケは再びホテル住まいを余儀なくされ、旅をしながら次の住居を探した。以前に旅の途中で立ち寄ったことのあるヴァレー Valais(ドイツ語では Wallis)地方の風光に心引かれていたので、最後はバラディーヌと二人でその地に絞って探し、ついにシエール Sierre 市郊外に立つミュゾット Muzot の館を発見した。十三世紀頃に建てられた素朴な建物で、電気もなく、水道も屋外までしかきていなかった。それでもバラディーヌはここを勧め、リルケも気に入って、そこに住む気になった。もちろん提示された家賃では、リルケは三か月しか住む資力はなかったが、ヴンダーリ夫人を通じてメセナのヴェルナー・ラインハルトに話が伝わり、彼がその建物を借り受けて、リルケに無償で提供した。彼のために家政婦を一人雇用することも約束した。急転直下、リルケはミュゾットの館の住人となることが決まり、同年九月末に入居した。建物は修繕され、バラディーヌもたびたび訪れて、住環境の改善に努めた。

この種の建物は冬季は閉鎖するのが常識だったが、入居した年、リルケはミュゾットの館で冬を越した。そこで彼はポール・ヴァレリーの詩と伝記を読み、深い共感を覚えた。彼の詩「海辺の墓地」を翻訳した。これが呼び水になったと、のちに彼は思った。一旦は断念した『悲歌』を仕上げる雰囲気が急にまた整ってきたのだ。その矢先ショッキングな知らせがきた。ミュンヘンで親しくしていたクノープ家の娘で舞踊家をめざしていたヴェーラ Wera が十九歳で悪性の病気のために急死した経緯についての知らせがもたらされたのである。これらの新たな情報に浸りながら年を越して、二月に創造の嵐が訪れた。

まず二月二日から五日にかけて『オルフォイスへのソネット』第一部が成立。七日から八日にかけて「第七悲歌」と「第八悲歌」が完成。九日には「第六悲歌」と「第九悲歌」、十一日には「第十悲歌」が、そして十四日には「第五悲歌」が完成した。さらには十一日から二十日にかけて『オルフォイスへのソネット』第二部が成立した。

リルケの喜びは大きかった。今や十篇から成る『ドゥイノの悲歌』は「マリー・フォン・トゥルン・ウント・タクシス＝ホーエンローエ侯爵夫人の所有から」という献辞を表題のわきに添えて出版されることになった。『悲歌』の構想の閃きが彼に訪れたのはドゥイノの館滞在のときだったことをリルケは忘れていなかった。作品完成をドゥイノの女主人に報告するリルケの筆は、「それは名状し難い嵐でした。心のなかで（かつてドゥイノでもそうであったように）繊維であり、組織であったものがみんなばらばらに砕けてしまったのです。食事のことなぞは思いも及びませんでした」などと記している(50)。実際驚くべき集中力を発揮したに違いないが、無我夢中というより、冷静に仕事を進めたようだ。当時の家政婦の話では、リルケの生活はその時期も普段と変わらず、ただ食事に下りてくる時間はいつもより遅いことがあっただけだとのことである(51)。

『ドゥイノの悲歌 Die Duineser Elegien』は、「第一悲歌」「第二悲歌」についてはすでに記したが、天使と人間の鮮烈な対比の構図を示したうえで、はかない人間存在に生きる意味があるとしたら、それは何か、という問いが立てられる。その答を求めて『悲歌』は長い中断に入ることになった。ただ、最初に書かれた「第一悲歌」と「第十悲歌」断片において、すでに答の方向は示されていた。すなわち、人間は物たちの要請を受けて彼らの思いを表現するというところに意味があり、『悲歌』の終わりでは生死一如の空間に参入して天使への称賛の歌をうたうことができるはずだった。しかしこれはあくまで仮説であり、『悲歌』全体を通じてその思想に至る筋道を究めなければならなかった。一九一三年成立の「第三悲歌」と一九一五年に書かれた「第四悲歌」は直接主題に切り込まず、「第三悲歌」ではリルケが当時関わりをもっていた精神分析にヒントを得ながら、人間存在を世代から世代へつないでいく血の底流、そしてそれを世代ごとに活性化する性の欲望についてうたわれる。「第四悲歌」は詩人自身が自らの生い立ちを振り返り、父親に対してひそかに自らの正当性をつぶやく。また、意識の揺らぎのない人形に存在の一つの理想形を見る。そして、死は子供のときから人間の内部で育てられているという、リルケ独自の死生観を繰り返す。こうして「第四悲歌」までは、人間存在の積極的な意味を考えていくうえでの条件を考慮しながら、「第五」以下の展開を待つことになる。

さて「第五悲歌」以下の大部分は一九二二年二月にミュゾットで成立した。詩人自らが立てた人間存在についての問いに対する答がここに提示されなければならない。『悲歌』全体の流れとしては、「第四悲歌」までは短調でうたわれるが、「第五悲歌」から長調に切り替わり、プラハの暗い人形芝居を思わせる舞台から、パリの街路で繰り広げられる大道曲芸師の一座に急展開する。もとより大道曲芸師は人間存在のなかでも「最もはかない存在」ではあるが、家族メンバー同士の連携できわどい演技を成り立たせ、観客を引きつける。しかし高い技芸を身につけるまでのきびしい修練の期間のほうが人間的であるという考えも述べられる。愛する男女も現世ではうまく結びつかないだろうが、死の世界では、天使の広場で死者たちに囲まれて「心情跳躍」のすばらしい演技をするだろう、という華々しい幻想で終わっている。

天使よ、私たちの知らない広場があるのだろう。そこでは
言い知れぬ絨毯の上で、現世ではことを成就できない愛のペアが
心情跳躍の大胆で気高い振りを演じてみせるだろう、
悦楽の塔や、宙吊りのまま相手に身を委ねて震えながら維持する梯子を、
無数の音なしの死者の観衆たちの囲む前でみごとに演ずるだろう。
すると死者たちは彼らの最後のとっておきの、大切な、
私たちは見たことのない、永遠に通用する幸福の硬貨を
満ち足りた絨毯の上で、ついにまことの微笑みを洩らすペアに

向かって投げるだろう。

(RK4, II, 217)

ここでは天使が人間を寄せつけない強烈な輝きの形姿としてあるのではなく、非現実の空間ながら、男女のペアが見せる最高の演技をじっと見つめている。

次に、早世の英雄を中心テーマにする「第六悲歌」、人間の意識の盲点を衝く「第八悲歌」をはさんで「第七悲歌」と「第九悲歌」が、はかない人間存在をあえて肯定する調子の高いうたとなって、『悲歌』全体のピークを形成している。肯定の根拠は、人間が言葉によってほかの生き物たちの思いを表現することができるという点と、自ら物をつくり出す伝統をもっていることにある。それをもとに「第七悲歌」では「この世に存在することはすばらしい」という詩句を打ち出し、「第九悲歌」ではローマで見た縄いやナイルのほとりにいた壷造りを思い起こしながら、人間の手仕事の貴重な歴史をよびおこす。そして人間の営みを天使に向かって誇示しようとする。

天使に示せ、一つの物がいかに幸せであり、無垢であり、われわれのものであり得るかを。
嘆く苦難さえいかに純粋に決意して一つの形姿となり、物として奉仕し、
死して物となり、そして彼方ではヴァイオリンから
至福の響きとなって流れるかを。そしてこの、去り行くことによって
生きる物たちは理解する、おまえが物たちを称えることを。

はかない物たちは最もはかない私たちが救ってくれると信じている。
そうだ、私たちは見えない心の空間で物たちを変容しよう、
内部へ――おお　限りなく――私たちの内部へ！　私たちが何者であっても。

(RKA, II, 229)

詩人は人間を代表して、手仕事の伝統のうえに身を置きながら、物たちや生き物の運命を言葉によって内部空間に移すのが使命であると考える。内部への「変容」こそが人間の本来の営みであり、人間存在の意味だということになる。ここでは天使の形姿がさらにおだやかになり、人間の営みに拍手を送る存在であるといってもいい。「第九悲歌」の最終連は次の通りである。

見よ、私は生きている。何をもとに？　子供時代も未来も
減少はしない。……有り余る存在が
私の心の内にほとばしる。

(RKA, II, 229)

一度この世で経験したことも、これから経験することも、消え去ることなく、詩人の内面に溢れるようにして存在しつづける。ここでは、過去、現在、未来が一貫していることが強調される。刻々と消えてゆく時間ではなく、蓄積されてゆく永遠の時間が、内面空間を充実させるから、およそはかない人間存在にも意味があると認められる。詩人は「私たちは目に見えるものの蜜を、目に見えない世界にある

大きな黄金の蜜房のなかに貯えようとして、夢中で漁っているのであります」(52)と解説している。ここには人間の世界と物の世界の関係を立て直したいという意思も働いているであろう。また、物づくりの伝統を称えることにより現代機械文明に対する批判も生まれてくる。

人間の生を死の世界までもふくんでイメージするのも、リルケが長く育んできた彼の存在論の基本構想であったが、最終楽章の「第十悲歌」はリルケがまとめあげた究極の「死の悲歌」である。現世から死の世界への移り行きを、一人の若い死者が柵を越えて向こうの土地を歩いて行く光景として描いていく。リルケの重要なテーマの一つである死の空間化が、エジプトをイメージした壮大な風景となって仕上げられる。しかし死もついには永遠の謎に終わるとして、『悲歌』もまたここで終わる。

当初自ら立てた人間存在への問いと、それに対する答の方向まですでに用意されていたにもかかわらず、作品完成までに十年の歳月を要したのは、戦争や革命運動など外部要因が大きい。『悲歌』をどのような方向でまとめるかについて、リルケは大いに迷ったであろう。オスヴァルト・シュペングラーの『西洋の没落』やヘルマン・ヘッセの『デーミアン』など終末論的な風潮が世間をリードし、ヨーロッパは深刻な行き詰まりの状況にあった。一方、レーニンの指導する社会主義も、当時は今の私たちには想像できないほどに有望な選択肢に見えたことだろう。しかしほかにもリルケはミュンヘンで宇宙論グループの思想にも関心を抱き、すでに指摘したように、アルフレート・シューラーの古代ローマの死の思想についての講演を熱心に聴いた。リルケは自分の作品を決定的に進める思想的根拠をどこに置くか、なかなか心が定まらなかった。結局リルケが選んだ道は、「世界内面空間」を背景に立てながら人間存在の危うさを突き詰め、「内部空間への変容」という営みに人間存在の意味を見出した。救いが見つかったわけではないが、詩人の目は人類の伝統的なさまざまな魅惑の業を透視していた。

『オルフォイスへのソネット Die Sonette an Orpheus』のほうは、作者自身が思いがけない副産物と呼んだり、「ソネットの小さい錆色の帆と悲歌の巨大な白い帆」と説明したりしているが、後世の読者からすれば、両作品は同等の重みをもつばかりか、『ソネット』が現代詩に親近な奔放な表現力も示している点においては、その思想的構図を見慣れてしまった『悲歌』よりも値打ちがあるように見える。研究の重点も一九六〇年代までは『悲歌』に置かれていたが、その後は『ソネット』のほうに移行し、現在の詩人たちのあいだでも、圧倒的に『ソネット』が重視されている(53)。

『悲歌』が最初に存在論的なテーマを掲げて、自らその答を探求しつつ詩が進行していくのに対して、『ソネット』はいわば「内面空間への変容」という営みを詩人が実践して見せたものと見なすこともできるだろう。もちろん「変容」は創作を意味するわけではないけれども、詩を作るのも「変容」の一つの達成ではあるだろう。

『ソネット』には『悲歌』の場合のような大きな問いかけはないが、二部五十五篇のソネットを束ねる緩い枠がある。一つには先にも触れたが、知人の娘で舞踊家志望だったヴェーラが十九歳であえなく亡くなった経緯を知らされ、ヴェーラの「墓碑銘」としてこのソネット集を制作したこと、そしてもう一点は、古代ギリシャから伝わる歌神オルフォイスの伝説を踏まえてうたうということである。オルフォイスのモティーフといえば、不慮の死をとげた妻を取り返しに冥界に赴いたが、最後のところで失敗したこと(54)、詩歌の神であるが、ディオニュソスに仕える女たちに冷たくしたため彼女たちに八つ裂きにされたことである。死者の消息をさぐり、地上のものたちに遍在しているオルフォイスの歌の欠片を拾い集めることが基調であるとすれば、詩人のうちに閃くあらゆる形象をこの詩圏に組み込むことが可能である。たとえば、不在の星座を形象とした詩を読んでみる。

空を見よ。〈騎手〉という星座はないのか。というのも
これは私たちの心に不思議に深く刻印されているからだ——
大地が産んだ駿馬は。そしてまた、それを駆りたて
引き留めながら、それに乗せてもらっている者は。

駆りたてられ、制止される——そうではないか、
筋骨みごとなこの自然の存在は？
道と転回。だがひと締めで意思は通じる。
新たな遠方。そして二者は一体だ。

だがほんとうに一体なのか？　それとも両者は
共に歩む道のことを思っていないのでは？

食卓と牧場とがもう彼らを何ともいえず隔ててしまう。
星と星の組み合わせさえ当てにならない。
けれども私たちは形象を信じることを
しばらくは喜びとしよう。それで十分だ。

（第一部十一番、RKA,II,246）

馬と騎手とは一心同体。そんな星座があってもいいではないか。いや、しかしこの両者は別々のことを考えているのかもしれない。ともに行く道についてもあやしいもの。ましてその先の関心はもう別々である。しかし既存の星座だって、その結びつきは怪しいものだ。それでも、ふとした結びつきを星座の形にしてみるだけでもおもしろいではないか。そんな遊び心によって、外界の存在物から内部空間への変換が演じられる。

このようにして新たにイメージされた星座が散りばめられると、詩の天空が広がる。その詩圏では呼吸さえも詩になる。

呼吸よ、目に見えない詩よ！
たえまなく自分の存在と
純粋に交換をくりかえす世界空間。その均衡に乗ってわたしはリズミカルに生起する。

ひとつひとつの波がゆっくりと
集まってできた海、それがわたし。
およそありうる海のうちで最もつましい海——
空間の獲得。

空間のこれらの場所のうちどれほど多くがすでに
わたしの内面にあったことか。多くの風は
わたしの息子のようなもの。

わたしが分かるか、かつてわたしの場所であふれた大気よ、
わたしの言葉を保つ樹皮であったものよ、
円いふくらみであり、葉であったものよ。

（第二部一番、RKA, II, 257）

空気を吸ったり吐いたりすることで、誰もが大気のなかに自分の吐いた息の領分を専有できるとすれば、それが集合すると自分の息の海ができる。あるいは、自分の吸った息、吐いた息に乗せて発せられ

た言葉を糾合すれば、どこかで自分の樹木が育っているかもしれない、という詩である。かなり強引なファンタジーによる設定ではあるが、外面と内面が均衡を保っている呼吸という不可視の現象は「世界内面空間」のひな型ともいえるであろう。

このようにして、薔薇、アネモネ、一角獣、リンゴなど、リルケのレパートリーともいうべき対象がつぎつぎとうたわれていく。しかしそれはかつて『新詩集』のときのように、個々の対象を視覚と想像力によって詩の形象に仕上げるのではなく、どの対象もオルフォイスが変容して生まれた特別な形象としてうたわれる。めざすは歌の喜びである。薔薇が咲けば、それはオルフォイスが姿を変えたものだ（第一部五番）。果物を味わうとき、生と死とをいっしょに口に入れることになる。そこにもオルフォイスの息吹がある（第一部十三番）。昔ロシアで出会った一頭の白馬、それはオルフォイス伝説を完結させる形象であるという（第一部二十番）。泉の口はオルフォイスによって大地の耳にも変容する（第二部十五番）。踊りの軌跡もオルフォイスの魔法が働けば純粋な星座となる（第二部二十八番）、など。逆に言えば、すべての形象が生死一如のオルフォイスの影響圏を指向するのである。この詩集はいわばオルフォイスの名を冠した詩の壮大なテーマパークであり、私たちの生息している現存在とは別の、ポエジーによって構築されたもう一つの存在空間の試みである。

この詩圏誕生の起源となった悲運の少女ヴェーラが登場する第二部二十八番は、詩集の思想を俯瞰的に映し出した一篇である。

さあ　来てはまた去るがいい。まだあどけなさの残るおまえ、
その踊りの形象を、しばしの間
純粋な星座に仕上げて欲しい。そんな踊りの一つを
演じるなかで私たちは、鈍い秩序を布く自然を

束の間ながら乗り越えるのだ。なぜなら自然は、
オルフォイスがうたうときのみ、耳を傾けて躍動したからだ。
おまえはその当時から心を動かされていたのだ。
そして一本の木がおまえと一緒にオルフォイスの

歌を聴くのをためらっていると、おまえは怪訝に思った。
おまえは、竪琴が響きつつ立ち上がったその場所を
知っていたからだ、その途方もない中心を。

この中心のためにおまえはみごとなステップを演じた、
そして友人の歩みと顔が、その健やかな祭のほうへ
向けられるようにと願った。

(RKA, II. 271f.)

死んだヴェーラの踊りが星となって、オルフォイスにつながる。この太古から現在への連続性を顕示できるからこそ、リルケはヴェーラの存在に注目した。その際「途方もない中心」という軸が重要となる。これは地球の中心のように不動の軸ではない。不可視ではあるが、踊りにしろ、詩歌にしろ、絵や彫像にしろ、確かな形象ならば、かならずこの中心の上でバランスを取っているというものである。オルフォイス、星座、ヴェーラという系列は死の世界でのつながりを示し、最後の「友人の歩みと顔」は詩人の現在の立ち位置を表わしている。「友人」とは詩人自身のこと。ヴェーラの演技が詩人を、オルフォイスの空間へ誘っているのである。

『悲歌』においても『ソネット』においても、その詩想の根底には、詩人が地上の世界で経験してきたはかなくも魅力的なもののかずかずを思うあまり、それをどこかに移して永続化したいという考えが強く働いているのだと思う。『悲歌』『ソネット』の成立と同時期に書かれた「若き労働者の手紙」という架空の手紙があるが、その内容は一貫して現世肯定である。性は子孫を残すためではなく、生に潜む悦びを体験するためだ、という調子である。そして改めてキリスト教の来世信仰を批判している(55)。『ソネット』第二部作成の途中でこの「手紙」を執筆したということは、少なくともこの時点での現世への愛着がどんなに熾烈だったかを物語っている。

リルケの思想構築が社会思想的な土台をもたないのは弱点であるけれども、現世肯定によって自然の風光や古くからの人間の営みを新たな詩的形象によって称揚する詩作を展開した。ヨーロッパの詩の世界は第一次大戦後、T・S・エリオットの『荒地』、ヴァレリーの『魅惑』が新たな時代の到来を告げていたが、リルケの『悲歌』と『ソネット』も過去への回帰を未来へ投影させる形で想像力豊かな詩の花園を咲かせ、時代の閉塞感の打破になにがしかの寄与をしたと認めてよいであろう。

悲歌とソネットという詩形式が用いられたのも、過去への回帰を未来に投影したことになる。それに関連して指摘したいのは、詩形式としての悲歌とソネットはヨーロッパの詩の歴史では二つのまったく違った系統に属していることである。悲歌は元来古代ギリシャに発する詩形式で、ヘクサメターとペンタメターの二行一組の繰返しで歌い進む、脚韻を踏まない形式であるが、近代では悲傷の詩として形式も自由に作られるようになった。リルケの悲歌も自由な形式によっているが、ときおり古代の形式を思わせる詩行を挟みつつ進行する。それに対してソネット形式は中世イタリアに始まった十四行詩で、脚韻は不可欠である。リルケのソネットはかなり自由な運びを見せているが、十四行と脚韻は遵守している。このように二つの詩形式は由来も性質も大きく異なるので、両形式を並行して詩作するのはきわめて希であると思われる。あらゆる意味で無所属の詩人であったリルケであればこそ成し遂げられたのではないだろうか(56)。

念願達成のあと、ミュゾットのリルケは知人友人たちへの嬉しい報告の通信に追われ、訪問客も順次迎えた。六月にはタクシス侯爵夫人を迎え、彼女の前で『悲歌』と『ソネット』を朗読した。七月から十一月にかけてはバラディーヌと共に過ごし、かなりの時期、バルテュスも一緒だった。この少年のもつ東洋思想への知識にリルケは興味を示し、少年が滞在するベアーテンベルクにもバラディーヌと一緒に出かけた。翌年の春には、レギーナ・ウルマン、エレン・デルプ、そして寛容なメセナのヴェルナー・ラインハルトもミュゾットの館を訪れた。ラインハルトはこの間にこの館を買い取ってリルケに提供することにしたので、彼の住居の心配はなくなった。夏から秋にかけてバラディーヌと会う機会があったが、二人の交際はこれが最後となった。その翌年にはバラディーヌ親子は、リルケがアンドレ・ジッドを通じて道をつけ、念願のパリ帰還が可能となる。リルケ自身は体調不良のため一九二三年以降、毎年年末にはモントルー郊外のヴァルモン診療所に入院する。そして一九二六年末には同診療所で死を迎えることになる。

詩作の最終段階では、『悲歌』や『ソネット』の詩圏につながる作品や、最後の住処となったスイスの高山地帯の自然への親しみから生まれた詩、人生最後の存在感覚をうたうものなどがある。二大詩集圏につながるものとしては、

生と死、それは芯のところで一つである。
自分の幹のところから自分を把握している人は
体内からワインのしずくを絞り出す。
自分を投じて純粋そのものの炎を放つ。

本物の詩人の生き方をイメージしたものであろう。ワインを『悲歌』のような作品、純粋な炎を『ソネット』のなかの詩にひそかになぞらえているようにも思える。スイスの土地をうたっては、

(RKA, II, 286)

ほほえみ……、この縮れ毛の地帯の
顔はほとんどそれだ。
ぶどうの房でできた身体、みどりの
手、それが光を浴びてページを繰る。

ぶどうの葉叢の下に
神々しい像が一体隠れているみたいだ、
その気になると、とりどりの
仮面をつけて姿を現わす。

(RKA, II, 297)

ミュゾットの館があるヴァレー州はローヌ川上流に沿って登山や冬季スポーツの基地となっている町が点々とつながり、荒々しい高地はワインの産地としても知られている。リルケはこの土地をスペイン

とプロヴァンスを一緒にしたようだと、その風光を気に入っていた。その親しみがこの詩のユーモアになって滲み出ている。

スイスの生活に馴染むにつれて、従来の詩境を突き抜けるような詩篇も書かれるようになった。単独の詩としては、手のひらが星座を映しているものと見る「手のひら」、体内に引力の流れを実感する「重力」、幽暗な舞台上で仮面をかざした男女が行き交うオペラの一場面のような詩「エロス」、さらに究極の空間の詩というべき「ショール」「ゴング」など記念碑的作品が残された。連作詩篇としては、死者たちを如実にイメージした『ラガツの墓地にて書かれたもの』全九篇、無名の少女との詩の交換からできた『エーリカ・ミッテラーとの詩による往復書簡 Briefwechsel in Gedichten mit Erika Mitterer』が際立っている。後者は一九二四年六月から一九二六年八月にわたって断続的に交換された。最終の一篇はリルケの究極の存在観を表現した一篇である。

外にいた鳩　鳩小屋を出ていた鳩は、
再び巣に戻ってくると　夜とも昼とも一つになり、
内緒ごともよく理解する　未知の怖れが
侵入してきて　感情の飛翔につきまとっても。

鳩のなかでも　いちばんだいじにされ

いちばん危険を知らないものは　ねんごろの愛を知らない。
死地をくぐり生き延びた心が　いちばん親しみやすい、
打消しを受けて一層自由に　才能は伸びる。

非在の上方に　遍在の天が張られる！
ああ　投げたボール　ああ　敢然と上がるボール、
それは帰還によって　変わりなく両手に収まるが、
帰還の重力の分だけ純粋に　ボールは元のボール以上になる。

(RKA, II, 362)

危険を冒す生き方をしてきた人は、他人に対して思いやりが深く、愛の機微も会得している。反対に、過保護の境遇で生きてきた人は、他人への配慮が薄い。ボールはリルケが好んで用いる形象であるが、ボールが空高く上がるイメージは、危険に身を曝すことの比喩である。戻ってきたボールは元のボールとはいえ、やはりその体験の分だけそれまでのボールとは違うというのだ。ハイデガーは、リルケの言う危険を冒すという表現に注目しながら、それはリルケの意志であると見た(57)。意識のなかで力んでいるだけではないか、と見ているのであろう。しかしリルケはリルケなりに、自らを危険に曝す生き方をしてきた思いはある。「非在の上方に遍在が張られる」には、まるで色即是空のような観照が読み取れる。リルケ究極の形象表現の一つである。

リルケ最後期の格別の成果はフランス語による詩作である。そもそもリルケが住んでいる土地はフランス語が日常語の地域に属し、またスイスに移住して以来最も親密な女性であるバラディーヌはドイツ系の出生だが、好んでフランス語を話し、もう一人の重要な女性ヴンダーリ夫人も独仏語両用だった。さらに決定的なのはミュゾットの館に住んでからヴァレリーの詩文に深く傾倒し、その翻訳に熱心に関わっていたので、フランス語にすっかり親しんでいたのだ。そういう環境のなかで彼自身がフランス語で詩作を試みるのは自然なことであり、他意はなかった。リルケの最後のパリ滞在中の一九二五年夏、フランスの二つの文芸誌がリルケのフランス語詩をそれぞれ数篇掲載したが、それに対してドイツの雑誌が「祖国を忘れた詩人」の行為としてきびしく攻撃した。さらに、リルケがフランスの記者に「自分はドイツ人ではない」と言ったという新聞記事も出た。リルケがパリに引かれるのは、一つには故郷のプラハに戻っても冷遇されるからであり、もう一つは、ミュンヘンでの革命動乱のときに家宅捜索を受け、ついには国外に追い出されたからだと、これはむしろリルケに同情するつもりの解説がなされた。

しかしこれは自分の本意とも違うので、リルケは評論家ヴァルター・メーリングを介して「自分がドイツの詩人ではないと言っているとのうわさがありますが、とんでもないことです。ドイツ語は他国のものどころか、私の本質に根ざしています。この言語を自分特有の素材と感じられないとしたら、それを使って仕事ができたでしょうか。それを豊かにしようと努めることができたでしょうか」と心情を披瀝した。今の世ならバイリンガル、多言語作家として注目されるところであるが、当時はまさにナショナリズム専横の時代であった。彼はドイツ語が母語であったが、ドイツ国民ではなかった。それは公式に説明しづらいことだった。彼はただ、故郷のプラハに帰るといつも快く歓迎されるし、一九一九年にミュンヘンから出国したときも、けっして追い出されたわけではないとし、フランス語で詩作したのは「別の音声規則に従う言語形式による実験をしたのだ」と自分の立場を説明した(58)。そのうえで、彼のフランス語詩集は『果樹園』と『ヴァレーの四行詩』が一九二六年に、『薔薇』と『窓』が死後の一九二七年に刊行された。

しかしあえていえば、この場面でリルケには、ドイツのマスコミの批判に対して自己弁明するのではなくて、むしろドイツとフランスが反目している現状を遺憾とし、普遍的ヨーロッパ主義を主張してもらいたかったと思う。そうすれば彼にとって、外部に向かって身を曝すさらなる強烈なチャンスになったのではないか。

いくつもの言語を身につけ、各国文化を吸収しながら独自の広域文学圏を築くのは、当時としては理解されにくい生き方であった。ただ、彼のさまざまな体験からの政治的傾向を言うなら、ヴィルヘルム二世治下のドイツ帝国には好感をもっていなかった。自分が帰属していたオーストリア゠ハンガリー帝国に対しても忠誠心は薄かった。帝国が崩壊し、チェコスロヴァキア共和国が誕生した際には、旅券がなかなか更新されずに困ったにもかかわらず、その独立を喜んでいた。ワイマル共和国については、フランスとの融和政策を推進した外相のヴァルター・ラーテナウが暗殺されたときには深く心を痛めていた。政治のあり方としては、どちらかといえばフランスやイタリアに信頼を寄せていた。イタリアの女友だちに宛てた手紙のなかで、新進の政治家ムッソリーニに期待するという文面が発見されて問題になったが、ファシズムに引かれたわけではない(59)。

リルケの最後のパリ滞在は八か月半におよび、全体としては旧交を温め、新知識も吸収する充実した期間であった。古い友人としてはアンドレ・ジッド、ポール・クローデル、エドモン・ジャルー、ノワイユ夫人などと再会した。とりわけ印象的だったのはヴァレリーとの再会だった。リルケの手に成るヴァレリーの詩集『魅惑』の独訳は近く刊行の予定だったし、なによりもヴァレリー自身がその前年ミュゾットの館にリルケを訪れてくれたので、今度はヴァレリーがパリでリルケを歓待することになった。ヴァレリーからはシャルル・デュ・ボス、ジャン・ジロドゥ、ジュール・シュペルヴィエルといった人たちが紹介されたが、フランスから勲章を贈るよう手配したいとの好意は謝絶した。

パリ滞在での特別な収穫は、日本の俳諧について書かれている書物を入手したことだ。リルケはそれ以前にフランスの文芸誌『新フランス評論』で俳諧が紹介されているのを読んで興味をもったのであるが、そのときの俳諧の仏訳者クーシューが著した『アジアの哲人と詩人』(一九二〇刊)を、パリ滞在中に手に入れ、そのなかの「日本の短詩形の詩」という俳諧に関する章を味読している。リルケは例示してある句を丁寧に読み、気に入った句には傍線を引くなりして、楽しんでいる跡が残っている。そして知り合いのスイスの女性画家ゾフィー・ジョークに俳諧の魅力について、「この丸薬のような作品には、さまざまな異質の要素が入り込んでいながら、それが一つのできごと、ないしはそれがひきおこす情感によって結合されています」(60)などと書いている。リルケは世紀の初頭には浮世絵版画、とりわけ北斎の作品に関心をもち、北斎の富岳連作をヒントにして「山」と題する詩を作成しており、日本の文化感覚にも鋭い理解を示している。
体験豊富な一九二五年であったが、体調は一段と悪くなり、リルケは真の「遺書」を書く覚悟を固めた。主な内容は、死が迫ったとき聖職者のいかなる助けもお断りしたいこと。そういう方の存在は「私の魂が開かれた空間へ移動するのに障碍となるから」と書いている。次に、遺体はミュゾットあるいはその周辺ではなく、「できればラロンの古い教会のわきの高い位置にある墓地に埋葬していただければ、そのほうがありがたい。その安らぎの囲みは、私がこの地の風と光を最初に受け取り、それがのちにミュゾットとともにあるいはミュゾットの中で、私の期待のすべてを実現することに手を貸してくれることになった場所の一つです」(61)と書いている。そしてあの有名な墓碑銘が記されていた。

薔薇よ、おお　純粋な矛盾、
おびただしい瞼の奥で、だれの眠りでもないという
よろこび。(62)

薔薇と瞼を重ね合わせて、その奥にはだれかが眠っているはずなのに、だれも眠っていないという矛盾、その矛盾のなかに自分がいるという思いを記したものである。その矛盾とは別に、彼の生涯好んだ薔薇という形象に覆われて休む安心感もこめられているのであろう。実際、リルケの墓にはいつもだれかが供え物として持参する薔薇の花が絶えない。

妻クララとは、一九二四年に彼女が弟と一緒にしばらくミュゾットの館に滞在したときが最後になった。そのときクララはしきりに婿と孫の話をしたようだが、リルケは会おうとはしなかった。ほかに主な文通の相手としては、『旗手クリストフ・リルケの愛と死の唄』を自ら仏訳したものを送ってきたマーゴット・フォン・ジツォー伯爵夫人、『若き女性への手紙』の文通相手のリーザ・ハイゼ、詩による文通をした前述のエーリカ・ミッテラー、やはり詩を送ってきたアニタ・フォラーなどがいる。

ローザンヌ近郊のホテルでは妖艶なエジプト女性と知り合いになった。イスラムの高貴な家柄の娘でニメト・エルイ＝ベイといい、『マルテの手記』を仏訳で愛読していることから、同宿のエドモン・ジャルーが二人を引き合わせた。後日リルケは彼女をミュゾットの館に招待する。そのとき彼女のため庭に咲く薔薇を切ろうとして棘を指に刺し、出血が止まらなくなったという話はたちまち広まった。しかしそのときにはすでに彼は悪性の白血病との診断が確定していた。

女性との交際の最後の最後は、ロシアの詩人マリーナ・ツヴェタエヴァ＝エーフロン Marina Zwetajewa=Efron との文通であった。彼女はパリで亡命生活を送っていたが、リルケの面識を得る機会はなかった。画家のレオニード・パステルナークはかつてのロシア旅行以来リルケが信頼を置いている友人だったが、その息子のボリス・パステルナークは詩人となり、リルケを尊敬して、彼の詩をロシア語に翻訳していた。ボリスはリルケに、パリにいる若手髄一のロシア女性詩人のツヴェタエヴァはやはりあなたのファンだから、詩集『ドゥイノの悲歌』を送ってあげてほしいと頼んだ。リルケはさっそく『悲歌』と『ソネット』を送り、それがきっかけで濃密な文通が始まった。リルケが長詩「悲歌——マリーナ・ツヴェタエヴァ＝エフロンに贈る」を書いたのは、彼女が並外れた詩人であることを知ったリルケも彼女に憧れを抱き、死期の近いことを悟っているリルケが、自分の思いをきちんと受けとめてくれる新しい相手を得て、自分の最後の心境を歌い上げたものである。

おお　宇宙へと喪失すること、マリーナ、墜落する星たち！
私たちはどこへ身を投じても、どの星に付け加わっても、宇宙の数量を
増やすことはできない。全体としていつも数量は定まっているのだ。
だから落下する人がいても、聖なる数量を減らすわけではない。
断念による墜落はすべて、根源へと墜ちていき、そして癒える。
そもそもすべてが遊びなのか、同じことの交替なのか、移動なのか。
けっして新たな名づけ、実質の利得などはないものなのか。
波だ、マリーナ、私たちは海だ！　深海だ、マリーナ、私たちは空だ。
大地だ、マリーナ、私たちは大地だ、幾千回もの春だ、
噴き出る歌を、目に見えない空間へ身を投げていくヒバリさながら。
私たちは歓呼して歌い始める。すると私たちを圧倒するものがあり、
たちまち、私たちの重みは歌を下方に、嘆きのほうに向ける。けれども
そもそも嘆きとは、以前の歓呼が下方へ向きを変えたもの

ではないか。下の神々も称賛を望んでいるよ、マリーナ、神々は
それほど純朴なのだ。彼らは褒め言葉を待っている、学童のように。
褒め言葉を、愛する人よ、ふんだんに振る舞おうではないか。
私たちの所有になるものは何もない。私たちは折られていない花の頸に
少し手を置くだけだ。私はそれをナイル河畔のコム・オムボ寺院で見た。
そうだ、マリーナ、王たちは、自らは断念しつつ、供物を捧げている。
[…]

(RKA, II, 405)

私たちは海だ、空だ、大地だと、詩人は生の最後の時間に窓から大きくダイビングする。『悲歌』と『ソネット』において彼は、さまざまな形象や思弁を使って生死一如の世界を示そうとした。そしていまわの際に、詩人自ら自然のなかに飛び出す。それは生の世界であると同時に、死の世界である。現実の外界であると同時に、開かれた無窮の空間である。「嘆きとは、以前の歓呼が下方に向きを変えたものではないか」という詩句は『ソネット』第一部八番の「称賛の空間でのみ嘆きは歩むことを許される、涙する泉のニンフは」を本歌取りしている。生の活動からそのまま死の行動に入っていこうとするのである。

そしてこの「悲歌」は次のように締めくくられる。

[…] 以前神々はわざとものの半分ずつを見せることを

得意としていた。私たちは循環のなかに引き入れられてこそ
自分を満たし、まん丸い月のように完全形をつくる。
欠けていく時期も、変転の時期も、
満ちることに手を貸してくれる者はいない、
眠りなき風景の上を行く孤独な自分の歩みのほかには。

(RKA, II, 406)

男と女も、生と死も、外面と内面も、生きとし生けるもの、それぞれ享受しているのは全体の半分なのである。他の半分は助けてくれることがないから、現世の時間においてはそれぞれが、循環のなかに身を置いて、他の半分の分まで埋め合わせるべく孤独な営みをつづけていくことになる、というのである。リルケは最後まで孤独という節度を破ろうとしなかった。

この詩をもらって烈しく感動したツヴェタエヴァは、「あなたを愛しているから」どうしても会いたいと、スイス国境に近いフランスの小さな町で、冬になったら会おうと提案するが、リルケの病状はもうそれに応ずることのできる状態ではなかった(63)。かつて「第五悲歌」の最終連では、天使の広場で死者たちの見守る前で、男女が最高の愛の演技を見せるという、この世ならぬ場面があった。リルケ自身は、ロシアの若い女性詩人をたった一人の観客にして、独りで最期のパフォーマンスを演じたのである。

リルケは程なく最終的にヴァルモン診療所に入院し、あらゆる面会を断り、延命治療を断って、ヴンダーリ夫人の介護のみを受けながら、雄雄しく苦痛に耐え、一九二六年十二月二十九日に永眠した。

9　終わりに

私がリルケを勉強し始めたころは、彼は富裕層の女性に取り入って生きているとか、いかがわしい神秘性で読者を籠絡するとか、その生き方に対して嫌悪の声が聞かれた。しかし私は彼の作品にむしろ言語表現の魅惑を感じていたので、彼の生き方はさておき、彼が書いた作品の分析を主眼として、バシュラールの詩学などを参考に、受容美学的な立場でリルケ詩を再検討する研究を進めた。けれどもリルケの詩の特質を探究する試みは十分な成果が得られたとは思っていない。その後長くリルケから離れていて、近年改めてリルケに戻ってくることとなったが、そこで痛切に感じたのは、彼の詩作と彼の人生とは切り離して別々に論じられるものではないということである。リルケはいわば、書く詩人であると同時に生きる詩人でもあった。そこでこのたび改めて詩人リルケの生涯を振り返るに当たっては、人生の運びと詩作の展開とを平行して見てゆく方法により、リルケの実像に迫ろうと試みたつもりである。リルケは作品数が多く、人々との交際も多岐にわたるので、なるべく太い線を取り出して詩人の特徴が明確に出るように心がけた。

その太い線をもう一度反芻すれば、リルケは初期の『時禱詩集』において仮象としての神とのデュエットを試み、中期の『新詩集』では観察と想像力を融合させた高度な造形的詩作によって事物の把握に努め、それらをふまえた後期においては『悲歌』とその周辺の詩作で「世界内面空間」という詩想を構築して現世肯定を唱え、『ソネット』の世界においては、オルフォイスの影響圏を想定しつつ独自の形象表現を展開して、生と死、過去、現在、未来を自在につなぐ詩作を試みた。しかし彼の思想の原点にはニーチェのニヒリズムがあることを忘れてはならない。彼の文学活動は全体的に、ニヒリズムを掘り下げることよりも、ニヒリズム克服の道を探究して脱皮をつづけたといえるが、ニヒリズムの克服ができたわけではない。

リルケは意識的に言語芸術として詩に取り組んだ先駆的な詩人であるが、アヴァンギャルドではない。むしろ古代からの伝統的なヨーロッパの詩文を受け継いで、近代風に洗い直し、近代社会に生きる人間の苦悩に応える詩芸術に仕上げようとしたベルエポックの詩人といえる。そこに彼の歴史的位置があり、同時に限界も見える。「世界内面空間」にしても「変容」にしても、人間が日常に行なっている精神活動の場所と行為を詩人独自の言い方で捉え直しただけのようにも思える。しかしながら外部と内面の境を、生と死の境を取り払って独創的な形象表現の機能を広げたことは、その後の現代詩に大きな示唆を残している。リルケがいなかったら、パウル・ツェランの詩も少し違ったものになっていたであろう。

リルケは自分の詩人の道を貫くためにのみ、自分の人生の生き方を定めていった。リルケがしきりに口にする孤独という言葉は、存在者が独り住む魂の深淵を指すと同時に、現実社会において芸術家の自立を保つための戦略を意味するものでもあった。彼にとって女性はこの世で絶対不可欠な存在だったが、しかしそれでも必要なときにはあくまで孤独（自立）を守った。結婚によって築いた人並みの家庭を自らの手で解消し、定収入の道を失って途方に暮れているとき、偶然に彼は、文学好きの貴族の婦人たちが存在していることを知った。しかも自分がその女性たちに歓迎されることを知った。彼は彼女たちのために朗読をし、手紙や自筆の詩を送り、彼女たちからは詩人を囲む会への招待や別荘での滞在などの支援を提供された。もちろん富裕層の婦人ばかりでなく、詩人や画家や音楽家、妻クララを含めて、気が合えばさまざまな女性とさまざまに交流し、さまざまに別れた。その態度に対しては、身勝手な女性遍歴と非難する声も多いが、ただ、リルケとつきあって別れた経験をもつ女性たちからは、少なくとも表向きには、詩人を非難する声はほとんど聞かれない。リルケは自分の都合だけで女性とつきあっていたわけではない。作家志望のレギーナ・ウルマンの才能を認めて、出版の斡旋をし、無名の少女エーリカ・ミッテラーとは詩のやりとりに応じていた。『若き女性への手紙』のリーザ・ハイゼをはじめ(64)、不幸な身の上の女性たちの相談に乗っていた。バラディーヌ親子のパリへの復帰にもあらゆる努力を傾注した(65)。

一方でリルケはいかなる社会的な組織にも所属しない生活を送っているために、いわゆる公的活動をした経験がなく、それが彼の文学の幅を限定していたという面があることは否めない。社会問題について真剣に考える機会はあっても、創作活動において自らの社会経験を強い発想源にすることができず、究極のところ神話を再構築する方向で、ときに魔術の杖を振りつつ、過去を未来へと投影する人間存在探索の文学となった。

しかしまた、各国のナショナリズムが角突き合わす時代にあって、リルケは国境を多角的に越えて各地の文化と交わりつつ、汎ヨーロッパ的な独自の詩世界を開拓したのだが、革新的な詩人というイメージはない。むしろ彼の詩人としてのあり方は、中世の吟遊詩人のそれに似ている。吟遊詩人も下積みの修業から始めて、認められると各地の宮廷や豪族の館に迎えられて詩のパフォーマンスを披露する。一箇所に所属することなく、各地を渡り歩く。つねに新たな人間関係を求め、見聞を広め、自分の詩のために新しい養分を吸収するためだ。リルケの生き方にも類似のパターンがあるように思える。ただ、このような詩人の生き方も一九三〇年以後の激動の時代では考えられなくなった。また、一九七五年以前の列強抗争の時期でも不可能だったであろう。リルケは近代史上たった一回だけ存在した平和安定の時期を生きることができたのだった。

しかし現在のヨーロッパは、いろいろな問題を孕みながらも、リルケが生きた時代以上に平和で開かれた態勢が維持されており、土地から土地へと渡り歩きながら、複合的な文化探究や多言語使用を試みる詩人たちが活動している。その意味でリルケは、現今のヨーロッパ詩人たちの先駆者として多くの参考材料を提供しているはずである(66)。

註

(1) Rilke Werke, kommentierte Ausgabe in vier Bänden. Frankfurt/M u. Leipzig(Insel) 1996. RKA と略す。巻数、ページ数とつづく。

(2) Anton Schnack: Rainer Maria Rilke, Chronik seines Lebens und seines Werkes. Insel Verlag 1975. S.723.（以下 RC と略す）

(3) とくに石丸昭二編『アール・ヌーヴォーのグラフィック』（岩崎美術社、一九七七年）参照。

（4）トーマス・マン『神の剣 Gladius Dei』の冒頭の文。

（5）Lou Andreas-Salomé 1861-1937, サンクト・ペテルブルク生まれ。チューリヒ大学に学ぶ。『フリードリヒ・ニーチェ』『ユダヤ人イエス』『人生回顧』など。東洋学者アンドレアスと結婚。

（6）Lou Andreas-Salomé: Lebensrückblick. Zürich 1950, S. 173.

（7）Rainer Maria Rilke, Sämtliche Werke. Bd. III, Wiesbaden 1959. 以下 SW と略す。

（8）富岡近雄（訳・注・評伝）『ゲオルゲ全詩集』（郁文堂、一九九四年）がある。

（9）RKA. I. 所収。初稿は一八九八年成立。一九〇四年、スウェーデンで改稿。完成稿は一九〇九年『初期詩集』に『わが祝いに』とともに出版された。

（10）Rainer Maria Rilke: Tagebücher aus der Frühzeit. Leipzig. 1942. 以下 TF と略す。以下の引用には、城真一訳『フィレンツェ日記』（河出書房新社版『リルケ全集』第九巻、一九九一年）を参照させていただいた。

（11）Richard Muther 1860-1909. ブレスラウ大学の教授だったが、ベルリン大学でも講師を勤めていたと思われる。毀誉褒貶のある美術史家であったが、美術批評界に影響力があり、リルケも「ロダン論」はじめ美術関係の仕事を斡旋してもらうことになる。

（12）RC. S. 84.

（13）Leonid Pasternak 1862-1945. ロシア後期印象派の画家。トルストイとも親しかった。作家ボリス・パステルナークの父親。

（14）Meiningen テューリンゲンの宮廷都市。十九世紀には演劇活動で知られる。

（15） Brief an Sofia Nikolajewna Schill. In: R.M.Rilke, Gedichte u. Dokumennte. Bamberg 1963. S. 63.

（16） Spiridon Domitrievic Drozzin 1848-1930.

（17） Angelus Silesius 1624-1677. 近代まで影響力のあった神秘思想詩人。詩集『ケルビン派のさすらい人』。

（18） エッティンガーとマリューチンに関する記述については、もっぱら次の文献に依拠している。Konstantin M. Asadowski: Briefe nach Rußland. Maljutin im Briefwechsel zwischen Rilke und Ettinger. In: Rilke-Studien. Berlin u. Weimar 1976.

（19） 一八五四年に開設された展示館で、一九三一年に焼失。

（20） 以上の記述は主として、Sigrid Weltge-Wortmann: Die ersten Maler in Worpswede. Worpswede 1979. に依拠する。

（21） 以下の記述は註（10）の日記TFによる。上村弘雄訳『シュマルゲンドルフ日記』『ヴォルプスヴェーデ日記』（河出書房新社版『リルケ全集』第九巻所収）を参照させていただいた。

（22） Carl Hauptmann 1858-1921. 有名な作家ゲアハルト・ハウプトマンの兄。

（23） Gunna Wendt: Clara und Paula. München 2007. S. 98ff. 参照。

（24） Wortmann, a.a.O., S. 40.

（25） R. M. Rilke, Tagebuch Westerwede Paris 1902, hrsg. Von Hella Sieber-Rilke. Frankfurt/M. u. Leipzig.(Insel) 2000. S. 89.

（26） An Lou Andreas=Salomé vom 8. 8. 1903. リルケ『巴里の手紙』矢内原伊作訳、一二三頁以下。

（27） Brief an Clara vom 5. 9. 1902.『巴里の手紙』、二六頁。

（28） ケーテ・ハンブルガーは、「リルケ文学の現象学的構造」（一九六六年）において、リルケの事物詩における対象把握がフッサールの本質直観に類似していることを指摘している。拙著『新版リルケ研究』、一〇〇頁以下参照。

(29) RKA, IV, 411. 塚越敏訳『オーギュスト・ロダン』論説・講演・書簡、未知谷、二〇〇四年、一六頁以下。

(30) Brief an Lou Andreas-Salomé vom 13. 5. 1904.『巴里の手紙』、一八七頁以下。

(31) Brief an Otto Modersohn vom 31. 12. 1902.『巴里の手紙』、七〇頁。

(32) 拙論「マルテとクリストフ」参照。

(33) Kurt Oppert: Das Dinggedich. Eine Kunstform bei Mörike, Meyer und Rilke. DVJS. 4(1926) は、メーリケ、C・F・マイヤー、リルケとつながる彫塑的な詩の系譜を明らかにした。

(34) 拙論「マルテとクリストフ」参照。

(35) Duino はトリエステに近いアドリア海沿岸の小さい町。そこに豪族の別邸があった。リルケが滞在した建物は第一次世界大戦で破壊された。

(36) 一九二五年十一月十三日付、フレヴィチは『悲歌』のポーランド語訳者。

(37) マールバッハのドイツ近代文学館、筆耕書類部門のウルリヒ・フォン・ビューロウがその事実を突き止めた。Friz J. Raddatz: Rilke. Zürich, Hamburg 2009. S. 90.

(38) Friedrich Gottlieb Klopstock 1724-1803. Vgl. Friedrich Wilhelm Wodtke: Rilke und Klopstock. Diss. Kiel 1948.

(39) Johann Wolfgang Goethe 1749-1832. Vgl. Eudo Mason: Rilke und Goethe. Köln, Graz 1958.

(40) Friedrich Hölderlin 1780-1943. Vgl. Herbert Singer: Rilke und Hölderlin. Köln 1957.

(41) Hexameter は六つの強音シラブルをもつ詩句で、行末が強弱弱強弱のリズムとなる。

(42) リルケとゾフィーの交流についてはJoachim W. Storck(Hg.): Rilke. Briefe zur Politik. Frankfurt/M. u. Leipzig(Insel)

1992. Gunnar Decker: Rilkes Frauen odr die Erfindung der Liebe. Leipzig(Reclam) 2004. 金子孝吉「リルケとゾフィー・リープクネヒト」(「彦根論叢」第二九一号)に詳しい。

(43) Gunner Decker, a.a.O., S. 193.

(44) Elya Maria Nevar: Freunaschaft mit Rainer Maria Rilke.Bern-Bümpliz. 1946. 参照。

(45) ミュンヘン脱出のいきさつについては主に次の文献を参照した。Gunnar Decker, a.a.O., S. 210f..

(46) ホッティンゲンはチューリヒ市の一地区名。会は名士たちの集いである。

(47) 前出、二五九頁。

(48) Balthus 1908-2003 はのちに著名な画家となる。

(49) Rainer Maria Rilke: Das Testament. 1975. BS 414, S. 52.

(50) タクシス夫人『リルケの思ひ出』富士川英郎訳、新潮文庫、一九五三年、一三六頁。

(51) Donald A. Prater: Ein klingendes Glas. Das Leben Rainer Maria Rilkes. Reinbek (Rowohlt)1989. S. 580.

(52) An Witold Hulewicz vom 13.11.1925.『ミュゾットの手紙』富士川英郎訳、二四九頁。

(53) Beda Allemann: Rainer Maria Rilke. 1967. 拙訳『筑摩世界文学大系』リルケ編所収。

(54) オルフォイスが先に立ち、うしろからついてくる妻オイリュディケを振り返らなければ、彼女を地上に返してあげようと冥府の王は約束するが、オルフォイスは冥府の出口ぎりぎりで振り向いてしまう。この伝説を扱ったリルケの詩「オルフォイス、オイリュディケ、ヘルメス」では、オイリュディケは死の世界に馴染んでいて、オルフォイスが振り返ったとき、それは自分の夫であることをもう忘れていた。本稿、二三三―二三四頁。

(55) RKA, IV, 745. この散文は、「第五悲歌」や「第十悲歌」の草稿が書かれたメモ用紙に走り書きされていたという(RKA, IV, 1060)。

(56) 拙著『詩と自然――ドイツ詩史考』(小沢書店、一九八三年)参照。なお、ゲーテには悲歌とソネットの両形式が見られるが、それぞれの形式による詩作の時期が異なる。

(57) ハイデッガー『乏しき時代の詩人』手塚富雄・高橋英夫訳、理想社、一九五八年、三一頁。

(58) Walter Mehring: Der Fall Rilke. "Tagebuch" Jg.6, H.33. 1925. この評論のなかでリルケの言葉が引用されている。なお、リルケのフランス語詩発表をめぐる経緯は、RC, S. 987ff. に詳しい。

(59) この件については Rilke, Briefe zur Politik. S.718ff. 参照。

(60) Herman Meyer: Rilkes Begegnung mit dem Haiku. "Euphorion" Bd. 74 / 1980. S. 143. なおリルケと俳句に関しては、拙論「ドイツと俳句とリルケと」(拙著『ドイツ詩史考』所収)参照。

(61) Prater, a.a.O., S. 633.

(62) 墓碑銘はこれまで二行で書かれることがよくあったという。しかしヘルマン・メイヤーによれば、リルケは俳句のことを意識していたはずだから、三行でなければならないとのことである。メイヤーは私を含め、知り合いの日本人に尋ねたところ、墓碑銘に俳句を感じると答えた人は一人もいなかった。それでも彼は、ドイツ人の感覚からすれば、これは俳句だと主張している。Herman Meyer, a.a.O., S. 164f.

(63) Rilke / Zwetajewa, ein Gaspräch in Briefen. Frankfurt/M./Leipzig1992. S. 86ff.

(64) 神品芳夫訳『若き女性への手紙』(中央公論社版『世界の文学』第三六巻所収、一九六四年)参照。

(65) 本書、七六頁参照。

(66) Vgl. Rilke-ein europäischer Dichter aus Prag-. Hrsg. Von P. Demetz, J. W. Storck. H. D. Zimmermann. Würzburg 1998.

主要リルケ文献

1

リルケ著作（略号は本書で使用のもの）

RKA I-IV Rainer Maria Rilke, Kommentierte Ausgabe in vier Bänden. Hrsg. Von Manfred Engel, Ulrich Fülleborn, Horst Nalewski, August Stahl. Frankfurt/M. u. Leipzig (Insel-Verlag) 1996. Supplementband 2003.

SW I-VI Rainer Maria Rilke, Sämtliche Werke. Hrsg. Vom Rilke-Archiv. In Verbindung mit Ruth Sieber-Rilke besorgt durch Ernst Zinn. Band I-VI. Wiesbaden, Frankfurt/M. (Insel-Verlag) 1955-1966.

RC Ingeborg Schnack: Rainer Maria Rilke. Chronik seines Lebens und seines Werkes, zwei Bände. Insel-Verlag 1975.

TF Rainer Maria Rilke, Tagebücher aus der Frühzeit. Hrsg. von Ruth Sieber-Rilke und Carl Sieber. Leipzig (Insel-Verlag) 1942.

—— Rainer Maria Rilke, Tagebuch, Westerwede - Paris 1902. Aus dem Nachlaß, herausgegeben von Hella Sieber-Rilke Frankfurt/M. u.Leipzig (Insel) 2000.

—— Rainer Maria Rilke: Das Testament. Edition u. Nachwort von Ernst Zinn. BS 414. Frankfurt/M. 1975.

書簡集(刊行年順)

R. M. Rilke, Briefe in zwei Bänden. Hrsg. vom Rilke-Archiv in Weimar; in Verbindung Mit Ruth Sieber-Rilke besorgt durch Karl Artheim. Wiesbaden (Insel) 1950.

R. M. Rilke, Briefe in sechs Bänden. Hrsg. von Ruth Sieber-Rilke u. Carl Sieber. Leipzig (Insel) 1930-1935. Reprinted by the Rinsen book Co. Kyoto 1977.

R. M. Rilke: Briefe über Cézanne. Mit acht Bildtafeln. Hrsg. von Clara Rilke. Wiesbaden (Insel) 1952.

R. M. Rilke / Lou Andreas-Salomé, Briefwechsel. Zürich (Max Niehans) u. Wiesbaden (Insel) 1952.

R. M. Rilke, die Briefe an Frau Gudi Nölke. Hrsg. von Paul Obermüller. Wiesbaden (Insel) 1953.

R. M. Rilke / Inga Junghanns, Briefwechsel 1915 bis 1926. Wiesbaden (Insel) 1959.

R. M. Rilke, Briefe an Sidonie Nádherný von Borutin. Hrsg. von Bernhard Blume. Frankfurt/M. (Insel) 1973.

R. M. Rilke, Briefe an Nanny Wunderly-Volkart, 2 Bde. Hrsg. von Rätus Luck. Frankfurt/M. (Insel) 1977.

R. M. Rilke, die Briefe an Gräfin Sizzo 1921-1926. Hrsg. von Ingeborg Schnack. Frankfurt/M. (Insel) 1977.

R. M. Rilke / H. v. Hofmannsthal, Briefwechsel. Hrsg. von Rudolf Hirsch u. Ingeborg Schnack. Frankfurt/M. (Insel) 1978.

R. M. Rilke, Briefe zur Politik. Hrsg. von Joachim W. Storck. Frankfurt/M. u. Leipzig (Insel) 1992.

R. M. Rilke u. Marina Zwetajewa, ein Gespräch in Briefen. Hrsg. von K. M. Asadowski. Deutsche Ausgabe. Frankfurt/M u. Leipzig (Insel) 1992.

研究書・回想記等（ＡＢＣ順）

Beda Allemann: Zeit und Figur beim späten Rilke. Ein Beitrag zur Poetik des modernen Gedichts. Pfullingen 1961.

Lou Andreas-Salomé: Lebensrückblick. Zürich (Max Niehans) 1951.

Otto Friedrich Bollnow: Rilke. Stuttgart (Kohlhammer) 1951.

Gunnar Decker: Rilkes Frauen, oder die Erfindung der Liebe. Leipzig (Reclam) 2004.

Peter Demetz: Réne Rilkes Prager Jahre. Düsseldorf 1953.

Manfred Engel: Rainer Maria Rilkes >Duineser Elegien< und die moderne deutsche Lyrik. Zwischen Jahrhundertwende und Avantgarde. Stuttgart 1986.

Ulrich Fülleborn: Das Strukturproblem der späten Lyrik Rilkes. Heidelberg 1973.

Werner Günther: Weltinnenraum. Die Dichtung R. M. Rilkes. Berlin u. Bielefeld (Erich Schmidt) 1952.

Romano Guardini: Rainer Maria Rilkes Deutung des Daseins. Eine Interpretation der >Duineser Elegien<. München 1953.

Käte Hamburger: Philosophie der Dichter. Stuttgart 1966.

Käte Hamburger: Rilke. Eine Einführung. Stuttgart (Ernst Klett) 1976.

Klaus-Dieter Hähnel: Rainer Maria Rilke. Werk - Literaturgeschichte - Kunstanschauung. Berlin u. Weimar (Aufbau) 1984.

Rudolf Kassner: Rilke. Pfullingen (Neske) 1976.

Katharina Kippenberg: Rainer Maria Rilke. Ein Beitrag. Insel-Verlag 1948.

Wolfgang Leppmann: Rilke. Leben u. Werk. Bern u. München (Scherz) 1981.

Eudo C. Mason: Rilke und Goethe. Köln u. Graz (Böhlau) 1958.

Eudo C. Mason: Rainer Maria Rilke. Sein Leben und sein Werk. Göttingen 1964.

Herman Meyer: Zarte Empirie. Studien zur Literaturgeschichte. Stuttgart 1963.

Hermann Mörchen: Rilkes >Sonette an Orpheus<. Stuttgart 1958.

Horst Nalewski: Rilke. Leben, Werk und Zeit in Texten und Bildern. Frankfurt/M. 1992.

Elya Maria Nevar: Freundschaft mit Rainer Maria Rilke. Bern-Bümpliz 1946.

Donald A. Prater: Ein klingendes Glas. Das Leben Rainer Maria Rilkes. Eine Biographie. Reinbek (Rowohlt) 1989.

Fritz J. Raddatz: R. M. Rilke. Überzähliges Dasein. Eine Biographie. Zürich u. Hamburg (Arche) 2009.

Rainer Maria Rilke. Hrsg. von Rüdiger Görner. WB (Wege der Forschung) Darmstadt 1987.

Rilke heute, Beziehungen und Wirkungen. Hrsg. von Ingeborg H. Solbrig u. Joachim W. Storck. Frankfurt/M (Suhrkamp) Bd. 1. 1975, Bd. 2. 1976.

Rilke heute, Der Ort des Dichters in der Moderne. Hrsg. von Vera Hauschild. Frankfurt/M. (Suhrkamp)1997.

Rilke-Studien. Zu Werk und Wirkungsgeschichte. Akademie der Wissenschaften der DDR. Berlin u. Weimar (Aufbau) 1976.

Rilke - ein europäischer Dichter aus Prag -. Hrsg. von Demetz, Storck u. Zimmermann. Würzburg (Königshausen u. Neumann) 1998.

Rilke und die Weltliteratur. Hrsg. von Dieter Lamping u. Manfred Engel. Düsseldorf/Zürich (Artemis und Winkler) 1999.

Rilke-Handbuch. Leben-Werk-Wirkung. Hrsg. von Manfred Engel. Stuttgart (Metzler) 2004.

Judith Ryan: Umscnlag und Verwandlung. Poetische Struktur und Dichtungstheorie in R. M. Rilkes Lyrik der mittleren Periode. München 1972.

Wolfgang Schneditz: Rilke und die bildende Kunst. Graz 1947.

Werner Schröder: Der Versbau der Duineser Elegien. Stuttgart (Franz Steiner) 1992.

August Stahl: Rilke-Kommentar zum lyrischen Werk, München 1978, zum prosaischen Werk, 1979.

Jakob Steiner: Rilkes >Duineser Elegien<. Bern 1962.

Joachim W. Storck: Im Dialog mit der Moderne. Zur deutschsprachigen Literatur von der Gründerzeit bis zur Gegenwart. Frankfurt/M. 1986.

Karin Wais: Studien zur Rilkes Valéry-Übersetzungen. Tübingen 1967.

Klaus Weissenberger: Formen der Elegie von Goethe bis Celan. Bern 1969.

Friedrich Wilhelm Wodtke: Rilke und Klopstock. Kiel 1948.

全集・作品集・書簡集

『現代世界文学全集』第六巻（リルケ）、新潮社、一九五三年
河出書房版『世界文学全集』（第一期）第十四巻（リルケ／ツヴァイク／カロッサ）、一九五四年
『リルケ選集』全四巻、新潮社、一九五四年
『リルケ書簡集』全五巻、養徳社、一九五〇―五四年
筑摩書房版『世界文学大系』第五十三巻（リルケ）、一九五九年
中央公論社版『世界の文学』第三十六巻（リルケ）、一九六四年
『ドイツの文学』第四巻（リルケ）、三修社、一九六五年
『リルケ書簡集』全二巻、人文書院、一九六八年
『デュエット版世界文学全集』第五十三巻（リルケ）、集英社、一九六九年
新潮社版『新潮世界文学』第三十二巻（リルケ）、一九七一年
筑摩書房版『筑摩世界文学体系』第六十巻（リルケ）、一九七一年
富士川英郎編集『リルケ全集』全七巻、彌生書房、一九七三―七四年
『世界文学全集愛蔵版』第三十巻（リルケ／カフカ）、集英社、一九七四年
講談社版『世界文学全集』第六十七巻（リルケ）、一九七六年

『リルケ書簡集』全四巻、国文社、一九七七―八八年
集英社版『世界文学全集』第六十六巻（リルケ／ホフマンスタール）、一九七八年
学研版『世界文学全集』第二十五巻（リルケ／カロッサ）、一九七九年
塚越敏監修『リルケ全集』全十巻（本巻九・別巻一）、河出書房新社、一九九〇―九一年

翻訳・単行本

茅野蕭々訳『リルケ詩抄』、第一書房、一九二七年／増補版『リルケ詩集』、第一書房、一九三九年
（なお、高橋英夫編による茅野蕭々訳『リルケ詩抄』、および『立原道造・堀辰雄翻訳集』、いずれも岩波文庫、二〇〇八年がある）
大山定一訳『マルテ・ラウリッツ・ブリッゲの手帖』、白水社、一九三九年
佐藤晃一訳『若き詩人への手紙』、地平社、一九四二年／角川文庫、一九五二年
芳賀檀訳『ドイノの悲歌』、ぐろりあそさえて、一九四〇年／改訂版、創元社、一九五三年
菊池栄一訳『神の話』、弘文堂、一九四〇年
石中象治訳『ロダン』、弘文堂、一九四〇年
塩谷太郎訳『旗手クリストフ・リルケの愛と死の歌』、昭森社、一九四一年
片山敏彦訳『リルケ詩集』、新潮社、一九四二年
望月市恵訳『マルテの手記』、岩波文庫、一九四六年
大山定一訳『マルテの手記』、白水社、一九四七年

富士川英郎・原田義人訳『孤独と友情の書』（リルケ・ジイド往復書簡）、みすず書房、一九五三年
長谷川四郎訳『オルフォイスに捧げるソネット』、河出文庫、一九五四年
富士川英郎訳『葡萄の年』（リルケ晩年詩選）、新潮社、一九五四年
浅井真男訳『ドゥイノー悲歌』、筑摩書房、一九五四年
高安国世編訳『リルケ』（鑑賞世界名詩選）、筑摩書房、一九五四年
尾崎喜八編訳『リルケ詩集』、角川書店、一九五五年
手塚富雄編訳『リルケ詩集』、河出新書、一九五五年
星野慎一編訳『リルケ詩集』、岩波文庫、一九五五年
手塚富雄訳『ドゥイノの悲歌』、岩波文庫　一九五七年
青木宰敏訳『形象詩集』、彌生書房、一九五八年
森有正訳『若き日の真実』（フィレンツェ日記）、角川文庫、一九五八年
尾崎喜八訳『時祷詩集』、彌生書房、一九五九年
富士川英郎編訳『リルケ詩集』、新潮文庫、一九六三年
生野幸吉・杉浦博訳『三つの愛の手紙』、教養文庫、社会思想社、一九六六年
生野幸吉編訳『リルケ詩集』、思潮社、一九六七年／白鳳社、一九六九年
浅井真男編訳『リルケ詩集』教養文庫、社会思想社、一九七〇年
高安国世訳『マルテの手記』、講談社文庫、一九七一年

源哲麿訳『ベンヴェヌータとの愛の手紙』、河出書房新社、一九七三年
塚越敏訳『C・W伯の遺稿から』、国文社、一九七三年
鈴木俊訳『リルケ「エリカ・ミッテラーとの詩による往復書簡」付・エリカ・ミッテラー詩集』、私家版、一九八〇年
塚越敏訳『マリアの生涯』、国文社、一九八六年
神品芳夫編訳『リルケ詩集』、小沢書店、一九九三年／土曜美術社、二〇〇九年
阿部良雄訳『バルテュスによる四十枚の絵「ミツ」の序文』、泰流社、一九九四年
塚越敏編訳『リルケ美術書簡』、みすず書房、一九九七年
塚越敏訳『マルテ・ラウリス・ブリッゲの手記』、未知谷、二〇〇三年
富岡近雄訳『新訳リルケ詩集』（五大詩集全訳）、郁文堂、二〇〇三年
塚越敏訳『ホフマンスタール／リルケ文芸書簡』、文化書房博文社、二〇〇三年
塚越敏編訳『オーギュスト・ロダン』（論説、講演、書簡）、未知谷、二〇〇四年

研究書・評論等（含・翻訳書）

ルー・アンドレアス＝サロメ『ライナー・マリーア・リルケ』土井虎賀壽訳、筑摩書房、一九四三年
大山定一『リルケ雑記』、創元社、一九四七年
芳賀檀『R・M・リルケ研究』、若草書房、一九四八年

片山敏彦『リルケ』、角川書店、一九四八年
谷友幸『リルケ伝』、創元社、一九四八年
富士川英郎『リルケ』、世界評論社、一九五〇年
トゥルン・ウント・タクシス夫人『リルケの思い出』富士川英郎訳、養徳社、一九五〇年
星野慎一『若きリルケ――リルケ研究第一部』、河出書房、一九五一年
カタリーナ・キッペンベルク『リルケ』芳賀檀訳、人文書院、一九五一年
富士川英郎『リルケ―人と作品』、東和社、一九五二年
笹沢美明『リルケの愛と恐怖』、宝文館、一九五三年
エドモン・ジャルー『リルケの最期の友情』渡辺一夫・原田義人訳、人文書院、一九五三年
マグダ・フォン・ハッティングベルク『リルケの愛の思い出』富士川英郎・吉村博次訳、新潮社、一九五三年
星野慎一『リルケとロダン――リルケ研究第二部』、河出書房、一九五三年
ルー・アルベール・ラザール『リルケと共に』高安国世・野村修訳、新潮社、一九五四年
ノーラ・ヴィーデンブルック『リルケ―人と詩人』塚越敏・鈴木重吉訳、筑摩書房、一九五四年
秋山英夫『0（ゼロ）の文学』、講談社、一九五六年
J・F・アンジェロス『リルケ』富士川英郎・菅野昭正訳、新潮社、一九五七年
富士川英郎『リルケと《軽業師》』、弘文堂、一九五八年
マルティン・ハイデッガー『乏しき時代の詩人』手塚富雄・高橋英夫訳、理想社、一九五八年

ルー・アンドレアス＝サロメ『リルケ』富士川英郎・吉村博次訳、彌生書房、一九五九年
手塚富雄『ゲオルゲとリルケの研究』、岩波書店、一九六〇年
星野慎一『晩年のリルケ――リルケ研究第三部』、河出書房新社、一九六一年
H・マイヤー『リルケと造型芸術』山崎義彦訳、昭森社、一九六一年
ライナー・マリーア・リルケ特集、『無限』夏期号、一九六二年
「(特集) リルケ」、『実存主義』第三十三号、実存主義協会、以文社、一九六五年
生野幸吉『抒情と造型』、思潮社、一九六六年
塚越敏『リルケの文学世界』、理想社、一九六九年／増補版、一九七九年
ヴィクトール・ヘル『リルケの詩と実存』後藤信幸訳、理想社、一九六九年
ウルズラ・エムデ『リルケとロダン』山崎義彦訳、昭森社、一九六九年
神品芳夫『リルケ研究』、小沢書店、一九七二年／新版、一九八二年
高安国世『リルケと日本人』、第三文明社、一九七二年
田木繁『リルケへの対決――垂直的と水平的』、南江堂、一九七二年
L・ド・シュガール『ボードレールとリルケ』近藤晴彦訳、審美社、一九七二年
「特集＊リルケ」、『ユリイカ』第四巻第十一号、青土社、一九七二年
ルー・アンドレアス＝ザロメ『リルケ』塚越敏・伊藤行雄訳、以文社、一九七三年
塚越敏・田口義弘編『リルケ論集』(翻訳論文十本収録)、国文社、一九七六年

小松原千里・平子義雄編『リルケ――変容の詩人』（十一氏論文所収）、クヴェレ会、一九七七年
ベーダ・アレマン『リルケ《時間と形象》』山本定祐訳、国文社、一九七七年
M・ツェルマッテン『晩年のリルケ』伊藤行雄・小潟昭夫訳、芸立出版、一九七七年
高安国世『わがリルケ』、新潮社、一九七七年
石丸静雄『リルケ』、彌生書房、一九七八年
杉橋陽一『一角獣の変容』、朝日出版社、一九八〇年
K・E・ウェッブ『リルケとユーゲントシュティール――世紀末の芸術家たち』伊藤行雄・加藤弘和訳、芸立出版、一九八〇年
加藤泰義『リルケとハイデッガー』、芸立出版、一九八〇年
H・E・ホルトゥーゼン『リルケ』塚越敏・清水毅訳、理想社、一九八一年
加藤泰義『オルペウスに捧げるソネット』芸立出版　一九八三年
神品芳夫『詩と自然――ドイツ詩史考』、小沢書店、一九八三年
芹沢純『リルケ――オルフォイスの系譜』、駿河台出版社、一九八七年
塚越敏『リルケとヴァレリー』、青土社、一九九四年
塚越敏『創造の瞬間――リルケとプルースト』、みすず書房、二〇〇〇年
小松原千里『沈黙のことば――リルケ「オルフォイスへのソネット」について』、同学社、二〇〇〇年
辻邦生『薔薇の沈黙――リルケ論の試み』、筑摩書房、二〇〇〇年

宮坂妙子『ヨーロッパ詩街道——リルケが出会った街と人びと』、タブリュネット、二〇〇〇年
星野慎一・小磯仁『リルケ』、清水書院、二〇〇一年
田口義弘『リルケ——オルフォイスへのソネット』、河出書房新社、二〇〇一年
加藤泰義『このように読めるリルケ』、朝日出版社、二〇〇一年
助広剛『リルケ「オルフォイスへのソネット」訳と鑑賞』、芸林書房、二〇〇二年
古井由吉『詩への小路』、書肆山田　二〇〇六年
シュテファン・シャンク『ライナー・マリーア・リルケの肖像』両角正司訳、朝日出版社、二〇〇七年
三木正之『ドイツ詩史考』、南窓社、二〇一〇年
瀬木慎一『リルケと孤独の逆説』、思潮社、二〇一〇年
志村ふくみ『晩禱——リルケを読む』、人文書院、二〇一二年
志村ふくみ『薔薇のことぶれ——リルケ書簡』、人文書院、二〇一二年

なお、さらに詳しい日本語文献については、河出書房新社版『リルケ全集』別巻月報所収、伊藤行雄・秋田静男編『リルケ書誌抄』、あるいは山内正平編『日本におけるリルケ研究と翻訳』（日本独文学会『ドイツ文学』第八四号、一九九〇年）を参照されたし。

あとがき

日本におけるリルケの受容が始まってから、かれこれ百年になる。その間、かなり目立った盛衰の波を経ながら、リルケ詩に対する日本人感性のさまざまな反応が検出されてきた。この一般的な関心を背景として、リルケ関係の翻訳・研究は、一九七〇年代までは富士川英郎、それ以降は塚越敏の両先生が中心となって、着実に推進されてきた。その間世代交代、役割の分担などもまずまず自然に行われ、それぞれに特徴のある二種類のリルケ全集も遺された。

二十一世紀への進入とともにリルケ受容は一段落している。この時期にあたり私は本書において、これまでのリルケ受容を包括的に振り返り、さらにそれを基盤とし、また現在の文学史的状況を視野に入れつつ、リルケが今私たちにどう見えているかを描き出してみようと試みた。したがって冒頭の「折々のリルケ——日本での受容史と今」と第三部の「リルケ 現代の吟遊詩人」がメインのエッセイである。それに、近年発表したリルケ関係の論考や朗読する詩としてリルケの作品を論じた新規エッセイを加えて、一巻にまとめた。

本書の各論の初出、書き下ろしの別は次の通りである。

I

折々のリルケ——日本での受容史と今　（譚詩舎編詩誌『午前』三号・四号に連載、二〇一三年）
マルテとクリストフ——追憶の賦　（黒の会編『同時代』第三次第二十八号所載、二〇一〇年）
詩人リルケ渾身のセザンヌ接近　（『ユリイカ』二〇一二年四月号所載）
バルテュスとリルケ　（『ユリイカ』二〇一四年四月号所載）
旧東ドイツにおけるリルケ観の諸相　（世界文学会編『世界文学』一一八号所載、二〇一三年）

II

詩「秋」と「秋の日」——朗読する詩として　（書き下ろし）
詩「メリーゴーラウンド」——グリュンバイン講演を参考に　（書き下ろし）
詩「ゴング」——未完のポエティックス
（二十世紀文学研究会編『文学空間』第五次第十巻所載、二〇一三年）

III

リルケ　現代の吟遊詩人　（書き下ろし）

リルケは詩人としての人生を独りで貫徹するために必死で生きた。一途に走りながら、自分に見合う芸術感覚や女性関係などをすばやく身につけ、他に類例のない詩人を自己形成した。あえて言えば、個人営業で「詩人」を営む中世風の吟遊詩人というイメージが、彼の生き方に近いのではないかと思う。

リルケの詩作の展開では、それぞれの時期のキーワードは、初期が生命感、中期が彫塑性、そして後期は空間性と集約することができる。彼の詩業はまったく新しい詩の扉を開いたとまでは言えないが、詩の伝統的な題材や表現方法を近代詩の感覚で洗い直し、鋳造し直して、そのうえで未来に送り出すという仕事を果たしたのである。詩史上の位置でいえば、日本の場合の正岡子規に似ているのではないだろうか。なるほどリルケは弟子の一人ももたなかったが、彼の言語感覚や物を見る深い視覚を受け継ごうとする詩人は今も後を絶たない。

本書の実現については、発案から完成まで、もっぱら青土社編集部の明石陽介さんのお世話になった。最後に記して、深い謝意を表したい。

二〇一五年五月二十日　　著者

神品芳夫（こうしな・よしお）
1931年東京都生まれ。東京大学大学院独語独文学専攻博士課程修了。東京大学教授、明治大学教授を歴任。2005年、編著『自然詩の系譜――20世紀ドイツ詩の水脈』（みすず書房）にて第5回日本詩人クラブ「詩界賞」を受賞。著書に『リルケ研究』『詩と自然――ドイツ詩史考』『ドイツ　冬の旅』（いずれも小沢書店）。訳書にリルケ『マルテの手記』（学研）、ゲーテ『若きヴェルターの悩み』（潮出版社）、ヘッセ『郷愁』（中央公論社）、ホフマン『黄金の壺』（岩波書店）、『リルケ詩集』（小沢書店／新版・土曜美術社出版販売）ほか。

リルケ 現代の吟遊詩人

2015 年 9 月　7 日　第 1 刷印刷
2015 年 9 月 14 日　第 1 刷発行

著者　神品芳夫

発行者　清水一人
発行所　青土社
東京都千代田区神田神保町 1-29　市瀬ビル　〒 101-0051
電話 03-3291-9831（編集）　03-3294-7829（営業）
振替 00190-7-192955

印刷所　ディグ（本文）
方英社（カバー・扉・表紙）
製本所　小泉製本

装幀　桂川 潤

ISBN978-4-7917-6881-3　Printed in Japan